逆流而上

陈勇林 著

宁波出版社
NINGBO PUBLISHING HOUSE

图书在版编目（CIP）数据

逆流而上 / 陈勇林著 . -- 宁波 : 宁波出版社 , 2025. 5. -- ISBN 978-7-5526-5656-5

Ⅰ . I247.5

中国国家版本馆 CIP 数据核字第 2025HA4700 号

逆流而上

NILIU ERSHANG

陈勇林　著

出版发行　宁波出版社
（宁波市甬江大道 1 号宁波书城 8 号楼 6 楼　315040）
责任编辑　晏洋
责任校对　朱璐艳
装帧设计　金字斋
印　　刷　宁波白云印刷有限公司
开　　本　889 毫米 ×1194 毫米　1/32
印　　张　9.25
字　　数　190 千
版　　次　2025 年 5 月第 1 版
印　　次　2025 年 5 月第 1 次印刷
标准书号　ISBN 978-7-5526-5656-5
定　　价　58.00 元

01

两年后,躺在白江市人民医院的我仍会想起这个下午。

这天下午,当 Blue,不,应该是姜小云打来电话时,心灰意冷的我正站在资阳县人民医院病房外的走廊上。当时,戊二醛、来苏水、青霉素、烟草甚至呕吐物等混杂的气味充斥着我的鼻腔,周围那些被忧愁和悲伤绑架的病人家属如果能稍加留意,还能从我的眼角依稀看到没有被擦尽的眼泪。

就在两分钟前,我将自己关在走廊东头的公共卫生间里抽了根烟,并且任凭眼泪夺眶而出。其间,有人推门,都是无功而退,还撂下一两句不雅的话。抽完烟,我将水龙头开到最大,听着哗哗的水流声从十楼一路而下,而下面楼层的卫生间里是否也有一两个如我一样悲伤的人呢?我手捧自来水洗了一把脸,再看着镜中已三十八岁的自己:眼袋浮肿,脸上的抓痕隐约还在,略微卷曲的头发长而蓬乱,数天没刮的胡子把这段日子的悲伤扎根在了脸上,一览无余。

在手机铃声响到第六下时，我按了拒接键。蹲在一旁的那个年轻人似乎对我的这一举动十分不解，当他那双迷离而悲伤的眼睛望向我，我像突然触电了一样，竟有些不知所措。随后，我将手机揣进裤兜，假装若无其事地走到走廊的西头。一路上，我能想象得出姜小云因电话未接通而急了眼的模样：将手机往床上一扔，整个人趴在床上，抱着淡蓝色的枕头啜泣，齐耳短发随着她偏胖的身子起伏而轻轻抖动着。近来，我对她急眼的样子可谓了然于胸，就像知道家里的那只烟灰缸被她藏在厨房哪个隐蔽的角落。

这是父亲第三次来做化疗了，我隐约觉得此时的父亲就像一盏即将耗尽最后一滴油的灯，熄灭不过是早晚的事。父亲得的是肺癌，这次化疗更是让他不成人样，原本就稀稀拉拉的几根头发如今一根不剩，消瘦不堪的身子因疼痛蜷缩成一条蚯蚓的形状。半个小时前，当我握着他那皮包骨的双手时，他左手那根短了一截的粗糙食指是那样令人触目惊心，由此疯狂滋生的无助感几乎让我透不过气来。父亲用他那双无神的眼睛看着我，嘴唇微张着，想说什么但一个字也说不出来。我想，父亲可能是在向我恳求放弃治疗，以便能让他早点结束这种痛苦；也可能是向我请求原谅，为了他的化疗我已经掏空了家底；当然，他还可能是惦念独自在家的母亲和远在白江的孙子。

病房里白得刺眼，白色的被子和床单，白色的墙壁，白色的灯光，白色的输液袋，从窗外照射进来的白色的阳光，连父亲原本蜡黄的脸此时也是苍白得忧伤。如果叶菲能看到这一切，其悲伤程度只会甚于当年念大四的她看到那场大雪时。正是燥热的下午，不远处的回龙山一身疲惫，茂密的树木也是一动不动，山脚下的回龙宾馆像是睡着了，完全不像夜晚时的它。医院北停车场里停满了车，不知道有多少车主此时也是在住院部，正经受着像我一般的煎熬。总之，医院是一个令人伤心的地方，无论是对于患者，还是对于家属，因为你看到的笑不一定是真心的笑，听到的哭才是真正的哭。

五年前，儿子阳阳在一千多公里外的一家医院出生，那时，还算健康的父亲因升级做了爷爷而开心得像个孩子。父亲千里迢迢地从资阳老家赶来，仍穿着他那件像是永远穿不破的发黄的长袖衬衫。好在虽是八月初，但医院里一天到晚开着的冷气让他的长袖衬衫没有如我想象中的那般扎眼，倒是他那一口方言，让初次碰面的亲家们不知所措。后来，他干脆一句话也不说，像块石头一样守在某个角落。四天后，父亲不无留恋但又有些无奈地返回老家。那天，我打车把父亲送到火车站，然后看着他瘦长的身影缓缓地通过检票口。父亲没有回头跟我打声招呼，就像十四年前他把我送到资阳县长途汽车站后，让我独自带着行李去大学报到时一样。

前两次回资阳县的老家，我都是先乘坐动车到长沙火车南站，然后再转乘汽车到资阳县城，省时又省力。这次我毅然自驾，哪怕学会开车上路也就一个来月，甚至还希望出一场车祸，让自己跟这个悲伤的世界彻底告别。一路上，我脑海里先是不时闪现着父亲第一次接受化疗前躺在病床上的情景，悲不自胜的母亲守候在一旁，眼神迷离而悲伤，因没戴头巾，她一头卷曲的短发白得刺眼。

一路的服务区，我基本上都会停靠一下，一是为了能洗把冷水脸，希冀冲淡一下脸上仍隐隐作痛的抓痕；二是为了能平静地抽根烟，看着烟雾从指间绕过、升起，然后消失得无影无踪。只是一回到车上，那种挣扎的疼痛和疲惫仍旧占据着我的身心。原来我既无法与过去轻言告别，也无法从现实中挣脱出来，它们已经彻底成为我身体的一部分，并且还在继续蔓延。

在玉山服务区时，一对年轻夫妻一从福特牌汽车上下来就开始大吵大闹。妻子死死揪着丈夫的衣领，嘴里骂个不停；丈夫掐着妻子的脖子，把她摁在引擎盖上。一双年纪尚小的儿女吓得躲在车里，怎么也不敢下来。如果不是加油站工作人员和一位热心的司机及时将这对夫妻分开，真不知道会出现什么结果。后来，怒气未消的丈夫回到车上，重新发动汽车，气急败坏的妻子则呆呆地站在一边，一副死也不肯上车的样子。不知什么缘故，我竟同情起那个男人来，虽然他妻子眼泪汪汪，脸也涨得通红。我掐灭烟头，顺手丢进身边的垃圾桶里，接着给姚芝发了条微信，告诉她我正在回老家的路上，然后发动引擎。从那辆福特牌汽车旁边驶过时，我还不忘看了那个女人一眼，说不定嘴角还挂着一丝冷笑。

在主治医生下班前来查房时，我像影子一样跟了进去。此时的父亲眼睛紧闭着，若不是被子缓缓地起伏着，我会真以为父亲已经离开了这个让他既爱又恨的世界。李医生以他惯有的方式在父亲身边停留了片刻后，开始向我询问父亲的一些症状和反应。我再次像是一个被提审的犯人，没有任何狡辩的余地，只是木然地如实回答着。最后，他瞟了一眼边上那沓厚厚的住院清单，或许是出于同情，又或许是基于某种暗示。

我跟在李医生后面走了出去，顺便带上了门。谢顶的他有着一口与几年前的主治医生叶志截然不同的黑牙，那支随身携带的笔不是稳稳地躺在左耳上，就是牢牢地站在左手发黄的食指和中指中间，可以想见生活中的他嗜烟如命，说不定他的夫人为此事经常与他争吵，而他只得躲在阳台甚至跑到楼下解解烟瘾，看来，他对某些健康知识也是半信半疑。此时，竟由他来判定父亲的命运，这难道不是一种莫大的讽刺吗？

李医生慢慢转过身来面向我，一脸遗憾。我不确定他是不忍心向我宣判父亲的命运，还是犹豫着要不要提醒我又一次背负了数额不小的账单，因为他最终一个字也没说。看着李医生渐渐走远的背影，我有一种如释重负的感觉。在姜小云出车祸后的这两个来月里，我好像又回到了九年前的自己，对烟的依赖越来越大。父亲过世后，我偶尔想起这位主治医生，已没有了当初对他的那种不满，甚至还一度认为我们完全可以成为不错的朋友，两人坐下来喝杯小酒，谈谈对于香烟或是健康的看法。

此时，肚子又开始闹腾起来，是的，我该下楼去吃点东西了。

我回病房看了父亲一眼，轻轻地带上门后就朝走廊东头的电梯间走去。在前往电梯间的走廊上，我又看到了那个蹲着的年轻人，此时他将头埋在粗大的双手里。看来，他妻子的情况仍然不容乐观，之前一场严重的车祸让他妻子陷入重度昏迷。自三天前他妻子转到普通病房以来，他那在死神面前哭诉、求助的眼神在我脑海中一直挥之不去，一如父亲第一次来做化疗时母亲的眼神。

刚走进电梯，手机又响了，等它响到第六下时，我又按了拒接键。我似乎又看到了姜小云因此抓狂的样子，心里竟有一种恶作剧的窃喜。

02

那天，我驾车赶到老家时已是晚上七点多了，饭桌上的菜也早就凉了。

顶着一头白发的母亲坐在餐桌旁，像一处沉寂的忧伤，空洞的双眼完全可以塞进两颗栗子，她手中攥着头巾，更像是紧攥着一线渺茫的希望。近来衰老得厉害的父亲无力地靠墙坐着，看似平静的他其实焦躁不安，有话对我讲，却又不知道如何开口，因不敢再抽烟，此时的他竟不知道将双手搁在哪儿。

但愿他们没有看到我脸上的抓痕，虽然在昏暗的灯光下已不怎么明显。在父亲患病期间，我既不想让他们知道早些时候姜小云出了车祸，也不想让他们看出我在跟姜小云闹矛盾。要知道，当初我跟姜小云父母的紧张关系曾让他们操碎了心。

电话是母亲昨天早上背着父亲打过来的，距离我去湘华参加大学寝室聚会回白江也就半个来月，母亲说父亲疼得整晚睡不着，似乎病情又开始恶化了。父亲其实不想再去化疗了，不只是忍受不了化疗时的疼痛，更是怕浪费钱，担心最终会落得个人财两空。

两个月前第一次去做化疗时，父亲还多少抱着希望。在去往县城的汽车上，父亲靠窗坐着，眼睛盯着窗外，像是生平第一次去城里，生怕错过沿途的任何一处风景；母亲坐在他身边，怀里抱着一大包衣服，像是要出趟远门，一路上克制着晕车的痛苦，迷离而悲伤的眼睛木然地盯着前方。我刚抽出根香烟，就被从后视镜中看到的司机制止了，只得把它塞回去。其他乘客像是得到了提醒，都好奇地看向我。

相比于人这件易碎的瓷器，医院冰冷如铁，是一个永远不缺钱更不缺眼泪的地方。多亏曹若冰，否则父亲不可能这么容易得到一间安静的病房，也不可能第一时间得到李医生的治疗。我想，化疗是父亲一辈子吃过的最大苦头，而这苦头也才刚刚开始，父亲痛苦地躺在病床上，排斥反应非常强烈，恶心、呕吐、掉头发、四肢乏力和不时冒虚汗，他一心想的就是早点回家，就像一个刚入学的孩子哭着鼻子想回家找妈妈。其实，比父亲更痛苦的是母亲，她永远在抹泪。有母亲在，我在一旁帮不上多少忙，又不忍心看着她伤心落泪的样子，更多的时候，我就把自己关在病房外。

做完第一次化疗的一个星期后，我们带着李医生的叮嘱回家了。像是照顾父亲一般，汽车在两旁种着杉树的公路上平稳地行驶着，当明暗相间的光影从父亲脸上掠过时，我觉得父亲像是在时光中穿梭。或许是因为马上就能到家了，父亲像是暂时忘记了疼痛，精神起来，他兴致盎然地看着窗外的农田，像一位将军检阅着自己的士兵，先是说这家的秧插得太密了，可能要歉收；后又说那家的秧长得太快了，不见得是件好事。母亲强忍着眼泪，紧握着父亲的双手，仿佛稍一松开，父亲就会离她远去。后来，实在太累的父亲头靠着窗户睡着了，母亲从包里掏出一件外套，轻轻地盖在父亲身上。我不由得想起十年前，在去往资阳县城的汽车上小菲靠在我怀里时的情景，那时，我一度认为我和小菲也将会活出我父母的模样。

这一次去化疗，我既要做好父亲的思想工作，让他相信这是最后一次去做化疗了；又要说服晕车的母亲不要跟去，与其看着她在医院里悲伤落泪，不如让她抱着希望在家里等待着。第二天早上，当我将车缓慢开出院子时，戴着头巾的瘦小的母亲小步跟在车后，最后，我从后视镜里看到远处的母亲像一片秋叶般孤独地贴在墙角抹着眼泪。

一路上，我不时通过后视镜望一眼父亲，在我看来，病痛在消耗着父亲有限精力的同时，也渐渐剥夺了他说话的欲望。想打破沉默的父亲一时找不到话题，只好又问起阳阳，他快一年半没见到孙子了。在这一年半里，他只能从电话里向我打听阳阳的情况，我偶尔把手机交给阳阳时，他们祖孙间要么因语言不通而只得各说各的，要么陷入无言的尴尬。

自我参加工作后的这十几年，父亲也就在阳阳刚出生时来了一趟白江。来的前一天傍晚，父亲激动地给我打来电话，说火车票已托在长沙打工的侄儿买好了，问我还需要带些什么干菜，又说母亲原本很想一起来，但路途遥远，万一晕车就麻烦了，况且家里的生产总得有一个人留下来照看，刚盖起来的楼房也得有人收拾。我能想象得出父亲左手夹着香烟、右手握着话筒时激动的样子，而在一旁的母亲则喜悦中夹杂着些许失落，这样的心情就像从田地里劳作回来的她短发里夹着几根草屑一样。

提着大包小包的父亲小心翼翼地从白江火车站走出来时是下午两点半，而我已在出站口等候了半个钟头。父亲虽然脚着一双新布鞋，但身上穿的仍是那件发黄的长袖衬衫，袖口的纽扣也是扣得一丝不苟，想必刚才火车上的空调温度有点低。父亲不会知道，我初为人父的喜悦此时正逐渐被担忧替代，因为我不知道接下来的这几天里父亲将如何与我的丈人、丈母娘相处。

见到我的刹那，父亲露出他那一贯的浅笑，那种拘束感可能父亲老早就有了，而我只是在懂事后才恍然发现而已。当我问父亲吃了午饭没有时，他朗声说吃过了，其实我这是白问，节俭的父亲肯定舍不得在火车上买一份价钱会让他惊讶得合不拢嘴的快餐，正如我读高三那年，来学校看望我的父亲在回去的路上舍不得吃碗面一样。这一生，父亲对金钱的理解是，当赚不到更多时，节省是最有效的一种攒钱方式。只是命运对他就是这么残忍，四年半后，痰里频繁带血的父亲独自去医院做了检查，竟然是肺癌晚期。回到家的父亲也没对母亲说，装出若无其事的样子，照样下地干活，照样烟不离手，照样不停咳嗽。一个星期后，当疼痛难忍的父亲无法从床上爬起来时，他才告诉母亲实情。

父亲跟在我身后朝小云的产房走去，就像我小时候跟在他身后下地干活时一样。丈母娘正在给小云梳头，丈人则在给阳阳泡奶粉，小云的奶水不多，不得不以奶粉来补充。这个小家伙还真挺乖，只要是吃饱了，一天到晚不吵也不闹。

两天前的下午，在小云被推进分娩室后，对她充满无限感激的我只能在外面傻等着。与此同时，四年前的那一幕像倒带一般在我眼前呈现，让我几乎透不过气来，我感觉自己像是被一双巨大的手摁在水中而无法动弹。好不容易稍微平静一些后，我十指交叉，向老天求情，保佑他们母子平安。后来，当我真真切切看到这个叫陈资的健康男婴时，我是多么感谢小云，她近乎完美地接替了小菲，就像从小菲手上郑重地接过那只粉红色花瓶，擦拭掉上面的灰尘并在里面精心地插上了一支新鲜的百合，为此，我想起了二十八周岁生日那天许的愿。

当我向小云父母介绍父亲时，我的表情肯定是奇怪的。小云父母只是朝我父亲微微点了一下头，细微得几乎察觉不到，还顺带看了一眼父亲的长袖衬衫。父亲对他们的友好称呼和亲切问候最后被他自己的那口方言彻底击碎了，而他那种像是见到了领导一样讨好的笑容显得那样滑稽，以至于我无法将现在的父亲和年轻时的他联系起来，倒是小云一句“爸，你来啦！”多少化解了些尴尬。

父亲想去看看孙子，但一直没敢靠近，两只手在裤管两侧上下摩擦，像是刚刚受过老师批评的小学生。后来，他干脆躲在病房的一角，沉默得像块石头，或许，此时的他又开始怀念起小菲的父母来。我找了个借口把父亲叫到外面走廊的尽头，并递给他一根烟。在烟雾缭绕中，父亲才算恢复了平静，在给母亲打完电话后，他就更加具体地向我说起家里的近况。

六点左右，我打车带父亲回我城东的住处。离开前，父亲像是鼓足了勇气，把一个皱巴巴的红包小心地放在阳阳的身旁，小云很客气地说：“爸，这些钱还是你拿着吧，你和妈都不容易。”原本背对着我们的丈母娘正在折衣服，这时，她转过头来，那犀利的眼神真可以将任何一样东西划出一道带血的口子。直到走出电梯，父亲这才得到解脱，即便那么多人向他那件长袖衬衫投来异样的目光，他根本就没留意，也根本不在乎。

我们父子俩将行李拎上楼，坐在沙发上稍作休息的父亲为手上那支香烟犯难，直至我递给他一只烟灰缸，他才放下心来。小云反对我吸烟，至少是在家里，她甚至把烟灰缸藏进了厨房的某个角落。后来，父亲把视线落在我与小菲的合照上，一时忘记了手中的香烟，等到发现时，烟灰早已掉在了茶几上，父亲像个犯错的孩子，急忙小心地将其拂到烟灰缸里。

在父亲洗澡的时候，我给他整理小房间的床铺，一边还在担心父亲会不会使用那只结构有点复杂的淋浴水龙头。后来转念一想，等父亲真不会用时，他肯定会叫我，反正就我们父子俩在。

父亲精神焕发地从卫生间走出来时，还不忘善意地提醒我：

"昊天，那个洗澡用的水龙头是不是坏了？刚才一直不出水。"

"那你刚才怎么洗的头？"

我看着父亲湿漉漉的头发，惊奇地问。

"弯着身子洗的，差点直不起腰。"

那一刻，我的鼻子酸得很，真想好好批评父亲一顿，就像批评自己班级里某个犯错的学生一样。

我和父亲在楼下那家湘菜馆刚一落座，老板就把菜单送了过来。

"陈老师，这位应该是你老父亲吧？父子俩挺像的。"

小云吃不了辣，我和她很少来这里吃饭，只是因为我经常从他店门口路过，久而久之，和老板才熟悉起来。从没有人说我们父子俩长得像，这该是生意人的精明之处。

“是的，我刚升级做了爸爸，老父亲是特意从老家赶过来看孙子的。”

“恭喜！恭喜！”

这是成年后的我第一次单独与父亲面对面地喝酒，可能是自己也做了父亲，感觉父子间似乎一下子拉近了许多，加上酒精作用，我像是面对老朋友般把这些年的许多事情讲给父亲听。父亲不时点头或摇头，关键时刻还插两句。

“爸，不要跟小云她爹娘一般见识，他们就是这样的人。”

我终于说出了这句话，心里似乎一下子舒畅了许多。

“昊天，我懂你的意思。我也难得来一次，将就着也就过去了。只是你要学会低头，毕竟你是一个外地人，在这边无依无靠的。”

“爸，你这话我不喜欢听。”

“昊天，这都是爸爸的真心话，甭管你爱不爱听，首要的一点就是把妻儿照顾好，堵住你丈人和丈母娘的嘴。”

父亲不会知道，其实这两年我一直在努力。

03

我和姜小云是经人介绍认识的，那时，我已在白江这座东部沿海城市工作了八年，之前还有过一段虽短暂却刻骨铭心的婚史。姜小云能不计较我的过去，并主动约定好见面的时间和地点，着实让我感到意外，也让我感动。见面的前一天，我剃掉了老长而蓬乱的微卷头发，出发前，我还刮净了许久未刮的胡子。

可能受自己职业的影响，我早到了半小时。坐在靠窗座位上的我不时喝口温水，柠檬的酸苦味刺激着我的味蕾，七年后的一天傍晚，和姜小云发生激烈争吵后的我路过这家咖啡馆时第一时间想到的就是这杯柠檬水。我本想掏根香烟，一抬眼，看到墙壁上禁止吸烟的温馨提示，还是忍住了。那半个小时里，如果不埋头翻看手中的手机以分散自己的注意力，我真怕自己会临阵脱逃。

这只诺基亚滑盖手机是叶菲在我二十八岁生日当天送给我的生日礼物，从当时拆包装时的烦琐程度就可以看出她是早就计划好了的，更可见她对我的爱就像呵护一件瓷器一样精心。在叶菲离开我后的这两年里，我经常傻傻地盯着手中的手机，总觉得她会随时给我打来电话，来电显示仍是“小菲”。有时半夜里醒来，看着空了一半的床，我会泪流满面。所以，在翻看手机的这半个小时里，我对小菲怀有一种强烈的愧疚感，也隐约觉得小菲就在不远处看着我，面带愁容。

我和姜小云约会的这家咖啡馆位于白江的南边，坐在窗边的我稍一转头就能望见江面和岸边的柳树，江水轻轻荡漾着，像是泛着细密闪光的鱼鳞，低垂的枝条像是隐藏了不少故事，不知名的鸟尖叫着飞来飞去，此时的夕阳正在它一天里最美的时刻，毫不吝啬地将柳树和江面涂抹成玫瑰红。其实，我和小菲一样，一点都不喜欢咖啡的味道，所以，我们从来没有坐下来喝过一杯咖啡，宁愿顶着烈日或寒风在江边散步。小菲或许不会知道，他们母子俩的离开，就像给我留下了一杯苦咖啡，我得喝一辈子。那天，当姜小云提议在咖啡店见面时，我没多加考虑就答应了，只要她喜欢，我是无所谓的，况且这次见面于我而言更像是为了完成一项不得不完成的任务。

因为自己新的住处离咖啡馆不是太远，我是一路慢慢走过来的。当然，我完全可以乘公交车或者骑电瓶车前往，只是我讨厌公交车里的拥挤和无趣，而那辆跟随我还不到两年的电瓶车新近被人偷走了。当我来到咖啡馆门口时，服务员极有礼貌地给我开了门，那种笑容让我无法拒绝，也让我隐约觉得如果不在这里消费就会良心上过意不去。

一个多月前的某天午饭后，同事龙伟杰突然追上走在前面的我，他嬉皮笑脸的，却一句话也不说。当时，我就知道这家伙心里有鬼，毕竟之前我跟他同一间校工宿舍住了一年，可以说对他知根知底。等到了教学楼的转角处时，龙伟杰这才一本正经起来，说要给我介绍一个漂亮的对象，还说对方是自己的亲戚。其时，我还没有从失去小菲的悲痛中走出来，更没有萌生过另谈女友的想法，因此，对龙伟杰的好意我是竭力推却的。

龙伟杰像条癞皮狗一样一路尾随到我的寝室，坐下后递给我一支烟，先是苦口婆心地阐述单身的难处，后来不厌其烦地介绍起对方的情况，像是在推销一款什么新产品，质量绝对没有问题，那架势好像我若不答应他就不会走。因为下午有课，想多休息会儿的我最后还是勉强存下了对方的手机号码。龙伟杰走出我寝室的第一件事应该是把我的手机号码发给了姜小云，因为当天刚一下班，我就收到了姜小云发来的短信。

姜小云在我对面坐下时，大概是五点半。精心化过妆的她身着一袭时尚的蓝色长裙，头发应该新近烫染过，我还隐约闻到了海飞丝的味道。姜小云虽然不是龙伟杰所说的那种绝对美女，但确实耐看，至少她散发的热情和荡漾在脸上的笑容能佐证这一点。这个做外贸的三十岁的女士之所以还没有结婚，按照龙伟杰之前简单透露的，是她不久前刚结束一段五年的恋爱长跑，她的男友最终离开她去了国外，表面上是为了公司的发展，实际上是另寻所爱。姜小云的伤口需要有一个人来帮忙愈合，而我总不能一直这样形单影只，这或许就是龙伟杰的善意所在。

毕竟是做外贸的，姜小云能说会道，而在大部分时间里我只是充当一个耐心的聆听者，姜小云肯定也注意到了这一点，但她丝毫不在意，或者故意不在意。不论怎样，她这一善意举动多少化解了我的尴尬，这也是她留给我的比较深刻的印象。我不知道同事龙伟杰有没有向她细说起我的过去，为了表示我的诚恳和委婉的拒绝，我主动向她简单提起了两年前丧偶的事以及一直没能走出的悲伤。

其实在这两年里，我从不向同事或朋友提起这段往事。此刻，我竟然主动跟一个初次见面的女士说起自己的过去，虽然只是简单提及，但仍像是突然揭起一个尚未结痂的伤口，我难以克制地流露出悲伤，而在姜小云关切地递给我一张餐巾纸时，我从她的眼神中读到了真切的怜悯和伤感。

从咖啡馆走出来时快八点了，这远远超出了我的预料。月光朗照着，霓虹灯和路灯合力装扮着城市的夜空，让人恍若身处白天。对面的KTV包厢里传来嘈杂的歌声，或许这当中也有像我这样的生活不如意者，他们只能用醉后跑调的歌声来宣泄着自己的情绪。姜小云问我要不要一起去白江边走走时，我以还要回家备课为借口拒绝了。其实，我不想跟小菲以外任何的一个女性去我们曾经经常去的地方，况且，我今晚已经够对不起小菲了。姜小云似乎很理解我，还劝我多向前看。我把姜小云送上出租车后，转身就朝白江边走去，一边还急不可耐地掏出香烟。

我与小菲第一次约会时走的就是白江边的这条小路，那时，大学毕业的小菲来白江也就八个来月。我是在同事吴家辉的婚礼上认识小菲的。小菲是那种说不上好看的姑娘，或许是她本身害羞的性格，又或许是脸上的雀斑让她有些自卑，婚宴上，她基本不讲话，也不敢看别人，只是夹着面前的几道菜，那个样子着实让人怜爱。当新人来敬酒时，我从新娘沈杨杨那里得知小菲跟我来自同一个省份。后来，我通过吴家辉间接打听到了小菲的联系方式，也由此开始了我们平淡而甜蜜的恋爱之旅。

小路仍是那条小路，随着江的走势而蜿蜒着；行道树仍是那些行道树，只是树枝上多了无数条景观灯带，在夜幕下肆意地闪烁着。江面上，开通没多久的夜游船灯火辉煌，梦一般悠闲地行驶着。在那条熟悉的长凳上坐下后，我又燃起一根香烟，散步人群的欢笑声、广场舞的曲调声以及从旁边音像店里传来的熟悉的歌声在江面上飘荡、流连，那种熟悉感让我开始感到窒息，与此同时，眼泪又不由自主地顺着脸颊悄然流下。

我回到住处时快十点了。

“陈老师，到家了吧？记得早点休息！”

姜小云发来短信。

04

资阳县人民医院坐落在资江北边，背倚回龙山。细想起来，在洞庭湖平原出生和长大的我来资阳县城的次数确实屈指可数，通常只是路过，因而没有多少机会去近距离接触这座发展中的城市。所以，无论是一年半前身处回龙山山顶和回龙宾馆，还是这几天站在资阳县人民医院住院部的十楼，我觉得自己所看到的资阳县城非常像白江市。或许，在内心深处，白江更像是我的家乡。

从电梯里出来后，我又走进了那家小餐馆，点了两个较辣的菜，要了瓶小瓶装的二锅头。回老家的好处除了能见到父母，就是能吃到正宗的湘菜，而辣的程度完全由自己掌控。戴着瓶底厚眼镜的老板三十多岁，大个头，体型肥胖，原先染绿的头发已经恢复成了原色，他第一时间递给我香烟。我不确定他是出于客气，还是因为仍记得我，第一次带父亲来化疗时，我和母亲也来这里吃过一次饭。母亲的身体原本就不大好，我不想再让她看到父亲痛苦时的样子，所以这次我就没有让她来，独自在家的她应该是如坐针毡，我唯有不时地打电话回家给她老人家报个善意的平安。

老板给我上菜时，我朝菜里多看了两眼，怕又有头发。记得上次带母亲来这里吃饭时，母亲对老板的第一印象就不是很好，她偷偷对我说，戴着这么厚的眼镜怎么烧菜？要是油烟糊了眼镜，他还能看得清什么？再说他又没戴帽子，说不定头发掉进去了连他自己都不知道。那天，当妖娆的老板娘将第一盘菜端上来时，母亲先是不许我动筷子，后来还果真从里面找到了一根绿头发。我本想叫老板过来，母亲阻止了我，说人家做生意也不容易，况且我们也不会常来这里吃，下次不来就是了。

随着白酒慢慢下肚，身体开始燥热起来，加上这几天没怎么休息，头也开始犯晕，但感觉至少比守在父亲的病房里咀嚼无尽的悲伤强百倍。守在病房，像是和死神博弈；而在这里，多少还有些许生的乐趣。

“生的乐趣”这四个字我是从小菲那里学来的。不像我，小菲是个极易满足的人，所以和她在一起时我感觉非常轻松。最初，因为距离遥远，我们只能在周末见面，我常向她透露思念之苦，甚至希望她能换家离我近点的单位上班。小菲倒看得很开，说每天见面会渐渐失去新鲜感，也会少了期盼，而生的乐趣就是前面有一样美好的东西等着你，你却又一时得不到，只能心痒痒的，既恨又爱。在小菲离开我后的这九年里，我一直没有参透这四个字的含义，现在在酒精的作用下脑中竟然突然冒出这几个字，着实让我吓了一跳。

认识小菲的第二年年底，我等不及期末考考完就请假带着小菲回老家举办了婚礼，那也是小菲第一次去我老家。当时，我们乘坐的还是绿皮火车，实际上再早几年，资阳县甚至连火车站都没有。一路上，小菲仍不停地向我打听我老家是什么样子、我父母性格怎么样，而这些问题我已向她解释了不下百遍，并且还都是往不好里说，以便让她有最坏的心理准备，而当实际情况比她想象的要好时，她就能轻易地接受了。我这样做，并非因为小菲是一个看重物质的人，而是因为她害怕去陌生的地方和见到陌生的人,更不懂得如何跟陌生人打交道。

下火车时已是晚上十点了，疲惫的我们在城区找了家宾馆安顿下来，打算先休息一晚，第二天再从从容容地回我老家。入住后,还没吃晚饭的我们下来吃夜宵,点了几个最辣的菜,以此比较谁更符合湖南人的特征。看着小菲脸上的雀斑被辣得一跳一跳的,我忍不住笑出了声,实在受不了的小菲向我讨要了半杯啤酒。当然,我也好不到哪里去,虽然表面上看起来很平静,但是喉咙和胃里犹如火在烧。

但这已是快十年前的事了 ……

“大哥,要不要再加两个下酒菜?”

老板走过来问道，胖腰上的花围裙让他看上去多少有些滑稽。这条花围裙让我想起了十四年前在白江认识的老乡李三，李三也很会烧菜,只是比眼前的老板瘦了一大圈,像他的缩小版。

希望老板没看到我湿润的眼眶，如果真看到了，但愿他认为是被辣出来的。在我递给他香烟时,微信响了,是姜小云发来的,问我现在在做什么，父亲的身体情况如何。我懒得回她，甚至认为没关机已是对她的仁慈。

虽然不想再麻烦曹若冰,但我到底还是给他打去了电话。

上高中时,曹若冰不仅在文理科分班后仍和我同班,而且还成了我的同桌。消瘦且发如乱麻的曹若冰可以说是班上唯一不在乎自己发型的男生,他有着哑光黑的肤色,不仅话少得可怜,还有一个很不好的习惯,那就是老往课桌下吐痰,吐完后顺便用鞋底一擦了事,因此他的课桌下经常是湿漉漉的一片。同学们一听到曹若冰吐痰的声音,会不约而同地捂着嘴鼻,并且都暗自佩服我的忍耐力。我想,班主任鲁老师没有把曹若冰排在靠前或靠后的位置,多少跟曹若冰有个在本校教历史的姐姐有关,他姐姐也长得黑,同学们私底下叫她黑妹。

曹若冰高考考得怎么样,当时我不知道,直到有了高中同学QQ群,我们才有了联系。大学毕业后,曹若冰先是在一家种子公司工作了两年,后来考上了公务员,如今在县政府上班的他已谋到了主任的职位。父亲第一次来做化疗时,我第一时间想到的就是他,正是他托人帮我搞定床位,也推荐了那位嗜烟如命的主治医生。在父亲转入普通病房后的第二天上午,曹若冰和他年轻貌美的妻子带着水果篮来医院探望,这让我母亲感动不已。

虽然多年未见,但眼前的曹若冰还是完全颠覆了当年他留给我的印象。此时的他梳着大背头,头圆肚更圆,唯独看不到脖子,因此他的上半身就是只标准的葫芦;走路时他那双不得不分得老开的双腿活像一把无法合拢的圆规,真担心哪天会突然散架;脸虽然照旧黑,但像打磨过一般油亮,真怀疑他每天的洗脸水上面浮着一层厚厚的油脂。不论怎样,曹若冰这小子的确混得好,不是靠猜测,而是有“图”有真相。

当晚，曹若冰还打电话过来叫我出去喝两杯，我本不想去的，但母亲赞同我去，她不想看到我留在病房陪她一起担心。那晚，曹主任可谓用心良苦，因为他还叫了包括祁霞在内的好几个高中同学，普通的小聚俨然一个小小的同学会。他们先是细心安慰我，然后开始谈论各自的现状、遥远的高中生活、或爱或恨的老师、漂亮的女同学和爱臭美的男生，到最后，他们又回到正题，再次安慰我。我和曹若冰是最后离开的，出租车先是把我送到医院门口，等曹主任跟我一番握手拍肩后才又载着他离开。

打的赶来的曹若冰显然已经喝过两杯，因为他的额头和脸庞黑里透红，在晕乎乎的我看来，他的脑袋像极了一只熟透了的大李子。戴瓶底眼镜的老板可谓明眼人，连忙分烟，我像是回报他似的加了几个菜和两瓶酒。后来，可能是嫌太冷清吧，曹主任干脆把一旁的老板拉过来一起喝，老板也没怎么拒绝，顺势坐了下来。不知是聊到了伤心处，还是喝到了兴头上，老板竟谈起了他那不久前跟顾客有染的妻子，让我这才想起今晚没看到那妖娆的老板娘，也明白了老板为何将头发恢复原色。当半醉半醒的曹若冰鬼鬼祟祟地提出要不要去洗个脚时，我立马拒绝了，不光是躺在病房里的父亲需要我，在天堂的小菲也在看着我。

在我回到病房时，父亲相对较为清醒，但疼痛仍旧让他一时难以说话。我先是帮父亲按摩，然后给他热敷，最后握着他那骨瘦如柴的双手，告诉他不用担心独自在家的母亲，也不用担心家里的生产，更不用担心他的孙儿，因为阳阳都快长成小小男子汉了。父亲一边流泪，一边摇头，最后艰难地挤出一句话：“昊天，爹对不住你……”声音细如游丝。

父亲好不容易睡着后，我先是面窗站了会儿。夜空中，星光点点，如小菲脸上的雀斑，让我感觉离自己如此之近。后来，我又溜进了走廊尽头的公共卫生间，贪婪地吸着烟的我真想给父亲也点上一根，只希望能分散一下他的注意力，缓解一下他的疼痛。

05

和姜小云初次见面后，她给我的短信越来越多，而我爱回不回的冷淡态度似乎并没有影响到她。有时下课回到办公室，手机里有好几条她发来的短信，无非一些关切的话。有时出于礼貌，我会回两条，而对于她打来的未接来电，我从来没有回过。不论怎样，总归有迹可循，而这些蛛丝马迹没能逃过同事们灵敏的嗅觉，他们隐约猜测我又恋爱了。

后来，我之所以开始适时回复姜小云的短信和电话，甚至有时还答应跟她见面，无非基于对一位女性的尊重，毕竟姜小云不轻言放弃的精神让我真有些不知所措，我真不知道自己有哪点吸引了她，而龙伟杰的软磨硬泡更是让我只有屈从的命。

在详细了解了姜小云的遭遇后，我对她开始理解和同情起来，这层理解和同情还可能包含了对失去小菲之后的自己。

六年前，二十四岁的姜小云如愿进入了白江市一家极具竞争力的外贸公司，凭着自己省优秀毕业生的光环和争强好胜的性格，她把业务做得有声有色，既证明了自己，也为公司带来了丰厚的收益，因此她深得金老板的赏识。后来，金老板为了留住这个人才，就把自己的侄儿金浩哲介绍给了姜小云。那时，金浩哲从英国镀金回来还没多少日子，在公司另一部门担任主管。刚走出大学校门的姜小云其实对自己的婚姻大事并不着急，相反，她更愿意把时间和精力放在工作上，倒是她父母认为这是个天赐良机，在一边不停地催促他。

据姜小云讲，热爱健身的金浩哲身材健硕，五官分明，很有男人味，是许多女孩子梦寐以求的恋爱对象和结婚人选。他对她体贴入微，嘘寒问暖，有时，还以到她部门视察为由来看她。他总能找到理由给她送礼物，偶尔还开着保时捷跑车带她去外面兜风。总之，在金浩哲面前，姜小云像是被突然捆绑了手脚和捂住了嘴巴，不知道要不要拒绝，也不知道怎样拒绝。

“在我们认识第三年的下半年的一个周日，金浩哲带着贵重的礼物出现在了我家门口，事先也没跟我打招呼。我母亲打开门时，一眼就看出来者是谁，马上把他请进屋，好像期待这一时刻很久了。那时，我因前一天晚上加班得太晚还赖在被窝里，不知所措的我几乎是在母亲的念叨和拖拽之下起床的，匆匆洗漱好后走进客厅时，金浩哲对我狡黠一笑。早锻炼回来还没多久的父亲有些猝不及防，中间找了一个借口下了一趟楼，回来时，双手拎着满满的两袋菜。”

“吃中饭时，一向不多喝的父亲对金浩哲敬过来的酒杯没有任何拒绝，他们越聊越投机，让人觉得他们就是一对忘年交，相见恨晚。我从没见过我父亲说过那样多的话，他是那种宁愿低头看报而不肯多说一句话的人，好像把以前没说的话都放到了今天。我母亲几乎是哼着戏曲烧的那顿饭菜，吃饭时，她还不停地给金浩哲夹菜，那样子比照顾她那些花花草草还细心。后来，在母亲的示意下，我极不情愿地送金浩哲下了楼，其间，我们彼此无话。在一楼的楼道口，他突然拉起我的一只手说：‘你爸妈真是爽快人！’我无言以对，也不知道要不要把手抽回来。直到他坐上出租车离开，我还没回过神来。”

坐在公园长凳上的姜小云是比较平静地讲完这一小段故事的。这天，是姜小云的生日，我和她先是吃了牛排，然后去公园散了一会儿步，最后坐在公园的长凳上欣赏着漫天飞舞的柳絮。我虽然理解姜小云此时的心情，但无法给她过多安慰，就像读一本故事书，阅读时感觉离主人公很近，合上后就意识到彼此距离的遥远。实际上，我还对金浩哲不无羡慕。因为大半年后，在小云的坚持下，战战兢兢的我第一次走进她家，并没有感受到一丝暖意，于是我就干脆躲在小云的房间里，遥想着小云父母当时给予金浩哲的温暖目光。

当姜小云站起身时，我从三十一岁的她的脸上读到了些许沧桑。

姜小云说不想一个人走回家，让我送她一段。我不知道她这是临时起意，还是真心流露，可能是从内心里同情她吧，我并没有拒绝。我吸取了与小菲在一起时不懂浪漫的教训，在路过一家花店门口时，我很自然地走进去挑花，姜小云则在外面静静地等着，就像等待一场电影拉开序幕。后来，我们一路上没多少话，到了她家单元楼下时，姜小云转过身来对我说：

“陈老师，谢谢你今天抽空陪我！”

她脸上带着微笑，也夹带着些许苦涩。

我把花递到她手里，郑重道：

“生日快乐！”

她把它抱得紧紧的，像是担心我会因后悔而将它抢回去似的。

自那以后，姜小云的信息和电话像是慢慢地对我产生了一种魔力，而我有时候的及时回复和接听好像不全是为了她，也是为了我自己，或许这就是感同身受吧！

这年中秋节的傍晚，当我主动提出来一起去看场电影时，连我自己都吃了一惊，而电话那头的姜小云肯定是吓了一跳，因为我分明听到了一声惊呼。当我赶到灯火通明的影城门口时，精心打扮了一番的姜小云刚到不久，她是驾车来的，还顺路买了两杯奶茶。在我排队买票时，她很自然地站在我左边，海飞丝的香味滑入我的鼻腔。姜小云是挽着我的胳膊走进影院的，观影过程中，她有些心不在焉，偶尔转过头来看我一眼，最后，她干脆把头靠在我肩上。我隐约觉得小菲就在不远处望着我，心情复杂。

我们并排从电影院里走出来时，姜小云倒没有再挽着我的胳膊。街道上一片热闹，喜迎中秋的标语和促销广告到处都是，一对对或牵或挽的情侣从我们眼前走过，让我觉得自己置身在一片爱的海洋中。当我提出要不要去吃点夜宵时，姜小云摇着头说时间还早，不如随便走走。在白江市新华书店门口，她说想送我回去，顺便看看我租住的地方，说完，便抬头望着我，是等待，也是恳求。

小菲去世后没多久，我就换了住处。没有了小菲的这三年，我就像一个没有了母亲庇护的孩子，家里凌乱不堪：地可能一个多月没拖了；书籍、换下的衣服扔得到处都是；茶几上有好几只空烟盒；垃圾一个多星期没倒了，里面除了数不清的花生壳，还有两个空酒瓶；前几天的碗还浸泡在水斗里，更不确定具体有几只。

等姜小云在客厅落座后，我就急忙去烧茶。当我端着一杯热茶走回来时，姜小云已经帮我把茶几和沙发整理好了。电视柜左边摆放着的那只粉红色空花瓶，由于好久没擦拭，上面积了厚厚的一层灰；中间摆放着的是我和小菲的合照，那是四年前我和小菲去张家界游玩时拍的。笑容灿烂的小菲就那样默默地看着我，也看着眼前这个陌生的女子。

“这应该是你妻子吧，笑得真甜！”

端着茶杯的姜小云平静地说。

“嗯。”

“把它摆放在这么显眼的位置，看来你确实很爱她……”

“……”

这就是姜小云会说话的地方，也是比小菲聪明之处。她像是朝我抛下了一个让我无从拒绝的鱼饵，更像是在无形之中把我逼上了一条没有退路的道路。姜小云低头看着手中的茶杯，没有要喝的意思，两根纤细的小指轻轻地敲着杯身，我知道她又在急切地等待着。

月光静静地洒进阳台，外面不时有声响传来，还夹杂着隔壁邻居的电视声。我在姜小云的旁边坐下来，尽可能以平静的语气讲了我和小菲的许多往事，好像讲的是一个跟自己无关的久远的故事。姜小云安静地听着，偶尔抿一口茶，海飞丝的味道融入她手中茶水的热气，在我和她之间徐徐飘荡着。

我不知道自己讲得清不清楚，至少我做到了以平静的语气讲述。有那么一段时间，我们像置身于真空中一样，没有任何交谈，而当我拿起电视遥控时，姜小云制止了我。接着，姜小云看向我，眼睛里泪光闪烁，可能是在同情我，更可能是想到了自己的过去。像是为了回报我，姜小云讲了自己和金浩哲那余下的故事：

“后来，我的第一次给了他，也可以说是他趁机夺走了我的第一次。前年圣诞节的晚上，金浩哲开车来接我出去玩，可能是工作太累，那天我头有些晕。其实我是不想去的，但我爸妈劝我还是去，不能辜负人家的一片心意。他先是带我去看了一场电影，然后带我去 KTV 唱歌，中间还叫来了一帮朋友，他们边喝边唱，边唱边跳，我实在推不掉，也喝了一杯，应该是洋酒，至于后来怎么样，我记不起了。等我第二天早上醒来时，我睡在一家宾馆的床上，旁边的他一身酒气，打着雷鸣般的呼噜。

“我想了约莫一刻钟，然后轻轻地起了床，脸也没洗，把头发简单拢了一下就走出了宾馆。我不知道自己是怎样回到家的，进家门时，早锻炼回来的父亲正坐在沙发上看报纸，母亲则在阳台侍弄着那些她无比心爱的花草，对于我现在才回来，他们似乎一点都不关心，只是问我有没有吃早餐。要知道，我从来没有彻夜不归过，唯一的一次是大学毕业的那个暑假，大学室友来白江玩，我们在 KTV 度过了一个疯狂的夜晚。此时无心理睬他们的我把自己关进房间后，立马趴在床上，任凭眼泪夺眶而出。没多久，金浩哲打来电话，我直接挂掉了。很长一段时间，我拒绝跟他联系，哪怕他借机来我办公室，我也装作没看见。金老板有一次把我叫到他办公室，问我和金浩哲进展得如何，从他的表情里，我想他应该知道得一清二楚。”

姜小云停下来抿了两小口茶，眼泪倏然流了下来。我递给她一张纸巾，她接过去后只是紧紧地抓在手里，好像要把它们拧出水来。然后她又开始继续讲，好像怕停得太久就再也没有勇气讲下去一样。

“陈老师，虽然这份工作对我很重要，但我不是没想过辞职，包括我父母也是这么想的。你也不要看我平时大大咧咧的，穿着也比较时尚，那都是工作所需，其实在思想上我还是比较传统的，在我自己看来，我已经不再纯洁，也怕将来的老公会因此嫌弃我。大概三个星期后，我又主动和金浩哲联系了，装作什么事情都没有发生过。唉，我就是这么贱！直到后来的一天，我因为工作上的事走进了他的办公室，当时，他正面对着窗户打电话，语气相当暧昧，对于我的到来他根本没察觉到，等他打完电话转过身时，我从他脸上看到了惊愕的表情。我一句话也没说，把文件往他桌上一扔就走出去了。一个星期后，金老板在楼梯口碰到我，告诉我说金浩哲被派到国外拓展业务去了，可能一时半会儿不会回来，希望我能安心工作。那一刻，我什么都没有想，只想活出一个坚强的自己给自己看。因为当你取悦不了生活时，那就学着取悦自己，并且还要在认清了生活的真相后仍爱着自己。”

我给姜小云添满茶水，她轻声说“谢谢”，一丝苦笑如闪电般在她脸上一闪而过。于姜小云和我而言，我们所要求的生活就像是一杯再简单不过的茶，只是在想喝时它却滚烫着，为了喝到一杯冷热刚好的茶，姜小云和我都还得花很长时间去学。

我送姜小云下楼时，一句安慰的话也说不出来。姜小云让我早点上楼休息，然后就朝自己的车走去。还没进门，我就收到了姜小云的短信：

“谢谢你今晚请我看电影和耐心地听我啰唆！”

我随即回了一条：

“同样谢谢你！”

那夜，我第一次为小菲以外的另一个女子失眠。

06

我去白江市碰运气缘于王萍的建议。

王萍既和我同村，也是我小学、初中和高中同学，那年高考后，发挥失常的她就读于省内一所专科学校的外语系，而我就读于湘华师范大学的中文系。其间，像姐弟一样的我们联系密切。大学毕业后，王萍和其男友汪剑以莫大的勇气去了东部沿海地区，并先后谋到了教职，只是一个在白江市，一个在昌南县。

刚迈入大四，我就开始为工作的事情发起愁来。父母一心希望我能回老家资阳县城教书，毕竟他们就我一个儿子，我自己又何尝不想呢？只是在后来的几次教师应聘中，我不是笔试成绩差几分，就是在面试中被淘汰。对我的遭遇，嘴笨的父母只会干着急，丝毫不懂得如何安慰我，只能借更加卖力的劳作来分神。而迷茫的我则一天到晚躺在床上，不是怀念大学时期的美好时光，就是把玩着手中这只 TCL 翻盖手机。

这是我人生中的第一部手机，是大四放寒假时去资阳县城买的。当大学室友人手一机的时候，我还在守着寝室里的那部座机，虽然内心里对他们不无羡慕，但更多的是对父母的理解。当省吃俭用的父母提出给我买只手机以便来年方便找工作时，我虽然感到吃惊和不安，但也没怎么拒绝，心想，只要能找到工作，这点钱总归能挣回来，而身上有只手机也方便很多。腊月二十六那天上午，心有不安的我揣着母亲给的钱坐上了好友邓强的摩托车，一路呼啸着朝四十公里外的县城驶去。最终，内心的不安被拥有了手机的激动取代。

现在，手中的这部手机反倒成为我莫大的负担与愧疚。新近的短信大多是大学室友发来的。大学时最好的朋友、酷爱钓鱼的陈兴给我报喜，他在县劳动局谋到了职位，陈兴最后一次英语四级考试的机会还是由我替他把握的，否则他极有可能拿不到学士学位证书。睡在我对面的汤明回高中母校做了一名语文老师，大学四年，他每学期总有一两门学科要补考或重修，因而没少为学校做“贡献”。大学四年基本在外租房住的赵文彬是个自信心爆棚的人，既搞家教，又不耽误谈恋爱，还不忘跟房东及房东邻居打几圈麻将；他现在一边在一家培训机构上课，一边为公务员考试做准备。班里年纪最大的雷志强班长虽然之前因英语成绩太差而考研失利，但如今凭借过硬的专业素养进了老家县城的报社，也算是才尽其用……

“昊天，可以来我这边看看，这里还缺文科老师。”

这是王萍前两天给我的短信。此时，王萍在白江市的一所职高担任外语老师已有一年。这像是我的最后一根救命稻草，整个下午，我一直回想着这条短信内容，而头顶的吊扇在单调地旋转着，一如我犹豫不决的内心。

傍晚，在我把饭桌像棋盘一样架在狭小的院子里后，一家三口如棋子一般随即在桌边落座，家里的那几只鸡已早早地从不同方向赶来，带着讨好的眼神抬头张望着。风夹带着热气阵阵吹来，拂过篱笆时，就像是一双无形的手滑过琴键，簌簌有声。菜园里，紧紧抱着竹架的丝瓜藤伸长脖子眺望着远方，偶尔俯首将远方的消息透露给身边的那片列队齐整的辣椒树。圆镜一般的夕阳之所以还未西沉，是因为悬浮在晚霞那条像彩梦一样的河流里。

“妈，明天我想去白江碰碰运气。”

饭桌上，我如是说时头也没敢抬，无非担心自己的话得不到任何回应，如同担心一粒细小的石子在掉入湖里时激不起一丁点水花。

“鬼崽子，白江是什么地方？”

母亲一脸的不解，灰白的卷曲头发上还躺着两根细草，她和父亲今天又在田里忙了一下午。

“就是王萍工作的地方 ……”

我的声音更低了，好像那粒石子渐渐沉入了湖底。

“那么远，以后 ……”

父亲并没有把话说完，或许他在借驱赶那两只讨厌的苍蝇而故意不说完。

当晚，在脸色难免沉重的母亲给我收拾行李时，寡言的父亲坐在一旁不停地吸着烟，左手那根断指不时抖动一下，而我则在一旁有些不知所措，像是犯了不可饶恕的错，而且还殃及了他们。四年前我去大学报到前的那晚，父母亲高兴得像孩子，仿佛终于得到了一件向往已久的玩具或一套心仪的衣裳，幸福的泪水在他们的眼窝里像陀螺一样打着转。

第二天一早，邓强骑着摩托车把我送到十里外的镇汽车站。这个老旧的汽车站，我再熟悉不过了。高中三年，我就是从这里坐车到资阳二中所在的龙港镇，隔四个星期再从龙港镇坐车回来。高一时，邓强还能和我一起往返。邓强辍学后，就剩下我一个人。这一变化，在一定程度上非但没能使我和邓强之间有了生疏感,反而使我们的友情在接下来的近二十年里再进一层。现在，邓强仍旧在镇上上班,给他做家具生意的舅舅帮忙。

在我等车时，身着牛仔裤和黑色T恤的邓强就坐在熄了火的摩托车上，肱二头肌紧实得如刚成熟的玉米，两条长腿像支架一样支在两边。邓强没有马上要离开的意思，但也没说话，只是满足地吸着烟。风吹乱了他那郭富城式的中分发型时，他只消用手指简单梳理两下，乌亮的头发又听话地整齐而对称地分散在两边。因为邓强戴着墨镜，我看不到他当时的神情，只觉得眼前的他像极了港片中的古惑仔,只是手臂或脖子上没有文身而已。

汽车快启动时，邓强起身走到我面前，从裤袋里掏出皱巴巴的五百块钱塞到我手里。

“路上用得着!”

那是斩钉截铁的语气，我觉得自己一反抗，他就会像古惑仔一样从身后掏出一把砍刀架在我脖子上。

“我有……”

我咽下了后面的话,因为邓强已潇洒转身,骑车而去,身后扬起一路灰尘。

我辗转到长沙火车站时快下午两点了，汗水早已湿透了我的前胸和后背。十多分钟后，我紧揣 K135 次车票走进了候车室，并且找了个座位坐下。陌生的人群和嘈杂的声音让这个八月底的下午更显炽热，广播里不时播报着即将进站和马上检票的车次，站起来的乘客中总有几张如我一样茫然的脸。左边发黄的墙壁中央挂着一面极大的方形钟，即便积了一层厚厚的灰尘，稍显落魄，仍居高临下地俯视着；两边的巨幅香烟广告和槟榔广告，既使方形钟不至于形单影只，又让巨大的墙面少了些单调。

我虽然在候车室里足足等了三个小时，但丝毫不觉得饿，我把这段时间恰到好处地用在了想象上：明天上午到杭州后，怎样转乘长途汽车到白江市；到了白江市教育局后，如何诚恳地表达我的求职意向；如果成功，那该是一所怎样的学校；如果不成功，我又将做怎样的打算……等上了火车并把行李安顿好后，我虽已疲惫不堪，但睡意全无。在透过车窗盯着陌生而遥远的前方时，我隐约看到玻璃上映着一张写满焦虑和茫然的脸。

在等白江市教育局工作人员下午上班的这段漫长时间里，我在近边的一家面馆吃了碗面，顺便在里面消消暑。面馆老板是一对五十来岁的很有夫妻相的矮胖夫妻，当我不紧不慢地走进去时，里面没有其他顾客，面容和善的老板娘正坐在门边看电视，光着膀子的老板则趴在柜台上睡着了。被老板娘叫醒时，大腹便便的老板并未恼怒，重新系好围裙的他像是滚着进了后面的厨房，顺便丢下一个哈欠。

坐下后一细算，我才惊觉上一顿还是在火车上吃的，距离现在已有十七八个钟头，难怪饿得紧。虽然很饿，但那碗面我吃得很慢，因为我不想过早走出去继续被太阳炙烤。不知道老板娘是看人准，还是我在外面等待的时候早就被她注意到，她问我是不是去教育局办事，涉世未深的我不仅说明了自己的来意，还像一个受了莫大委屈的孩子在母亲面前倾诉一般，把这一天半的经历一股脑儿地吐了出来。热心的老板娘一再鼓励我，说白江是个好地方，经济富裕，能在这里扎根肯定比老家好，还叮嘱我到时候别忘了把老家的父母也接过来。

我是在把行李寄存在面馆后才小心翼翼地走进教育局的。当我走出来时，我手里拿着一封无异于大学录取通知书的宝贵介绍信。回到面馆时，老板娘给了我一个令我永生难忘的微笑，这个和善的微笑，我在以后的许多年里仍不时记起。真诚地道过谢后，我轻快地走出了面馆。烈日下的白江让人目眩，江水兴奋地流淌着，我迫不及待地往家里打了第二个电话，也给张军华打了个电话。

随后，一辆出租车乘风破浪般将我带到了现在工作的这所学校。

07

按照小云事先告诉我的门牌号，我战战兢兢地敲响了她家的门。开门的是小云的父亲，当时，他手上拿着一份《白江日报》，脸如他的身高一样瘦长，黑框老花镜在他高耸的鼻梁上耷拉着，显得有些垂头丧气，一头稀疏的半白头发整齐而无力地躺在头上，只等一声号令将它们唤醒。小云虽然斜靠在沙发上旁若无人地玩着手机，其实她的内心也紧张着，因为她立马站了起来，并在她父亲身后给了我一个勉强而短暂的微笑。

厨房里传来小云母亲的声音：

“谁呀?”

没有人回答她，她干脆走了出来，双手在围裙上擦着，总让人觉得她现在是双手瘙痒难忍。小云的母亲个头不高，顶着一头如大麻花般夸张的波浪卷，白白胖胖的她像是穿着衣裳的面团，虽然面无表情，但那种犀利的眼神让人一见难忘。

“妈，这就是我的男朋友，五中的语文老师。”

小云的声音显得有些低沉，根本不像平时自信的她。

“哦！”

不冷不热地应了一声，姜母随即又回了厨房，像是逃避一场没有必要的谈话。

回到沙发上的姜父先是审视了我几秒钟，似乎在确认眼前这个身穿呢大衣的男人到底是不是老师；接着问了我几个最简单的问题，比如我住哪里，怎么上下班，好像我的智商也就只够回答这么几个问题；然后就继续专心看报，因为那里有他更感兴趣的东西。看着姜父那半躺着的样子，我立刻想起了读高中时那个卖给我盗版书籍的老板。

姜父身后那堵墙靠门框的位置挂着一把晨练剑，跟墙壁一样显得斑斑驳驳，倒是静静垂着的剑穗像一只火红的辣椒。小云曾跟我说起，他父亲喜欢早锻炼，打打太极拳或舞剑什么的，回来时顺带把菜也买好。阳台上摆放着许多花花草草，俨然一处精心设计的小花园，我像一个初中生一样面对着一段佶屈聱牙的文字，除兰花外均叫不上名字。

没过多久，我揣着“小云事先的铺垫效果并不佳”的想法跟着小云躲进了她的房间，在我看来，那里似乎才有安全感。

一张一米五宽的白色木床上面铺着蓝色的床单，被子对半叠着，一对淡蓝色的枕头像两只小肥猪一样并排躺着，恐怕翻个身都困难。白色的衣柜在进门的右手边，里面应该挂满了小云精心买的衣服。每天早晨，小云或许为今天穿什么衣服而发愁。墙壁上贴的是浅灰色的墙纸，床背上方的墙壁上挂着一张照片，戴着墨镜的小云赤脚站在海边，笑容可掬，海风撩起她的长发，我似乎闻到了熟悉的海飞丝的味道。电视柜旁边是一张书桌，上面除了有好几本大大小小的相册，还有一台开着的笔记本电脑，无数个夜晚或周末，小云就坐在这台电脑前加班，在证明自己的同时，也在为金老板创造着财富。

“不好受吧？不怕你笑话，其实我也想不通他们怎么竟是这样的人。”

门刚一在身后关上，小云就很过意不去地对我说。

我呆呆地坐在床沿，徒然羡慕起当年金浩哲来小云家时所获得的温暖目光，真的是天壤之别！

“没关系，可怜天下父母心！”

我既是在替小云解围，也是在为自己的难受找借口。想必小云的父母已经知道了我的情况——外地人，租住着小面积公寓，没多少存款，还有过一段污点般的短暂婚史。虽然如此，我还自欺欺人地认为能踏进姜家门槛，并且现在还能坐在小云的房间里，说明情况并不是特别糟糕。

“在想什么呢？”

小云苍白的脸色表明她仍在为自己父母刚才的态度深感抱歉。

“你到底有没有跟你爸妈提过我的情况？”

想起刚才的情景，我仍后怕。

“你傻啊，能不提吗？”

对于这一次登门拜访，小云是做过功课的。在她看来，经过与金浩哲的风波后，她父母应该多少有所悔悟，想必不会太为难我，毕竟小云也迈入了所谓“剩女”的行列。同时，小云也做好了最坏的打算，即便她父母确实不同意，她也不会放手，哪怕搬出来跟我同住也无所谓。小云所想到的这些虽然不足以让她父母接受我，但她的这份决心确实让我感动。其实，真正让我答应小云此次登门拜访的筹码是她已有了我的骨肉。

这个消息是小云几天前告诉我的，我仍然清楚地记得小云当时的表情，那种介于惊喜和害怕之间的表情。在大悦城的三楼，小云说要买件羽绒服，在走到一个转角处时，她突然停下脚步，那样子好像是想起把什么贵重物品落在车上了，我甚至还做好了待命去取的准备。

“昊天，都一个半月了，‘大姨妈’一直没来！”

真不知道她为什么会在商场这种公众场所跟我谈及她的生理问题。

“那是你家的亲戚，我也请不来啊！”

我故意跟她打趣，根本没意识到这是一个很严肃的话题。

“你怎么当的老师？”

好像有人将打火机的火舌慢慢移近她漂亮的头发，小云真有些急了，这个表情在往后的几年里我还会经常温习。

“我可不是生物老师。”

我找了个台阶下，连我自己都觉得蹩脚。

“你不记得那一晚了……”

她脸上掠过三分羞涩、七分担忧。

“……”

“昊天，我极有可能是怀孕了……”

我和小云从房间里走出来时，小云的父母像两尊菩萨一样已经落座了。小云偷偷扯了一下我的衣袖，暗示我要放松。其实，她没必要提示我，任谁身处我的境地，难道还有自如的余地吗？我在小云的左手边坐下，学着小云的样子拿起筷子。如果之前进门时没有向小云父母问好是由于紧张，那么，现在不懂得事先夸赞一下这顿菜烧得多么好则是因为被吓傻了。

大家都小声地吃着，心照不宣却又一时找不到合适的话题，只等由谁先来打破这重如黑铁的沉默。我左后方的电视里正播放着本地戏曲，咿咿呀呀的，反正我是听不懂，倒是坐在我斜对面的姜母不时抬头瞟一眼，我一度猜测她是在借机观察我。

“妈，我想好了，年底就嫁给陈老师。”

小云平静地说着，让人觉得这件事不像是她自己的决定，倒像是原本不同意的她最终还是答应了她父母的要求。

我虽然没有抬头，但可以以性命担保，小云的父母已经惊讶得下巴都掉了。在令人窒息的空气中，我看到了他们的筷子在饭碗上方频频抖动着。

“你敢！”

姜父的话言简意赅。

“你是不是疯了？什么样的你找不到？”

姜母运用的是对比和衬托手法。

“我是认定他了，你们不同意也得同意！”

一双筷子从桌面上飞散开来，那是姜父的，他站起了身，我很好奇他那头稀疏的半白头发有没有一下子坐起来呢？

“如果你选他，就从这里滚出去，我们只当没生你这个女儿。”

姜母在假设和威胁。我想起了之前进门时看到的她那犀利的眼神。

“反正我们已经失去过一个女儿了，也不在乎再多一个。”

姜父及时补充说明，有理有据。

“我已经怀孕了 ……”

小云哭了出来，不知是恐惧还是求情。

一记响亮的耳光打在小云的脸上，那是小云她矮胖的母亲隔着桌子艰难地打来的，余音响在小云的耳旁，也响在我的脑际。

接下来的这一幕也就水到渠成了。我被姜父一把拖起，椅子翻倒，呢大衣被弄皱，可能是理亏的我没有资格反抗，也可能是精瘦的姜父因经常晨练而力气够大，迷迷糊糊的我被推出了姜家大门。姜母手疾眼快，把玄关边的礼物一次性扔了出来，这可是我按照她宝贝女儿的叮嘱买来的。小云本想第一时间跑出来，但被她那刚好腾出双手的父亲一把拉住了，而她母亲则第一时间关上了大门，并用自己的后背抵着，凭她那副身板，小云肯定没有任何机会。

08

出租车在省道上平稳地行驶着，两边是一闪而过的厂房，规模都还不小，正如王萍和面馆老板娘所说，白江市是一座经济富裕的沿海城市，在全国百强县中排名靠前。可能是空调打得过低，我觉得身上有点凉飕飕的，而胖司机自己倒不觉得，我只好不动声色地把装着衣服的行李袋抱在怀里。

“你是去五中报到的新老师吧？昨天我也送了一个新老师去五中。”

司机操着一口不是很标准的普通话，肯定的语气表明他已经确定我不是本地人。

“是的，今天上午我刚到白江。”

我友好地回答。

“做老师真好，待遇不错，还有这么长的寒暑假，哪像我们，一天到晚坐得累死也挣不了几个钱。”

他不无羡慕地说，一双一大一小的眼睛从后视镜里看了我一眼。

“这个也要看人的：有人喜欢做老师，有人喜欢自己创业，这样不受体制约束。”

我说的是实话，也是在安慰他。

“这倒也是。我女儿明年大学毕业，我一直希望她也能当老师，女孩子嘛！但她似乎不朝这方面考虑。哎，随她吧！”

“……”

“你是被分配过来的，还是自己找来的？”

“怎么说呢，先是在这边的同学建议，后来我自己就过来了。”

“蛮厉害的！其实，在白江的外地人挺多的，各行各业都有，不少人混得还挺好。”

“……”

二十多分钟后，出租车停在了白江市第五中学的门口。向司机道过谢后，我就带着行李和介绍信走向门卫处，几句询问后，我向办公楼走去。

接待我的是刚被提拔为校办主任的郑老师，郑主任中等个子，身材偏胖，脑袋圆圆的，脸上一直挂着笑容，他和蔼可亲的模样立马让我想起与之截然相反的高中英语老师周老师。周老师当时也是校办主任，但一天到晚不苟言笑，好像除了校长谁都欠他钱似的。教育局人事科应该事先来过电话，郑主任看完我的介绍信，先是对我能加入五中教师团队表示欢迎，然后就给我安排办公室和宿舍，其间，他还骑着摩托车带我去镇上的超市买了些生活必需品。

办公室里总共有五名老师，都在兢兢业业地备着课。几天后，我知道了其中那位叫曾志军的语文老师来自江西景德镇，他比我早两年参加工作。仅仅两年后，他突然向校长室递交了辞呈。把办公桌收拾干净后，我去楼下的资料室领来了课本、教辅书、备课本和笔等，然后就开始认真地备课，只是一想到第二天要站上讲台，仍不免有些担心。我想，这是每一位新教师都得面对和经历的吧，只是有些人角色转换得比较顺利，而有些人则要花更长的时间来适应。

曾几何时，我们中文系三班全体同学在湘华市的某所高中实习，行将结束时，学校教务处决定开一堂由实习老师与本校老师教学大比武的公开课，上课班级到时抽签决定，而上阵的实习老师则由带队的指导老师安排。天不怕、地不怕的赵文彬第一时间毛遂自荐，愿意担此重任。课上，面对下面若干双陌生的眼睛，赵文彬仍能把打麻将时练就的清晰思路发挥到极致，而学生原本就对实习老师抱有新鲜感，所以，他们听得非常认真，配合得非常到位，当下课铃响起时，赵文彬大方地走出教室。后来，学校领导和指导老师都给予赵文彬极中肯的评价。

老旧的寝室坐落在校园的北面，一楼的一间房被隔成前后两间，我住在后面半间。虽然采光不是很好，但空间足够。北窗下是一张旧办公桌，桌前一条方凳；西边是一个一米出头的书架，上下总共三层；东边是一张一米二宽的木床，床板虽然老旧，但还算平整。床头斑驳的墙壁上，几个漂亮的字倒是吸引了我，是用毛笔写的，虽然落款比较模糊，但我还是辨认了出来——沈丹霞。之前住在这里的是位女老师吧，我心想。

当我把刚买来的简易衣柜安装好后一放，寝室顿时有了点样子；接着，我把包里被压皱的衣服一一拿出来，或挂或叠地放在衣柜里；然后，给大床铺上刚买来的席子。虽然整体上仍比较简陋，但比起昨晚只能在火车上坐着打盹儿不知强多少倍。就在我打量着眼前的一切时，自昨天以来积累的疲惫忽然全面袭来，我像一摊稀泥一样瘫倒在床上，即便如此，我还是强撑着眼皮拨通了陈兴的手机。

一段时间后，我才知道住在前面半间的是一位高高胖胖的生物老师，留着平头的他显得很精神。我常想，如果他理个光头，那颗圆脑袋就是一只不折不扣的洋葱。他中午很少来此休息，偶尔来也是在我躺下之后。他取钥匙时都是哼着小曲，像是在给幼儿把尿，不免让我怀疑如果不哼着小曲，他无论如何都打不开那扇门。

我在这里住了一年，之后，我搬到了楼上与另外两个同事合住，虽然拥挤了一点，但有人说话也是一件美事。住在楼上的一年，有两点让我印象深刻：其一是没有独立的卫生间，洗漱和如厕很不方便，夏天还好，冬天就有些受罪了；其二是遭窃。

“志军，借双皮鞋给我。”

“你不是嫌我有脚气吗？”

“顾不了这么多了，快点！”

曾志军提着自己那双穿了三个来月的皮鞋慢悠悠地走进来时，一脸的得意，那样子仿佛是在为小偷没把我所有的东西都拿走而深感遗憾。他就是这样的人，不会放过一切可以损我的机会。

我不无悲伤地告诉他，昨晚我又遭窃了。确实如此，自从搬到二楼的宿舍后，这是近一个月来第二次遭遇梁上君子。上一次，西装、皮鞋等被偷走，害得我只得另行购买；这一次，小偷又把我的新皮鞋和旧皮带都拿走了，看不上的衣服被扔在旁边的草地上，像是某种暗示或挑衅。让我想不通的是，一向睡觉警醒的我竟又没有丝毫察觉，看来，小偷像影子一样盯上了我，让我措手不及和防不胜防。

“皮鞋不亮，找不到对象。昊天，看来你是单身的命啊！”

穿着志军的皮鞋和他一起去县城喝同事喜酒的路上，他总能借机讽刺我。

“你还是先管好你自己吧，别忘了，你可比我大两岁！”

我真想活活把他掐死，像他这种幸灾乐祸的人不被偷，真的是天理难容。

后来，随着学校的发展，我的寝室又历经了好几次搬迁：从后面搬到前面，由旧宿舍搬到新宿舍，从三人间搬到两人间。我也是在这一次次搬迁中从一个毛头青年变成了中年大叔，这中间的苦与乐只有自己最清楚。

作为一所农村普高，五中的校园面积确实不大，但景色优美。东边的那几棵年数不小的香樟树，一年四季苍劲挺拔，岁月对它们构不成任何威胁。石子铺就的蜿蜒小道，穿针引线般穿过后山，中午或傍晚走在上面，别有一番滋味；小道两边的杨梅树，像是约定好了一样，每年高考时杨梅开始成熟。每年的阴历八月，整个校园丹桂飘香，香气也随风潜入课堂，也是这香气，将像曾志军和我这样的外省籍教师的思绪推到遥远的故乡，推到时间的深处……

其实，我能那么快和曾志军熟悉起来，不外乎同处一个办公室，都是来自外省且都是语文老师。志军是一个心无旁骛和心如止水的人，做什么事情都脚踏实地，但又不在乎最后的结果。他略显忧郁的气质可能跟他早年丧母和出生在僻远的山区有关，但和我在一起时，他又显得很阳光，经常跟我开玩笑，只是极少谈起老家的情况。辞职前的那个学期末，志军请假回老家给父亲奔丧，回来后像是换了一个人，经常坐在办公桌前发呆，也不再跟我开玩笑。新学期开学时，我才知道他瞒着我辞职了，给他打去电话，他说在南昌。后来看了他的 QQ 空间动态，又发现他人在杭州。

自那以后，每次乘坐火车在老家和白江之间往返时，我总会想起志军，总希望在某个停靠的站台上看到他的身影，只是每每落空。

09

身着黑色呢大衣的我仍正面朝小云家的大门站着，一副惊魂未定的样子。就在一分钟前，我被小云的父亲推了出来，身后随即响起小云母亲将礼物扔在楼道上的巨响，然后是重重的关门声。就在此时，身后的门轻声开了一下后立马又关上了，我知道，那声音出自对门好奇的邻居，但愿我狼狈的背影没有让其失望。

就在我不知道是进还是退的时候，我仍能清楚地听到小云的哭泣声以及她父母的责骂声。小云无论如何不会想到，往后几年，刚才那个混乱场面不时飘荡在我脑海里，它不只让我和她的关系从一开始就蒙上了一层淡淡的阴影，也让我和她父母的关系从一开始就有些微妙。

我是说小云活该呢，还是该说她父母势利。之前，我就一再告诉小云，我去她家的时机还不成熟，毕竟，她父母还没有从之前的失望和悲伤中走出来。但小云一再坚持，我只得硬着头皮前来，谁叫我拗不过她呢？

那天，从宾馆回到家的小云在床上趴了一个上午，泪水也流干了，直到吃中饭才走出房间。小云父母看到女儿疲惫的神情，只当小云又在KTV玩了一个晚上，就像大学毕业的那个暑假和她那几个大学同学在一起时一样。年轻人嘛，偶尔这样一次实属正常，况且一想到是跟金浩哲在一起，他们或许还暗自高兴呢。吃午饭时，做母亲的委婉地向女儿打听她与金浩哲进展得如何，小云头也没抬，母亲只当女儿是不好意思，满意地向右手边的丈夫递了个眼色，丈夫回以点头。

当小云的这种低落情绪持续有一个礼拜时，她父母还只是认为这对小情侣可能像当年的自己一样在闹小矛盾，过几天便会和好；当持续有半个月时，她父母这才慌张起来，想要弄清真相。接下来的一个星期，他们先是对女儿旁敲侧击，发现无果后就开门见山。小云在父母的软磨硬泡下最终吐露了那晚的实情，她既从父母脸上看到了悲痛，也隐约读到了遗憾。好面子的父母在一番权衡之后决定让女儿离职，让她尽早离开那个伤心的环境。但小云另有想法，试图通过逆来顺受来保全自己的名声。直至后来认清了金浩哲的真面目，她才果断与对方一刀两断，并且决心活出一个坚强的自己。

其实，我现在落得这么一个下场，也不能完全怪小云和她的父母，毕竟我也犯下了不可饶恕的错。

看完电影那天后没多久的一天傍晚，小云突然出现在我住处门口，手中提着的正是我今天穿的这件黑色呢大衣。对于小云的到来，我并不觉得有多意外；而在小云看来，选择这天来看我是理所当然的。当脚穿运动鞋、身着牛仔裤和长袖T恤的小云走进来时，我看到的是穿着随意的小云，一位彼此深刻了解的朋友，而不是之前那个总让人觉得穿着正式且还精心化过妆的姜小云。小云钟情的海飞丝洗发水的味道一下子在玄关处弥漫开来。

这天是小菲的忌日，提早下班的我在江边待了很长时间后才魂不守舍地朝家里走去，还没掏出钥匙开门，那种熟悉的孤独和冷清就已经穿透了我的身心。进门后，我先把手机音乐调到最大，然后瘫坐在沙发上，一边抽烟、喝酒，一边思念小菲。中午在寝室休息时，母亲给我打来电话，她也一直记得小菲的忌日，安慰的话语中难掩悲伤。挂掉电话后，我拨通了陈兴的手机，问他明年暑假去不去参加大学同学十年聚会，可此时的他正忙着搬新家，明年的事对他来说还有些遥远。

茶几上的这瓶白酒空了近五分之一，几面上是凌乱的花生壳和散落的烟灰，像是前两年这个时候的重复。昨天下班回家，路过了一家新开的花店，我特意走进去买了一支百合，这是小菲和我最喜欢的花，在叶菲离开我后的这整整三年里，这是我第一次买这花。回到家的我还把那只粉红色的花瓶彻底清洗了一遍，当我把百合插入花瓶里时，我觉得小菲就在我的眼前。

小云把手提包和送给我的呢大衣放在沙发上，蹙着眉头的她欲言又止。后来，她先是把阳台窗户开到最大，接着把我的手机音乐关掉，然后弯下身子，盖上瓶盖，收拾烟灰和花生壳。有些迷糊的我就这样看着她收拾，简直跟记忆中小菲收拾家务时一模一样。小菲虽然是一个性格极温和的人，但对家务几近苛刻，不仅把家里收拾得窗明几净，而且连物件的摆放位置也有她自己的想法。以前我们租住在城西时，她就习惯把这只花瓶和我们的合照摆放在壁橱的固定位置。

我想对小云说句什么，但一句话也说不上来。我清楚地记得中秋节那晚在向小云讲述自己的过往时，小云闪着泪光的双眼。或许，小云在流泪的那一刻就已经决定好了要找个时间来看我，至于选择在今晚，那是她的细心和聪明使然。

小云让我回房间躺一会儿，那严肃的语气不容半点商量。冲完澡的我刚一躺下就觉得醉意渐渐离我远去，我能清楚地听到小云在外面忙碌——洗碗、刷衣、拖地。后来，我还发现她把电视柜上的花瓶及我和小菲的合照也擦拭了一遍，直至我们去民政局领证的那天，小云才向我坦露她擦拭照片时的复杂心理。

得知我光喝闷酒而没有吃晚饭，小云又去楼下买了几个菜上来，顺便把满满一大袋垃圾带下去扔掉了。我于收拾干净的茶几边坐下来吃饭时，小云在阳台晾衣服，并细声责备像我这样连衣服都懒得洗的人怎么为人师表。我把手伸向酒瓶时，隐约觉得小云脸上又有了愠怒的神色。小云走进厨房，出来时，手里拿着两只酒杯和一双筷子。在小云的陪伴下，也是在小菲的注视下，我把掺着悲伤的白酒一口口灌进肚子里，并且又从小云的眼睛里看到了闪烁的热泪。

事后，我不知道自己到底喝了多少，只知道那只空空如也的酒瓶静静地斜躺在垃圾桶里。第二天早上六点来钟醒来时，我口渴得要命，头也很胀痛。半躺着的小云傻傻地看着我，头发披散着，穿着一件黑色短袖T恤，那是四年前小菲买给我的。她把床头柜上的一杯温水递给我，好像事先料到了我要喝水似的。我知道此时的小云想跟我说些什么，但她最终还是放弃了，只是拿着自己的衣服去了卫生间。

小云离开时，我还没有起床，枕边残留着海飞丝的味道。两分钟后，我依稀听到了楼下汽车发动的声音。半个钟头后，我坐在了沙发上，在习惯性地燃起一根香烟的同时，努力回忆昨晚发生的一切，但都是一些不成章的片段：敲门声，呢大衣，花生壳，垃圾桶，酒瓶，小云闪烁的泪眼，小云艰难地扶我进房间……阳台上晾着小云昨晚给我洗好的衣服，裤子挂一头，衬衫挂一头，跟小菲的习惯一样。在轻揉着仍旧胀痛的太阳穴时，我知道小菲就在前方看着我，但我不敢抬头看她。

赶着去上班的我在下楼时带走了那只空酒瓶，把它扔进垃圾箱的刹那，我听到了碎裂的声音。

那一整天，我脑海里不时闪现着那只空酒瓶并不断地响起其最后破碎的声响。

10

上班后的第二个周末，我才去找老同学王萍。此时，大学同班同学张军华在王萍的学校任教了十来天，这只大色狼只比我晚几天到白江。

那天下午，当我拿着那封宝贵的介绍信正要走出人事科办公室时，人事科科长叫住我，问我是否还有同学未找到工作，这边的职高还缺语文老师。我最先想到的就是可能还未找到工作的张军华。虽然上学时张军华不和我同宿舍，但因为我们经常一起打篮球和偶尔一起逃课去看球赛，所以走得比较近。

初看去，张军华长得挺像动作影星甄子丹，他老家在一个偏僻的山区，在他还很小的时候，父亲就离开了人世，母亲对他疼爱有加。张军华上面有三个姐姐，大姐比他大十多岁，而大外甥没比他小几岁，他的学费和生活费基本上是由姐姐们提供的，在张军华和我聊起他的姐姐们时，我觉得他的三个姐姐更像是他的母亲。如果说邋遢是张军华生活上的缺点，那么，节俭则是其优点，他基本不添置衣服,穿来穿去也就那么两件;在食堂吃饭时,他也就买两个蔬菜;但在买书时却一点也不含糊,他爱看那些理论方面的书籍。

可能是因为张军华更喜欢独来独往吧,因而我一直摸不透张军华这个人。他看上去不怎么用功,但学习成绩在我们中文系里还是很不错的,当许多同学仍在被英语四级折磨得死去活来时,他已通过了英语六级考试。最让人称奇的是他的感情非常丰富,经常泡网吧的他就是只夜猫子,有时还通宵上网,不是为了玩游戏,只为聊QQ,他的女网友真的是不计其数,经常有来自各地的电话打到他的寝室,我还无数次看到他站在校园角落的公共电话亭里煲电话粥,那情景让我想起小时候老家那头拴在木桩上的水牛,吃饱了不离不弃,饥饿时势不两立。

或许,张军华在物质上是一个现实的人,但在精神上又是一个浪漫的人。那时,他与我们班一个叫曾丽红的女生保持着若即若离的关系,上大课时,他们坐在教室最后面的角落里聊着永远聊不完的话题,还经常出双入对地漫步在校园里或坐在世纪广场的草坪上。曾丽红也是一个不爱多说话的女生,喜怒不形于色,遇到同学也不怎么打招呼,但经常来篮球场看张军华打球,手里抱着一瓶矿泉水。到达实习学校的当晚,张军华喝得醉醺醺的,曾丽红则一直在一边照顾,我第一次从她脸上读到了不悦,只是大学毕业后,他们的爱情最终无疾而终。

王萍所任教的职高在白江市的另一个镇上,我转了两趟公交车才抵达。一年未见,王萍变胖了不少,看来她在这边生活得如鱼得水;张军华仍是两个月前的样子,看来他与曾同学的爱情结局对他没什么影响。

“你同学真像甄子丹！”

汪剑如是对我说道。他中等个头，有着洪金宝的身材和古天乐的肤色，在递给我烟时，冷不防被王萍打了一下，只得缩回去。汪剑可能不知道我不抽烟，也可能是出于客气。

“这是我男朋友，将来孩子他爹。”

留着一头飘逸长发的王萍这样简洁地介绍，似乎其他的一切都显得多余。

“难怪变胖了呢！原来是日子滋润啊！”

我打趣道。

我虽然从王萍那里早就知道了汪剑的一些情况，但这还是第一次和他见面。其实，汪剑也是资阳县人，他家离我的老家就四十来里，是我真正意义上的老乡。汪剑在昌南县某所普高教数学，并且还担任班主任，于他而言，只能在周末或者节假日才有时间来白江看望女友，想必也是一件蛮痛苦的事。

饭桌上，当我和王萍、汪剑这对情侣你一句我一句地聊着天时，张军华因为语言不通只能像偷吃的小鸡一样偶尔插那么一两句无关痛痒的话。当然，他的话原本就不多，他更乐于把想说的话埋在心里或是转换成文字，所以他的文章一直写得很好。大学四年，我经常在校报和《湘华晚报》上见到他的诗文，因多是一些情感泛滥得一塌糊涂的文字，加上他又痴迷于网恋，同学们都叫他“色狼”。不论怎样，就文学才华而言，张军华与雷班长难分伯仲，这是我们有目共睹的。

两个来月后，王萍在电话里偷偷告诉我，张军华这个人的行为有些怪僻，中午时分或夜自修后，他几乎是霸占着办公室里那台电脑，有时是在QQ聊天，有时是在写一些什么。好多次在他上课时，他办公室同事不是频繁听到他的手机铃响，就是接到打到办公室的来自各地的电话，而他忘记下线的QQ一直有许多图像在欢快地跳动。更出格的是，他与同办公室的一位女老师似乎走得很近，而那位女老师其实已经有男朋友了，男方在另一个县市上班。

这种畸形关系必定不会长久，刚一放寒假，那位女老师就递交了辞呈，而在之前的元旦文艺汇演上，张军华演唱了一首深情的歌，不知是为了表白，还是为了告别。寒假一起回家时，我在火车上委婉地问起这个事，张军华笑而不答，那种浅笑像是一道闩紧了又上了锁的门，让人难以窥探其中的秘密，但从他一闪而过的复杂眼神里，我还是读到了零星的悲伤。

也就是在这个寒假，王萍和汪剑在老家完成了婚礼。王萍家离我家也就两里来路，而她外婆家就在我家东头，王萍小时候跟着父母去外婆家拜年时都要从我家屋前路过，双方父母会借机寒暄几句，不是她母亲向我母亲讨教纳鞋子的方法，就是我父亲向她父亲请教种棉花的技巧。说起来邓强与王萍还是表亲，表姐王萍结婚那天，原本就英俊的邓强身着一身笔挺的西装，更像是新郎。

正月初四，天气晴好，马路两边的地里覆盖着一层薄霜，这条路就是我当年上小学时必走的那条村路，只是一到下雨或下雪天就会泥泞不堪。那时，村路东边的这片地还是一片归大队所有的橘园，四周被围得密不透风，入口处有两间小草房，一个瘦高老头一年里有四分之一的时间住在这里，他有着蔡方良医生一样的高颧骨，总是沉默寡言，阴沉着脸，法令纹如篆刻的阴文“八”字。每年的阴历八月，整个橘园一片金黄，路过的我们垂涎欲滴，但又慑于老头的威严，只有等橘子摘完后，我们才有机会进去捡一两个漏，但也不敢久待，因为那里面有许多零乱的新坟和旧冢，多年后我才知道，我的两位亲人也是永远躺在了那里。

后来的一天，那个老头被派出所带走了，有人说是因为他偷偷摘了不少橘子卖钱，也有人说他竟以橘子为诱饵，对一个五年级女生动了手脚，不论怎样，从那以后，我们再也没有见过那个老头。在我上初一后没两个月，这些橘树全被挖掉，而这片地由大队重新分配，我家也分到了几分，父母就在这上面种点西瓜、棉花或芝麻什么的。放学时，我常看到父母在那里忙碌，那份辛苦也深深烙在我的记忆深处。

王萍家就在以前那片橘园的转角处，老远就能看到攒动的人头、听到锣鼓的喧响。邓强刚一停好他那辆破旧的摩托车，汪剑就快步朝我们走来，递烟，递糖，递槟榔，笑容涂满了他那张黝黑的圆脸，喷了摩丝的头发根根竖立，让他看起来活像一只刺猬。王萍她那嫁在李港镇的姑妈可能是被我们这边的笑声吸引了，眉开眼笑地走了过来，矮小的她在说话时，目光一直落在邓强身上，那样子像是在欣赏一幅精美的字画。后来，看着汪剑姑侄俩一胖一瘦的身影走远，我无比心疼汪剑那身西装，活生生被他穿成了紧身衣。

我有幸见到了王萍的哥哥王军，这个西安科技大学毕业的高才生。早些年，父亲常以他为榜样来激励我，如今，王军早已在西安成家立业，生意也是做得风生水起。王萍的父母非常欢迎我们的到来，赶紧搬来椅子，端来热茶，还不时询问我在白江的工作和生活情况，倒冷落了一旁的侄子邓强，可能也意识了这点，王萍父亲向邓强打趣道：

“阿强，什么时候能喝上你的喜酒啊？”

“姑父，你的红包是不是在口袋里跳？”

邓强幽默地回答。

这让我想起了出门前母亲不无感叹的话：

“鬼崽子，王萍也就比你大了两个来月，现在她也成家了；邓强不一样，虽然他只比你小一个月，但他相貌端正，皮肤白皙，头脑灵活，总不至于轮到姑娘来挑他。”

母亲表面上是在说王萍和邓强这对表姐弟，实际上是在暗示我，在她看来，二十四岁的我也该谈婚论嫁了。其时跟上大学时一样，我还没有谈女朋友，只是在参加工作后没多久，在网上认识了一个叫姚芝的女孩，当然，我没跟任何人提起过她，包括对我了如指掌的王萍和陈兴。

王萍父亲是村里远近闻名的种植棉花的高手，加上能吃苦耐劳，不仅老早盖起了楼房，还先后把一双子女送进了大学，成了村里人羡慕的人物。可能是积劳成疾吧，三年半后，本该颐养天年的他最终倒在了自家的棉花地里，实在让人扼腕。

11

那晚之后的某个周六上午八点多钟，小云在电话里告诉我，她已经在我住处的楼下了，要我下去帮她拿东西。听她那半是请求半是命令的语气，好像其中有一半的东西是我的。

看到坐在驾驶室的小云几乎被各种袋子淹没，我真感谢她没有把整个家搬来。我楼上楼下地跑了不下八趟，总算帮她把车子清空，当我坐在沙发上准备抽根烟时，她立马走过来把整包烟给没收了。我隐约觉得搬来的不是恋人，倒像是一位需要对她言听计从的祖宗，也隐约觉得我的生活习惯会多少发生些改变。

“有什么好抽的，不仅浪费钱，还损害健康！”

她在扔给我这句话后，还不忘瞟了一眼一旁的垃圾桶，希望能够从中找到一个空酒瓶，以便能继续大做文章。总之，她的语气比我母亲和小菲的语气加起来还要重。

我没有搭理她，开始把玩着手上的打火机，同时也在想，是不是到时候酒也得戒了。虽然读高中时我经常和室友在周日下午去龙港镇上那家熟悉的小饭店喝点啤酒，但学喝白酒还是在大学时，抽烟则是在小菲离开我之后。那些日子，如果没有烟和酒，我真怕自己会撑不下去。下班回到家，或者半夜醒来，我唯有通过烟和酒来麻痹自己。如果小菲能够看到我当时那个颓废的样子，不知道该有多伤心。

在小云整理她的衣物时，我与照片中的小菲对望着，她那灿烂的笑容是经岁月沉淀后送给我的最好的礼物，为此，我想起了我们曾经租房和后来我换租住地时的情景。

我和小菲五年前租住的那套小公寓坐落在城西，当时主要考虑小菲上下班能方便点。屋里的不少家具是由房东提供的，我们只添置了其中一小部分。

我们把房子打扫干净后，又空置了好几天。周末时，我和小菲一起到她的职工宿舍将她的全部行李搬了过来。为了增加点家庭气息，我和小菲还去买了一点装饰品，其中就包括那只小菲一眼就看中的粉红色花瓶，当时她也没讨价还价。老板估计我们是一对情侣，友好地送了我们一枝百合。一回到家，小菲最先做的事情就是把那枝百合插好。

我和小菲的衣服都不多，小菲是一个节俭惯了的人，从不大手大脚。对于穿着，她从不在乎是否时尚或高档，只在乎合不合身，倒是偶尔给我添件新衣服，按她的话说，老师是站在讲台上要供人观赏的，总要穿得像样子点。怀孕后，小菲才一下子奢侈起来，但也只是为婴儿准备所需的物品。我们真正的“败家”是为了回老家办婚礼而在大悦城各买了一身衣服，小菲的红色旗袍后来一直挂在衣柜里，不喜欢穿正装的我再也没穿过那套黑色西装。

说来惭愧，小菲和我在一起的那三年，我没送过她任何首饰，她唯一戴过的首饰也就是那枚结婚戒指。

从赫州回来后没多久，我退掉了城西的那套房子，在城东另租了一套小面积公寓，一是为了方便上下班，二是尽量避免睹物思人。过去就像是一条沉睡的鱼，有关它的一丁点暗示便能轻易地唤醒它。那些日子，回到家的我一看到跟小菲有关的任何物件，就会悲从中来，所以，下班后的我经常不会直接回家，而是在外面溜达一圈，走的往往又是江边那条熟悉的小路。

如果只考虑那几件家具，搬家对我来说还是比较简便的，但在将衣物打包时，我的眼泪就没干过。小菲的衣服，我怎么也舍不得扔掉；婴儿的衣物都是崭新的，凝结着小菲和我的期待和爱。当悲伤的我坐在餐桌旁休息时，不经意间我又看到了壁橱里那只粉红色的花瓶和我们在南天门的合照，花瓶中的百合因一直没换水早就枯萎了，而照片中的小菲依旧笑得那么灿烂，我恍惚间觉得她只是出了一趟远门……

搬到新的住处后，我尽量把小菲母子俩的衣物收纳在小房间的衣柜里，让它们远离我的视线。我把那只用鞋盒装来的花瓶摆放在电视柜的左边，而将那张合照摆放在电视柜的中间位置，我只是希望每天都能看到小菲开心的样子，当然，我也希望在天堂的小菲每天也是笑着的。

“怎么办？东西放不下了。”

小云站在小房间门口看着我，一脸无辜的样子。

“是啊，怎么办呢？”

我问自己，也像是在征询小菲的意见。

自我被小云的父亲从其家里推出来后，我和小云见面的次数并不多，多是单纯吃一顿饭而已，其间，我也有陪她去医院检查。上星期三见面时，满脸愁容的小云告诉我，家里实在待不下去了，她要周末搬过来跟我一起住。为此，我还特意去买了个新款淋浴水龙头换上，原先那个水龙头出水总是断断续续的，就像一个口吃者说话一样。接下来几天，却迟迟不见小云有动静。我想，小云到底还是顾及她父母的感受,或者习惯了生活在父母的身边。

最后，我把小菲母子俩的衣物再次打包后堆在了小房间的角落，还在上面盖了一床旧床单。我这么做时，小云一直在旁边看着，当我转过身来无意间与她的目光对视时，我依稀看到了她的眼泪,像去年中秋节那晚一样。

在楼下吃午饭时，我像审作文题一样一直看着小云，等到被她发现时,她皱着眉头问我：

"不认识我了啊？"

"是不认识。"

我意味深长地笑着说。

"拜托,你就不能说明白点？"

她将筷子往碗上一放,让整个身体贴在椅背上。

"你是如何当着你爸妈的面把自己的衣物搬上车的？"

她重新拿起筷子，脸上露出得意的神色，像是解决了一道难题。

"我爸妈今天一大早排队体检去了，单位组织的。其实昨晚我就偷偷装好袋了。"

"真有你的！"

我这话不全是夸奖,但不得不承认她的机灵。

饭后,小云驱车带我去超市,她上午因心急只顾拿了衣物而忘记拿生活用品,况且我这里没有她钟爱的海飞丝洗发水。这提醒了我,我也仿佛快有一百年没烧过饭了,不知道厨房里还有没有米、油和盐。路上,我一直在想,家里没有女主人还真不行,不仅没有烟火气息,有时连缺什么都不知道。

在超市生活区的转角处,我遇见了沈杨杨和她快五岁的女儿恬恬。当时,杨杨正在挑选儿童用碗,似乎在为买哪款颜色而犹豫不决。恬恬长得白白净净的,很招人爱,一对大眼睛清澈得像两口井水,只是有些怕生。小菲曾经说起,她希望自己也能像杨杨一样生个大眼睛的漂亮女儿,到时给她买许多漂亮的裙子,还每天给她梳不一样的辫子,所以,在她准备的婴儿衣物当中,女婴的居多。

"杨杨,好久不见!"

"好久不见,陈老师!"

虽然的确有好几年没见了,但杨杨的憔悴出乎我的意料。

杨杨看了一眼小云,就像读报时简要地读个标题一样。从反应来看,杨杨肯定知道小云的存在,但今天还是第一次见到。

"你好!"

小云先于杨杨一步打招呼。

"你好!"

杨杨的问候像是小云的回声。

"恬恬,快向叔叔、阿姨问好!"

在我看来,杨杨这样做与其说是让她女儿跟我们打招呼,不如说是缓解尴尬,敏锐的小云肯定也有所察觉。

“叔叔好!阿姨好!”

稚嫩的声音甜得仿佛让人会立刻生出蛀牙。

“你们先忙,我先结账去了,家里还有点事。”

杨杨一说完就牵着女儿走了,恬恬还回头张望了我们一眼。

回去的路上,我一直在疑惑杨杨为什么那样憔悴,又为何那样行色匆匆。

“在想什么呢?”

见我一路无话,小云看了我一眼说。

“刚才那个是叶菲的同事,她——”

“我知道,你以前提起过她。”

是的,我向小云提起过她,去年中秋节的晚上,还有我们第一次见面时。

“昊天,要我说,你是不是应该早点去考个驾照?”

12

这一次，父亲没能走出病房。父亲的最终离开，对我来说是意料之中的事情。母亲虽然多少有些心理准备，但当事情真的发生了时，她还是无法一下子接受这个沉重的事实。我想，如果有机会让父亲再选择一次，他仍会选择离开，而不愿意继续化疗。

在父亲生命中的最后那一个小时里，我一直陪在他身边，就像眼睁睁地看着一块薄冰在阳光下渐渐融化，而自己却又无能为力。父亲不再喊疼痛，可能他已不再惧怕疼痛，或者干脆是麻木了，他只是微张着嘴唇，欲言又止。当时，我觉得最对不起父亲的地方就是没让母亲跟来，以及没能让他最后看一眼他朝思暮想的孙子。但一想到母亲可能当即悲痛得死去活来和阳阳极有可能被吓到，我想，父亲一定会理解和原谅我。父亲用他那双无神但又无比遗憾的眼睛望着我，任凭枯瘦的双手被我紧紧握着，而那根格外粗糙的左手断指像锉刀般锉磨着我的内心。

其间，李医生走过来拍拍我的肩膀，他身上散发出的烟草味既让我依恋，又使我反感。我在心里问自己，如果有朝一日我能够坐下来和他聊天，真的会如先前所想的那样有共同话题吗？后来，在长沙出差的曹若冰打来电话时，我却无心接听，想必那种安慰的话中没有几个字能触动我的内心，随后，我收到了他表示慰问的微信，虽然难免客套，但也是一片心意。

在跟小云和郑主任通过电话后，我开始后悔昨天下午没有给蹲在走廊角落里的那个年轻人一句安慰的话，因为他的妻子最终没能挺过来，而他那双生无可恋的泪眼永远定格在了我脑海里。回去的路上，我分别给陈兴和姚芝发了微信，这两个来月，他们一直关心着我父亲的病情。刚挂断陈兴的慰问电话，我就收到了姚芝的微信："世界以痛吻我，要我报之以歌。"这是泰戈尔的诗句。

当父亲的遗体被运到家时，年迈的母亲早已瘫坐在地上，悲痛欲绝。家里到处是来吊唁的亲友、邻居，他们有着复制粘贴过的表情，不论这种表情是内心的真实流露还是刻意为之，都已不再重要，重要的是让父亲早点入土为安，让母亲尽量平静下来。也是到了此时，我才恍然发现父亲连一张遗照都没有，这本该是父亲留给母亲和我最后的东西。

母亲希望每天能看到父亲，所以，父亲最终没能如他生前所希望的那样躺在蔡医生的斜对面。在亲朋好友渐渐散去后，坐在黄昏下的我们母子俩才有时间认真地打量屋前菜园里父亲的坟茔。母亲理了理她的白发，眼睛跟三十年前一样空洞得如雨后的天空，我知道她有不少话想对我说，只是悲不自胜的她一时还不知道如何开口，这让我想起了之前父亲一直想说却最终没能说出来的话。

爷爷的五个子女中，父亲是最小也是让爷爷最不省心的一个。早年让他放牛，他却跑到人家的鱼塘去抓鱼，每每导致人家的庄稼遭殃；后来让他学木匠，没过几天，他将所有的工具扔进了村头的粪坑。爷爷对他失望透顶，就任他自生自灭。没有了管教的父亲更加肆无忌惮，为所欲为，抽烟，喝酒，赌博，样样都来，赌输了还赖皮，人家也不敢拿他怎么样，谁让他壮如牛呢？我能想象年轻时候的父亲在村里游荡时的情景：披着衬衫，叼着香烟，目中无人，无法无天。时间一长，没几个人愿意搭理父亲，连狗都懒得对他叫一声。

我的到来是奇迹，是父亲的“杰作”。三十岁还打着光棍的父亲活像是一头发情的公牛，对村里漂亮的媳妇总会多看几眼，甚至还敢当着她们男人的面调笑两句。一个没有星光和月亮的夜晚，喝醉了酒的父亲，也可能是输红了眼的父亲，更可能是从蔡方良的小诊所走出来的父亲一脚踹开了村西头张寡妇家的大门，只有父亲知道张寡妇到底有没有挣扎和反抗。第二天，披着衬衫、叼着香烟的父亲慢悠悠地从张寡妇家里走出来时依旧目空一切，而天早已亮了。

十个月后，张寡妇产下了一个白白胖胖的男婴，这更是成了村民茶前饭后的谈资。此后，父亲不再经常外出游荡，更多的时候是表情严肃地坐在茅草屋檐下抽烟，对爷爷的怒目而视也无暇顾及。村干部和生产大队队长信心满满地来找过爷爷几次，但每次都是垂头丧气地离开，离开时，都会小心地瞟一眼一副漠然表情的父亲。三个月后，张寡妇在家自缢身亡。在村干部、生产大队队长和村民代表聚集在张寡妇家里无关痛痒地商讨她的安葬事宜时，父亲突然走了进来，像一只完胜的公鸡一样昂首挺胸地从人群中挤了过去，以迅雷不及掩耳之势抱走了床上的婴儿。

爷爷无论如何接受不了一个突然到来的新生命，扬言要把父亲赶出家门，但他没有做到，因为没过多少天，他因脑出血而走了，脸上尽是愤怒和羞愧。在爷爷的葬礼上，父亲应该是五个子女当中唯一平静的一个，他就像是在看一场无聊的花鼓戏，既然已经落座了，只希望它能早点结束。让父亲没想到的是，奶奶最终勉强接过了他手中的婴儿，而他自己只当什么事情都没发生过，重操旧业的父亲像不散的阴魂继续在村里游荡。此时，更加没人敢接近他，就像躲避一场瘟疫。

因此，此时的父亲只有仇家，没有朋友，赤脚医生蔡方良也是一个月后才慢慢成为父亲的朋友的。一天，身无分文而又无处可去的父亲像一片被风刮着走的落叶，偶然飘进了蔡方良的小诊所，不是来看病或抓药，也不是来借钱。说上两句话，父亲发现自己和蔡方良竟也可以一起喝酒、抽烟、谈女人。蔡方良比父亲还大三岁，也是光棍一条，加上多年前父母就先后亡故了，家里死气沉沉。

三个月后，蔡方良家里终于有了些生气，因为他唯一的妹妹被婆家逼了回来，缘于三十岁的她这些年没能给婆家添个一男半女。此时的蔡方良在父亲面前既表现得消沉，哀叹兄妹俩均命苦；又表现得很乐观，因为胞妹再也不用看婆家人的脸色了，而他自己也不用再亲自烧水、做饭了。得知蔡方良胞妹的境遇后，父亲更加放心地将我交在奶奶手中，越来越勤地去蔡医生的小诊所。

回到兄长身边的蔡家妹妹很恐婚，曾在婆家所受的冷遇仍萦绕于心，她吃不好，睡不香，噩梦连连。所以，当兄长跟她说起父亲时，她极度害怕，有关父亲的各种不良行径一股脑儿地涌现在她的脑海里。她只当这是兄长为赶她走而找的借口，所以，她没有答应哥哥的要求，只是更加勤快地操持家务以获得兄长的认可，同时，她无数次偷偷地对着父母的亡灵痛哭，哀叹自己多舛的命运。

那天，当眼睛充血的父亲突然出现时，她刚把两勺菜油倒进滚烫的锅里。父亲的出现让蔡家妹妹不知所措，她甚至忘了将青菜倒进锅里，只是傻傻地盯着紧跟在父亲身后跑过来的站在门口的兄长。显然，蔡方良面对父亲的这一反常举动也一时慌了手脚，表情像是便秘的他一句话都说不出来，他不知道父亲接下来会做什么，只能暗自恳求父亲不要有过激的举动。

父亲一句话也没说，他直接走向砧板，拿起那把还沾着菜叶的菜刀，利落砍下，只一瞬间，血液四溅，一截断指不偏不倚地飞进了锅里，随即飘起一股油炸过的香味。父亲随手抓了两片青菜叶子把流血处包住，眉头都没皱一下，然后走到蔡家妹妹跟前：

“不嫁给我的话，我明天再来！”

丢下这句话后，父亲朝门口走去，留下这对面面相觑的兄妹。

第二天，父亲并没有再出现在蔡方良家，因为蔡方良这天一大早就战战兢兢地去了我奶奶家……

“妈，要不跟我一起去白江住几天吧？”

我的话在母亲听来显得苍白无力，她摇了摇头，从头巾下面露出来的卷发像白色褶皱裙摆一样轻轻摆动着。我清楚，母亲不只是舍不得丢下父亲和老家，更是担心自己难以和儿媳小云相处。

“多事的女人！”

我在心里暗暗骂了一句，近来对姜小云的怨恨汇聚成了这样一句话。同时，我也暗自庆幸母亲没问起姜小云没来奔丧的原因，或许沉浸在悲伤中的她已忘了其他的一切。当然，如果我不告诉母亲，她不但不知道在父亲第一次化疗后没多久姜小云遭遇了一场严重的车祸，更不会知道我和姜小云现在已经闹到了不可开交的地步。

第二天，当我将车开出院子时，我又从反光镜里看到了戴着头巾的母亲她那孤独的身影，正如十几天前最后一次带父亲去化疗时所看到的一样。一路上，我脑海里不时回荡着“你父亲那样做既是在暗示我，他将与过去彻底决裂，也是在逼迫我”这句话。昨天傍晚，在说完这句话后，母亲脸上那打着结的皱纹像撒开的渔网一样渐渐舒展开来……

13

从医院走出来时，小云有点喘不过气来，之前来产检时她从没这样过，顶多是在进行血常规检查时偶尔晕血。

“要不我们还是打车回去吧?”

“亏你想得出来，车放在这里怎么办?”

我想起了不久前小云建议我去考驾照的事，这些天我也一直在犹豫，最后还是想等到放暑假了再去学。听小云这语气，她肯定在怨恨我，我只当不知晓。只是在看到她系安全带时那费力的样子，我又犹豫了。

今天来排队产检的孕妇并不多，等我们回到车上时，十点钟还不到。我和小云都是请了半天假，现在这个时间回单位上班还真有点不上不下，一时之间我们竟不知道去哪里好。

“昊天，我们去把证领了吧? 反正迟早要领的。”

“哦!”

听我这口气，不知道的还真以为我是被迫的。

在等红绿灯时，我想起了五年前我和小菲从民政局走出来时的情景，当时的小菲，紧紧挽着我胳膊，脸上荡漾着幸福，而我暗自发誓要尽己所能待她好好的，正如后来我二十八岁生日时所许的愿那样。其实，那时我们除了已经在城西租了套小公寓，也开始慢慢计划起回老家办婚宴的具体细节，觉得自己离幸福只有咫尺之遥。

“小云，你到底看中了我哪点？”

我半开玩笑地问，不仅没有意识到自己问得太突然，甚至还有点自以为是。

“看到了一个男人难得的真实的悲伤。”

一年多前的那个傍晚，我在咖啡馆里向小云简要地讲述自己的过往时，她眼中流露着怜悯和悲伤的样子又浮现在我眼前。可能就是自那以后，细心的小云开始拿我和金浩哲做对比，就像我习惯拿她和小菲做对比一样。后来，小云之所以选择在小菲忌日的那天晚上来看我，是她已经有了对比之后的结果。她像一个妻子一样帮我收拾着，并不觉得有什么不妥。后来，她下楼给我买来饭菜，还眼泪汪汪地看着我喝醉。

绿灯亮了，小云一脚油门，声音略微低沉下来。

“昊天，叶菲忌日那天你喝醉了，你想象得出当时我在擦拭你们合照时的心情吗？”

那时，躺在床上的我慢慢清醒，也知道当时小云正在外面收拾着。

“我既羡慕叶菲，又嫉妒她……”

小云瞟了我几眼，似乎在确认我有没有生气，是否有必要现在就去民政局。

我回看了她一眼，与她对视的刹那，我们彼此微微一笑，那种透明的笑都是发自内心的。随后，我问自己，我的对比有结果了吗？

民政局里空荡荡的，好像只为等待我和小云。我们先是把证件交给工作人员，然后填表、拍照，最后顺利领到了红本子。不知道小云是怎样的感受，反正我既没有因手续过于简单而感到失望，也没有因拿到证件而特别激动。只是在填写表格时，那个女工作人员朝我的户口簿上婚姻状况一栏多看了两眼，莫非她仍记得我五年前就曾来过这里？

小云把结婚证塞进包里的同时顺便取出了车钥匙，上面挂着的红色流苏缀饰像握不住的细沙，让我想起了小云父亲晨练剑上的剑穗，也似乎看到了他在晨练时那专注的样子。现在，我和小云竟然还背着她父母把结婚证领了，说不定等到他们哪天知晓后又会大发雷霆，乃至有甚于我第一次去她家时所领教的。

“昊天，孩子的名字有没有想好啊？”

前往停车场的路上，小云饶有兴趣地问我。

“老早想好了，就叫陈资。”

“准备还挺充分的，有什么深刻含义吗？”

“也没什么，我是家里的独子，又是来自外地，以我的籍贯资阳县命名而已。”

小云不会知道，我在回答她时还想起了另一个叫陈资的孩子……

回到车里，小云系上安全带，但没有马上发动车，她把梳妆镜翻下来，理了理自己的头发，好像是要再次确认一下刚才拍的结婚照的效果。翻回梳妆镜后，小云总算发动了汽车，但又迟迟没挂挡。

“昊天，有一件事我不知道要不要告诉你。”

“说来听听。”

“其实我早就想跟你说，不是因为今天领证了我才敢开口。”

“你是不是成心要吊我的胃口？”

“我们第一次见面是在咖啡馆，这没错吧？我们是在八点左右从里面走出来的，我本想和你去江边散散步，以便多了解你，但你以还要回家备课为由拒绝了，你的拒绝很生硬，你可能自己不觉得，但我这个人向来很敏感，也很好奇，而且看人也很……”

小云突然停了下来，显然她意识到应该收回后面那半句话。其实在我看来，她与金浩哲的事真不能过多责怪她，金浩哲人品差是主要原因，而她父母的责任也不小。

“坐在出租车上的我越想越好奇，按理，一个有过婚史的男人不至于在后来的某次相亲中紧张，也不至于欲言又止，说起自己的过去时总挑轻的说、少的说，避重就轻，就像刚才你说我吊你胃口一样。当时我就很确定，对面的这个男人虽然也悲伤得很，但仍有所隐瞒。还记得吧，中间我还递餐巾纸给你。”

小云又停了下来，微笑着与我对视，想从我眼神中得到“我是不是很厉害”的肯定答案。但我的眼神只透出迷惑与询问，她也没失望，小云有时候确实是一个很有耐心的人。

“在我看来，你是一个重情重义的人，这一点让我对你的兴趣陡增。我不由自主地探出车窗，看到你径直往江边走去，又点上了烟……”

发动机的抖动声让小云琐碎的话听起来不是很清楚，也让我产生眼前的小云有些激动的错觉。于是，她干脆关掉了发动机，可能被勒得有些不舒服吧，她也解开了安全带，但我总觉得她是在早先一步做跟我打架的准备，据她之前所暗示的，她讲的应该不是什么好事情,真有可能激怒我。

“厉害！你不当侦探真是屈才。”

小云笑了笑,一种无声的自我认可。

“后来发生的事你无论如何都想不到。”

小云故意在我面前卖个关子。这次她没有看我，应该是在琢磨接下来的事到底要不要说,如何说。

“后来，我让司机掉头把我送回咖啡馆，只道是有东西落在那里了。付完钱下车后,我便快步朝江边走去,开始跟踪你,而且还不止那一次……”

小云肯定从我脸上读到了惊愕，这是她以前从未见过的。想到自己的独处可能成了别人眼中的凄凉，我开始愤愤不平，但我告诉自己要冷静下来,因为小云还没说完。

“我还知道你喜欢听音乐，记得江边那家音响店吗？那家已经开了十多年的音响店，我读高中时它就存在了。你坐在音响店附近的长凳上抽烟的颓废样子让人一看就心疼，很多次，我都想走到你跟前，但我又清楚……你也许还记得当晚到家后收到的那条短信吧？”

小云再一次发动了汽车，红色流苏缀饰开始轻轻抖动着，像缓缓流动着的细沙，就这样无形地淌在我和她之间。专心开着车的小云不会知道，我心中的那层隐忧有增无减。

下午，上完课的我坐在办公室里心不在焉，一直回想着小云上午所说的事。小云确实精明，甚至有点自私，但你不能否认她的大胆、细心和率真。如果说小菲是一个平面图形，她的纯朴和体贴一目了然，那么小云则是一个立体图形，要从多个角度来观察。

是的，小菲与小云不同。

从张家界一路辗转回到白江后，我和小菲这对新婚夫妻立马投入新一年的工作当中。此时，生活对我们来说犹如一匹全新的布帛，只等我们在上面绣花镶玉。

稍后的一天，在吃晚饭时，小菲突然对我说：

“昊天，今天杨杨向我讨要喜糖吃，弄得我挺尴尬的。”

杨杨在去年六月初产下了一个七斤半重的女婴。我和小菲去医院看她时，吴家辉刚好去母婴店买婴儿用品去了，只有杨杨的公婆在。我曾在家辉的婚礼上见过家辉的父母，当时，他母亲穿着枣红色的衣服和崭新的皮鞋，喜悦就写在她脸上，对于儿子这边来参加婚礼的同事，她都热情地以老师来称呼。相比而言，家辉父亲显得有些寡言少语，可能从未穿过西装和打过领带吧，感觉他浑身难受，但笑容倒是一直挂在他消瘦的脸庞上。

“老师们好！”

家辉母亲用白江话称呼我们时真像一个学生，这让我很不自在，小菲或许在暗自发笑，因为这是她头一次被人称作老师。

“阿姨，恭喜您！”

考虑到不大会打交道的小菲极有可能一时之间不知如何回

答，我适时说道。

“谢谢！”

但她的脸上并没有像家辉结婚那天那样写着喜悦。

后来，杨杨给小菲递了个眼色，小菲借机走到了杨杨旁边。我这才注意到杨杨初为人母的幸福并不见得比一种莫名的忧愁多多少。回来的路上，小菲说起杨杨的公婆似乎不是很满意，因为他们一心想要个孙子，直到这时，我才真正明白家辉母亲为什么闷闷不乐了！末了，小菲说她也想生个女儿，像杨杨的女儿一样眼睛大大的，到时候给她买漂亮的裙子，梳各式各样的辫子。

我虽然不敢保证今天小菲有没有把自己怀孕的事告诉自己最好的朋友杨杨，但可以肯定的是，杨杨在向小菲讨要喜糖时眼神忧郁，因为每次在校园里见到家辉时，我从他脸上没读到过多少已为人父的幸福。

“有什么好尴尬的呢？又不是不给她吃，是你自己想多了。”

我头也没抬地说，当时正在吃着热辣的粉丝。粉丝是叶志从赫州寄来的，是小菲父母精心为我们准备的。

“我怀疑你不是笨就是傻，光吃喜糖就好了？怎么说杨杨也是我们的介绍人，那次我们带着礼品登门致谢时，他们怎么也不肯收，我心里一直过意不去。”

这个我知道，在领好结婚证的第二天，我和小菲特意带着烟酒、水果去感谢这对月老，只是在后来离开时，他们硬是把礼品塞回我们手里。一年半后，那些烟酒被悲伤的我一一消化掉了……

“那你的意思是？”

“当然是请吃饭了，难道你那几个要好的同事就不请了？”

小菲到底比我想得周全，我还真没考虑这么多。在我看来，我和小菲都是外地人，婚礼也都是在老家办的，总觉得我们的婚姻大事已告一段落。有时同事向我问起何时请他们喝喜酒时，我也直说不再操办，至于那些送出去的礼金我真没打算要收回来，正如我和小菲当初所想的，婚礼终究只是个形式。

后来，我们还是在城西的某饭店简单地请了几桌，都是我和小菲各自单位的领导和要好的同事。人生啊，就是这样难以预料，仅仅几个月后，他们中的部分人还参加了小菲的火化仪式。

那天，是我第一次在小菲面前吸烟，也是我第一次当着她的面喝醉。回家后，小菲心疼地告诫我，以后再也不准抽烟，酒也要少喝。小菲永远不会知道，在她离开我后的那两年里，沉浸在悲痛之中而无法自拔的我是烟酒不离身，孤独成了我异于他人的标签。

14

书籍于我而言，不仅是工作所需，还是慰藉思乡的良药。在网上购书之前，白江市新华书店是我最常去的地方，家里不少书籍就是工作头几年去那里买的。每每看到这些堆积如山的书籍，我都会想起那个叫李三的老乡来。

工作第二年的一个周末，在从新华书店回单位的公交车上，我接到了母亲打来的节日问候电话。电话刚一挂断，左边一个二十出头的年轻人朝我转过头来，他长得消瘦，一身工作服泛着油污。他拘谨地问我是不是资阳县人，得到我肯定的回答后，他显得很高兴，当然，我也因能在异地遇见老乡而感到高兴，我们就很自然地用家乡话聊了起来。

我注意到他右手绑着纱布，上面泛着消毒药水的颜色。我问他是怎么回事，他说是在上班时给机器弄的，神色有些伤感。初次来白江打工的他，人生地不熟，当时身上也没剩下多少钱了，幸运的是他进了现在的这家公司，由于对工作不熟悉，上班第三天就出了这事。公司当即把他送到人民医院进行了手术，可惜的是食指终究没能保住。这件事，他一直没敢跟家里人说起，无非是怕家里人担心。今天他是去医院复查，医生告诉他过一个礼拜就能上班了。说到马上又能去上班了，他似乎很高兴。

他叫李三，二十三岁，中等个头，资阳县李港镇人。李港镇离我高中母校所在地龙港镇并不是太远，王萍的姑姑就嫁在李港镇。下车前，李三先是请我把自己的手机号码写在他的药盒上，然后一再邀请我有空了到他单位去玩。看着他那瘦弱的身影下了车，我心里有一种莫名的伤感，在白江这样的沿海城市，像他这样没念几年书就出来打工挣钱的年轻人不知有多少，其艰难程度也就可想而知。

后来，我几乎把这个叫李三的老乡给忘了，直到一个周末上午，门卫打电话给我，说外面有人找我，还口口声声说是我老乡。我当时就感到纳闷，在离家千里外的白江有什么老乡吗？况且生活圈子狭窄的我也不大善于交际。

当我朝校门口走去时，李三老远就叫我。还是那件工作服，只是比上次更油腻了，人也更消瘦了，手里像是提着几个苹果。在去往我宿舍的路上，他抱歉地向我解释不小心把我的手机号码给弄丢了。他非常不安地坐着，也不开口说话，除非我主动询问，到后来，我也找不到更好的话题了，为了避免过于尴尬，我只得假装很投入地看 NBA。中午时，我俩在镇上的一家小饭馆随便点了几个菜，每人要了一瓶啤酒，他只是心不在焉地吃着，没有了食指的右手，扒饭和夹菜都显得非常别扭。看着眼前这个憔悴的老乡，我鼻子里一阵酸楚。

我知道他藏有什么事，只是不便开口，我主动问起他来。他一再说没什么事，只是觉得周末蛮无聊的，没有一个熟人和朋友，突然想起了我，就到我这里来了，说完，又沉默起来。后来，他费了好大力才从口袋里掏出几张皱巴巴的零钱，争着要付钱，我忙制止了，他也没多说什么，有点无措地把钱放进口袋，扣好扣子后，还轻轻摁了一下。

离开饭店，他慢步走在后面，始终与我保持一段距离，不时用那双破旧的胶鞋踢着路面上的石子。后来，他赶上我，说要回去出租房，就不打搅我了。我也没强求他，只是走到一旁的水果摊边买了几样水果，当我把水果递给他时，他本能地后退了一大步，他原以为我是给自己买的。我想我这样做是不是有些过分，让他原本脆弱的心灵蒙受伤害，顿时觉得自己有些自私起来。

“阿三，我送你上车吧？”

他点点头。

在去往车站的路上，他则走在我前面，头放得很低，快到车站时，他似乎这才鼓足了勇气，脸也憋得红红的。

“昊天哥，其实我这次来是想求你件事……你能借点钱给我吗？”

可能怕我误解吧，他忙补充道：

“我一领到工资就马上还给你！我知道，我们刚认识，可我没别的法子了，这一个来月，我没正式上几天班，身上剩下的几块钱实在不经花，所以……”

我总算明白了他此次来的目的以及那些反常的举动。既然他这么信任我，我怎能拒绝？况且只要将心比心，就能懂得一个人独自在外是多么不易。

“好呀,那你想借多少?”

“三百块,三百块就够了!”他急忙回答,可能没想到我会这么爽快地答应吧,他露出我们第一次见面时拘谨的微笑,给我的感觉是他只是个还未长大的孩子。

“是这样的,原本我节省点的话也不差这几百块钱的,只是过不了几天,我老婆就要从老家过来了,原本我是不想让她过来的,家里许多事都离不开她,可今年家里收成不好,她坚持要到外面挣点钱,我也没办法,只得同意了。”

他停下来,很不好意思地看了我一眼,也许是怕我没兴趣听下去吧。可能是我的表情给了他足够的勇气,他舔了下干燥的嘴唇,继续说道:

“眼下最让我揪心的是给她找件事做,也不知道什么事适合她,等她过来了再说吧,走一步算一步总归没错。只是她到了之后开销肯定比现在大,毕竟是两个人了,我也不想让她看到我现在这寒酸的样子,每次打电话回家我都说自己在这边挺好的。”

大概过了一个礼拜,也就是礼拜六的早晨,我被一个陌生的电话吵醒。电话那头是阿三,他告诉我说他妻子昨天到了,带来不少家乡菜,叫我到他那里去玩。听他语气,心情应该不错。我想,反正也是闲着无事,那就去吧。在等公交车时,我顺便买了点水果。

老远就看到李三在公交站台等着我,衣袖卷得老高,露着如茭白般细的小臂。如果此时的李三是一本书的话,那么他腰上的花围裙就是醒目的腰封。李三一再埋怨我不该买这么多水果,这样做反倒使彼此生疏了,当我反驳他说你上次去我那儿不也买了时，他傻傻地笑了。

这是两间矮小的杂屋，小间做了厨房，大间做了卧室，收拾得蛮干净的。可能很少见陌生人吧，李三妻子那挂在脸上的微笑让我察觉出生硬和紧张。她相貌一般，皮肤晒得很黑，见到我时，正站着洗菜的她停了下来，双手不停地往裤腿上擦，而从她的肚型判断，应该有好几个月的身孕了。李三忙向我介绍，并朗声对妻子说我就是他在这边结识的老乡，还一再夸我为人有多么好。

后来，从厨房走出来的李三看到妻子在半蹲着洗衣物，就连忙阻止她，要她回房间休息。他妻子则反过来劝他少使力，右手刚好没两天。我发现她在说这些话时，眼睛有些湿润，声音也有些哽咽。

一个五十来岁的妇人从楼上走了下来，手提一大桶衣服，我想该是房东了。李三连忙赶上前去，接过她手中的桶，房东也没拒绝，只是要他当心点。房东对我微笑，我也回敬一个，算是打过了招呼。当李三回到厨房继续忙碌时，房东像突然想起了什么似的对我说：“小伙子，你就是小李的那个老乡吧？小李好几次向我提起你，说你为人很好。”

阿三也真是的，把我吹得那样好，让我无地自容，我心里埋怨道。

在晾好衣服后，房东轻声地告诉我：“小李的妻子昨晚到后不久，两夫妻吵了一架，我先是听见小李的声音很大，后面是不作声了，接着就是他妻子的哭泣声。说来也怪可怜的，没做几天事，手就弄成这样，哪个看了都会心疼。老家也没收成，这不，有孕在身的妻子也只好赶过来，希望能挣几个钱回去贴补家用。”

看到李三慢慢走了过来，她就提着桶准备上楼了，还回过头来邀请我到楼上去坐坐。李三也趁机邀请房东到他家来吃中饭，又一再补充说没几个菜，纯粹是粗茶淡饭。

房东上楼后，李三和我并肩坐着。我和李三聊起他今后的打算。沉默着的他从口袋里掏出一根香烟点上，他先解释自己原本是不抽烟的，只是这几天晚上很难睡着，就点根烟打发寂寞。接着说起自己已开始上班了，但因缺少了一根指头，干起活来比先前更难，虽然这样，他一再安慰自己，等时间长了应该会慢慢好起来的。一小段沉默后，他突然小声地对我说，那三百块钱可能还得过些天才能还上，因为他还没有干满一个月，也就无法领到工资，说话时，他脸上满是歉疚。从房间走出来的妻子刚好看到这一幕，立马板着脸，李三吐吐舌头把烟掐灭了。李三说现在最重要的事情就是给妻子找件事做，但又觉得非常难找，一则妻子没文化，又没有一技之长，连普通话也说不利索；二则妻子现在有了身孕，能做的事更是少。当说到妻子有了身孕时，他很是得意。末了，还请我帮忙留意有没有适合他妻子的工作。

李三的妻子并没闲着，坐在院子里给他们将要出生的孩子织着毛衣，脸上洋溢着幸福。其间，她跟我谈起家里遭受的旱灾和行动不便的婆婆，她还担心家里坛子中的干菜会因为不佳的天气而坏掉。当然，她也对将来抱有期待，还说下午就去找事，只要有事做就行，累点倒没关系，等挣够了钱，回家就把老房子修缮一下。她盼望生个女孩，将来压力小些，如果会念书，就想方设法筹钱让她念，千万不要像自己一样大字不识一个。说话间，她停下手里的活，去屋角侍弄一盆仙人掌。她说，这是早晨去倒垃圾时发现的，觉得被扔在杂草丛中挺可怜的，就把它搬到了这里，她还一再夸仙人掌很是了不起，在什么样的环境下都能生长。

那顿饭让我胃口大开，也让我由衷佩服李三的厨艺。李三的妻子也感到十分自豪，说李三平时在家时也是争着烧菜、做饭，连衣服也是抢着洗。她这样一说，反倒让李三有些不好意思起来。当我准备离开时，夫妻俩硬是把一大袋干菜塞给我，还一再嘱咐我有空常来玩，到时他们再做家乡菜给我吃。一路上，我默默地祝愿他们能早点在这个陌生的城市里找到那份简单而又遥远的幸福。

后来的一天上午，门卫打电话给我，要我去传达室取一个信封，说是上次我那个瘦弱的老乡骑着自行车送过来的，麻烦他转交给我，递给他一支烟并道完谢就走了，还说我那位老乡看上去情绪不是特别好，眼睛都肿了。我急忙来到传达室，打开信封，里面是三百二十块钱，中间还夹有一张写在烟盒上的纸条，字体歪歪斜斜："昊天哥，我们恐怕要回老家了，这是还给你的三百块钱，另外二十块钱就当作利息吧，真的非常谢谢您！"想象着阿三用他那没有食指的右手写字的样子，我的眼睛一下子湿润了。

我想起了几天前，上完课的我回到办公室时看到手机上有一个未接电话，当我回过去时，对方说这是他小店的公用电话，拨打电话的人已经走了，是一对年轻的外地夫妻，妻子有了身孕，像是在找工作。我知道是李三两口子，也知道他们是在万般无奈的情况下才给我打这个电话的，无非向我打听是否帮他妻子找到了事。说实在的，不是我不尽力，只是同为外地人的我又有什么能力帮到他们呢？所以，我也没去当面向他们解释，只是一心希望他们能够理解我。

下午，顾不上请假的我赶到他们的租住房，迎接我的是一把冰冷的锁。后来，房东走下来向我解释说："小李的妻子一直未找着事做，有一天傍晚在偷偷洗衣时突然晕倒，还好当时小李就在家里。小李为照顾妻子常请假，有时担心请得过多而被扣工资，就偷偷溜出来一会儿，但最后还是被公司辞了。考虑到小李的处境，公司给了他千来块钱。哎，这么好的孩子命就这么苦！昨晚为收拾行李忙到很晚，坚持要给我两百块钱作为房租，我硬是只收了他一百。今天上午，小李来借我家的自行车，说是要出去办点事，但很快就回来了。夫妻俩提着行李和我道完别走的，小李面色沉重地走在前面，他妻子含着眼泪跟在后头。刚才我还在自家门缝里发现了一百块钱……"

房东忍不住哽咽了起来。

房东上楼后，我呆呆地站在院子里，那盆仙人掌还在屋角，长高了不少，泥土明显有些潮湿。李三夫妻俩就这样匆匆离开了这个曾让他们充满过幻想的地方，悄悄地来，静静地去，像两朵轻轻飘过的浮云。也许，直到这一天他们才真正明白，他们毕竟不是仙人掌，在任何环境下都能生存。不论怎样，这也是他们的一番经历，虽则苦涩，但也不无收获。有时候，我们最初所做出的错误选择最终是为了使自己回到正确的地方，所以，当生活无情地对你关上眼前这扇门时，你要学会打开身后那扇窗。

自那以后，我再也没见过李三，而他也再没有联系过我，或许，他只是想平静地忘记一段疼痛。有时我也在想，回老家或许才是李三夫妻俩最好的选择和归宿，那里才是他们的根，才是他们幸福的源泉。所以，我常在梦里看到他们两口子悠闲地坐在自家翻新的屋檐下，膝边有他们疼爱的女儿，不远处的稻田随风起伏着，在如挂钟一般的夕阳下闪着金光……

15

我上完夜自修回到家时，小云正坐在沙发上心不在焉地看着电视，一眼就可以看出她刚哭过。要是以往，小云听到开门声，就会走到玄关来迎接我，像小棉袄终于等到了下班回家的父亲，只差去翻我的口袋，看有没有带糖。

我在小云的身边坐下，已经做好了迎接不幸的准备。

“怎么啦?”

我就像安慰一个考试考砸了的学生。

“我爸妈刚来过 ……”

小云依旧盯着电视，只是眼神游离。

“哦!”

我丝毫不觉得意外，从小云搬过来那天起，我就知道迟早会有这么一天；而在我们登记领证后，我更像是在等着这一天了。在此之前，我从不跟小云提起，无非是怕给心中原本就有愧的她徒然增添烦扰。当然，单凭对自己父母的了解，小云应该比我更清楚他们会来闹，只是不忍心早早暗示我而已。因此，这段时间，我们都是提心吊胆。

“他们要我搬回去。”

小云这才望向我，好像是在征求我的意见。我觉得此时的小云单纯得像个孩子，因为我非常清楚她父母的要求不可能这么简单。

“那你怎么打算？”

“还能怎么打算，当然不搬！”

那语气，好像是我通知她爸妈来的。

“嗯，战斗到底！”

我是在给小云打气，也是在给自己鼓劲。

虽然自从上次被推出门后我再也没去过小云家，但每到周末，小云都小心地暗示我再去拜访一下她父母，给他们一个台阶下，或许他们的态度会软化，况且这样僵持下去也不是长久之计。说到底，不是小云不让我去，也不是我害怕去，毕竟她肚子里有了我的骨肉，其实是我不愿意去，那个结已然成了死结，似乎永远解不开。

我望向电视机，无意中发现茶几上我和小菲的合照不知去向，花瓶倒是仍站在一边，但因这两天我们忘记换水，里面的百合略显憔悴。我有种不祥的预感。

“小云，茶几上的照片呢？”

“被我妈摔碎了……”

小云望向我，脸上和眼里满是歉意，好像摔照片的是她，如果她的脸是一张答题卷，真能打满分。我能轻易地想象出小云母亲摔照片时的愤怒样子，跟当初把我带的礼物扔出来时简直如出一辙，甚至有过之而无不及。我望向一边的垃圾桶，里面有细碎的玻璃和断成好多段的相框。

“那照片呢？没被撕了吧？”

虽然垃圾桶里看不到任何纸片，但我还是担心得很。如果真的被撕了，我希望小云能很好地骗过我，不然，我会怒不可遏地冲向她娘家。

小云从身后拿出那张皱了的照片并慢慢地递给我，那样子就像因上交的是一份空白答卷而准备随时接受老师的批评。

我接过照片，发现从左到右有好多条折痕，好像是要把我和小菲碎尸万段。

“这还是我硬从我妈手中抢回来的。”

小云努力了，这也是她唯一能给我的安慰。

“还好你不在，真怕你们会打起来。”

“这还真难说！”

我摩挲着手中的照片，压抑着心中的怒火。

其实，今晚我原本是没有夜辅导的，只因同办公室的石昌华老师临时有事，跟我明天的夜辅导换了一下，真不知道要感谢他还是要怪罪他。突然，我脑子里有什么东西一闪而过。

“对了，你爸妈来之前打你电话了吗？”

“没有。怎么啦？”

“那你告诉过他们我们住在几单元几室吗？”

小云父母知道我住在哪里，那次去小云家时她父亲有问起过。还记得在我说出小区的名字时，我从他那里得到的是一脸的不屑，因为这是城东的一个老小区，甚至比当年我和小菲租住的城西的那个小区还要老，一个是奶奶辈，一个是姥姥辈，更何况我还是租住的。

“你真当我傻啊，我干吗要告诉他们！”

小菲觉得自己很是冤屈。我相信她是不会说的，不然也不会偷偷地从家里搬出来。

“那他们是怎么知道的呢？”

“我的车？他们根据我停在路旁的车。”

“那也不对，你的车停在路边，只能说明你住在这个小区，但提供不了更加具体的信息。”

“会不会是门卫呢？”

为了避开电视机声音的干扰，我走向阳台，立马拨通了门卫处的电话；返回客厅时，我对小云摇摇头。将手机放在茶几上的同时，我重新在小云旁边坐下。

“听到敲门声，我开始以为是你回来了，后来想起下班前你打电话给我，说你今晚临时要上夜辅导。”

“有线人！”

听我这么说，小云原本还想笑笑的，但一看到我严肃的表情，又不敢了。

正如我所猜想的，事情没有这么简单。小云父母叫小云回去只是临时起意，其实他们是来找我的，只是想不到我今晚临时有夜辅导。既然这样，他们怎么知道我今晚没夜辅导的呢？当然是我同事。谁？龙伟杰，我和小云的介绍人。可能是受到了上次小云的启发，我怀疑自己也可以做侦探了，真是耳濡目染。

龙伟杰和石昌华老师都是化学老师，住在同一间教工宿舍。

早早回寝室午休的龙伟杰应该接到了小云父母的电话，或许龙伟杰是拍着胸脯说我今晚没有夜班的。

快下班时，石昌华老师非常抱歉地走过来跟我说，他丈母娘心脏病又发作了，他得带她去医院看看，问我能不能帮个忙，跟他换下今天的夜辅导。

想必小云的父母是做好了充足准备才来敲门的，她父亲手中甚至还握着那把晨练剑，红色的剑穗格外醒目。在还未进屋前，怒气就已经工工整整地写在了他们的脸上，想说的话也已经在嘴边待命。他们想说是我欺骗了小云，最后还导致她怀孕；也想说是我煽动小云搬出来住，只为更好地控制她；还想说是我骗小云把证领了，让他们的女儿没有半点退路。总之，都是我的错，他们就是不喜欢我，甚至认为我比那个金浩哲更有心计，更不是人。

只是让他们没想到的是，家里只有他们的女儿，他们不可能也不愿意把这么沉重的怒气辛辛苦苦地拎过来再拎回去，于是就把它们适当地撒在了小云身上，责怪她因不知检点而怀孕，怪罪她偷偷搬出来跟我同居，责备她背着他们把证领了。只是怒斥小云远不如想象中痛骂我那样过瘾，此时，茶几上的照片——一个渣得掉渣的男人和一个不该早死的死鬼——像是给了他们很好的暗示。小云的母亲赶在丈夫之前立马冲过去一把抓起，然后往地上狠狠地摔去，看到碎了一地的玻璃和断成好几段的相框，她很解气。只是那张照片毫发无损，而我和小菲开心的样子更像是在嘲笑她，恼羞成怒的小云母亲一把抓起照片，正准备撕扯成碎片时，小云第一时间扑了过来，只有她知道那张照片对我有多重要。

母女俩像运动员一样僵持着，不肯相让，小云母亲那更显犀利的眼神连女儿都感到害怕。细长如面条的小云父亲像裁判一样看着这场竞技该如何收场，原本站着的他感觉有些累了，顺势坐了下来，刚好是小云旁边的位置，也就是我现在坐着的地方。我可敬又可爱的丈人和丈母娘万万没想到的是，他们的女儿竟然扑通一声跪了下来，眼泪汪汪地求他们把照片还给她，还以答应跟他们回去来博取同情。他们觉得很解气，但还不够，其实他们要求的更多，比如把结婚证换成离婚证，把肚子里的孩子拿掉，但他们开不了口，毕竟这样的要求太残忍，而且也不可能做到，况且这对他们的女儿也没有半点好处。小云见自己的父母不为所动，最后只得放出话来：如果不把照片还给她，她就死在他们面前。

精疲力竭的他们也可能觉得无趣，最后离开时既说不上成功，也谈不上失败。小云慢慢地站起来，一边擦眼泪，一边把地上的碎玻璃和断相框扫进垃圾桶，然后目光呆滞地望着茶几，直到感觉肚子里的小生命像是在踢自己时，她这才想到坐回去，然后拿起茶几上的照片，尽可能把它抚平。后来，听到我开门时，她也不敢站起来去门口迎接我，只是把照片藏在身后，希望不被我看到，至少不被我马上看到。无论如何，她无法做到好像什么事情都没发生过一样。

我把小云揽进怀里，同时也想起了二十八周岁那天许的愿。

16

母亲是在父亲“壮士断指”后的第二天上午来到我奶奶家的，那时我快四个月了。那天上午，蔡方良应该是目送着自己的妹妹走出家门的，跟胞妹一样，他头天晚上一夜没合眼，妹妹走后，他终于可以安心地补个觉。那天一大清早，蔡方良小心地去了我奶奶家，结结巴巴地跟父亲说了不少话，然后近乎讨好地给父亲换上纱布，他也是第一个看到和触摸我父亲断指的人。

母亲的到来让穿着破棉衣的父亲笑得合不拢嘴，他那缠着蔡方良刚换上的纱布的断指因激动而微微抖动着。也是从这时起，再也没有人看见过我父亲在村里游荡。在村民看来，父亲的断指就是明志，是村里黑暗后的光明。如果爷爷能有幸看到这一变化，肯定会吓得从棺材里跳出来。后来的几十年里，父亲在祭奠爷爷时，是否会欣喜地告知他老人家自己的这一变化，并为以前的胡作非为送上歉意呢？

原本坐在屋檐下打着瞌睡的奶奶虽被眼前这一幕吓得不轻，

但又无力改变现实。她以头痛病又发作了为借口把白白胖胖的我递到母亲手里时很是心不甘情不愿，而我不哭不闹的表现又让她十分光火，但最后她一句话也没说。我想，奶奶在转身进屋前应该看了一眼我母亲的屁股：“也难怪，屁股跟碟子一个大小！”

后来，开始懂事的我对自己一直没有去过外婆家感到奇怪，母亲告诉我，外公、外婆很早的时候就去世了，早得连她自己都记不清了；我又问为什么外婆家那边的亲戚从不过来看我们，母亲说那边没有亲戚。那时，母亲的眼睛空洞得就像雨后的天空。

母亲在，我的人生尚有来处。只有在母亲面前，我可以暂时丢掉我也身为父亲的这层身份，安心地做个孩子，讨独居的母亲的欢心。父亲走后的这年年底，我带着五岁半的儿子乘坐刚开通运营的高铁回老家过年，一则祭奠父亲，二则看望孤零零的母亲。之前，母亲在电话里一再对我说，如果没有时间就不用回来了，人流量这样大，一路上肯定辛苦。她的真实内心我是一清二楚的，有时候，老年人简单得就像孩子，自认为别人会猜不透他们的想法，其实，他们的想法如气泡一般透明。

因此，当我和阳阳在年二十九这天傍晚出现在母亲眼前时，浮现在她老人家脸上的喜悦和激动真是无以言表，母亲把孙儿陈资紧紧地搂在怀里，抚摸着他的圆脑袋，眼泪沿着她脸上的沟壑缓缓流下来。如果是早些年，我还真担心儿子会窒息在母亲的怀里，但现在母亲早已没有了那样的力气。我转过头去，想象着母亲这半年多里独居的艰难，没有一个说话的人，大部分时间就是泪眼婆娑地看着父亲的坟茔，这让我愧疚得无地自容。

大年三十的上午，我脱下当年小云给我买的呢大衣，捋起衣袖，给父亲即将塌陷的坟茔拔草、填土，就像父亲之前常给爷爷、奶奶做的那样。这些杂草总喜欢往高处爬，还爱呼朋引伴，我是毫不留情，一网打尽。接下来，我在父亲的脚头点上三根表达思念的香，还让懵懂的儿子过来磕了三个响头，那声响像父亲将手中松了的锄头在路边的石头上磕几下一样清脆。最后，我们燃放了一挂长长的鞭炮，吵醒沉睡的父亲，告诉睡过头的父亲该起床看看儿孙了。

是啊，父亲不可能再坐起来，而我再也看不到他的真容，哪怕一张薄薄的遗照也成了我毕生的奢望。我无法把那个不务正业的年轻人与送我去大学报到时那个不善于表达的父亲联系起来。离家前的那天晚上，父母合力给我收拾着行李，那种高兴劲儿我此前从没见过，觉得他们像两个开心坏了的孩子。第二天，父亲只是挑着行李把我送到资阳县长途汽车站，剩下的事就让我自己去解决，因为我已经成人了。当父亲转身离开时，他连招呼也没跟我打一声。我顺利到达学校后打电话回家报平安，接电话的父亲就说了两个“嗯”字，然后匆匆挂掉，仿佛我的声音带有传染病一样。所谓父爱如山，不只是指在背后默默支撑心慌腿软的你的那座大山，更是指在你应该独自前行时毅然抽回的那双糙手。

母亲最懂父亲，因为父亲用他那根断指温暖了她那颗孤苦的心，所以，作为报答，母亲用她的双手温暖了父亲那贫寒的家。母亲此时就坐在院子里，一边晒太阳，一边认真地看着我为父亲所做的这一切，这是她余生浅薄的幸福中重要的一部分。

七个月前，当母亲最终选择说出我的身世时，我一点都不惊讶，也一点都不在乎，因为眼前的母亲虽不是我的生母，但胜似生母。这么多年里，左邻右舍和亲戚朋友从不对我提起我的身世，不只惧怕我那曾经天不怕地不怕的父亲，更出于对一位母亲和她那与生俱来的母爱的尊重和保护。所以，从知道真相的那一刻起，我就发誓，不仅把它铭记在心里，还要做好保密工作，既不会对小云提起，也不会在将来的某一天告诉儿子。

母亲告诉我，父亲之所以如此频繁地去她哥哥家，是他渐渐发现自己得了心病，而且只有她那双不只会烧饭做菜的手才能医治他，然后，父亲就有了不惜任何代价要把她娶回来的决心。父亲切断自己的手指既是在向母亲表明他要与过去的自己彻底决裂，也是在逼迫母亲非嫁给他不可。而在以后的几十年里，母亲并没有让父亲失望，因为她确确实实用自己的双手操持好了这个家。

虽然母亲的这双手不会写字，但她可以插秧或割稻坚持半小时以上，一天下来插完一两亩秧或割完一两亩稻是轻而易举的事。来请母亲帮忙的邻居更是挤破了门，父亲不忍心让母亲去，但母亲到底还是去了，因此，母亲双手肿胀，指甲开裂。父亲心疼在洗衣裳和切辣椒时小心翼翼的母亲，就给母亲打来一盆井水，让她把双手浸在井水里。

母亲的这双手虽然不懂裁剪，但擅长纳鞋子，如果白天没空，那么她晚上就对着煤油灯纳到深夜，单布鞋、棉鞋，应有尽有，积了满满一大蛇皮袋。把自己的“作品”拿出来晾晒是母亲一年当中难得的幸福时刻，看着被摆放得整整齐齐的鞋子，此时的母亲像一位了不起的作家审视着自己的文字，那种成就感是不言而喻的。

从蔡方良家回来的当天晚上，父亲辗转反侧，不是因为用菜叶包着的断指还在疼痛，而是在急切地等待着母亲那双手的抚慰。

那天将父亲入殓时，母亲难得坚强起来，她推开上前搀扶的众人，脚步稳健地走到黑沉的棺材旁，探下身子，用她那双温热的手先是摸了摸父亲的光头（她原本是想理一理父亲最后几根稀稀拉拉的头发，但丝毫没有想到最后一次化疗剥夺了她的希望），希望减轻父亲在接受化疗时因自己不在身边而生出的痛苦；接着摸了摸父亲的眼睛，以此来确认父亲是否还有遗憾；最后久久地停留在父亲的断指处，除了冰冷，照样粗糙。三十八年前，就是这根断指重新燃起了母亲对生活的希望，并让她有了一个完整的家。

“鬼崽子，小云怎么没来？你们是不是又在拌嘴？”

真不知道母亲何时上的楼。从昨天傍晚到家开始，我就知道母亲会问起这个事，只是当着阳阳的面不方便开口而已。现在应该是最好时机，阳阳已入睡了，而我正准备去刷牙、洗脸，所以，母亲立马开门见山。

“不要说她是怕长时间坐车，不像两年前，现在有了高铁！”

母亲这种步步紧逼的语气在大年三十的晚上容不得我在回答时有半点犹豫或迟疑。

“妈，你真会多想！”

“能不多想吗？你和小云的事没少让我和你爹操心！”

母亲抬起右手抹了抹眼睛。父亲离开后的这半年多里，母亲应该经常如此。

“小云本来是想一起来的，毕竟爹过世时她没能来……”

不同于父亲离世时我没让正在休养的小云来，这次她确实想来，但还是被我劝止了，我让她留下来陪她父母，省得他们在家孤独，况且，小云只有一个星期假，而我想在老家多陪母亲几天。

"上次要么是你不让小云来，要么是小云不肯来。如果你们不是在拌嘴，那样大的事，哪有做儿媳妇的不来给公公奔丧的道理？那天看到你一个人开车回家我就猜到了，别以为我当时没看到你脸上的抓痕，我是怕你那时日已不多的爹担心才没有戳穿你。"

母亲开始小声地啜泣，这是她第一次当着我的面这样。她既是在责备我和小云，也是在为父亲抱不平。

"妈！……"

"那几天里，亲戚、邻居偷偷向我问起时，我都尽力替你打圆场。你爹入土后，我原以为你会跟我坦白，但你连开口的想法都没有。反倒是我没管住自己的嘴，最终说了你爹的过去和你的身世……"

"妈，既然你猜到了，我也不瞒你了，我和小云那时确实是在拌嘴，是我不让她来奔丧的，因为她需要在家养病，不久前她出了一场车祸……"

"你这个鬼崽子！"

母亲像是用尽了余生的力气，将拳头重重地砸在我的胸口上……

17

我是听同事说起才知道吴家辉可能有了外遇的。

那天，下课较晚的我在学校食堂用中餐时，坐在我旁边的历史老师莫老师突然神神秘秘地对坐在她对面的张老师说：

“张老师，我个人觉得吴家辉这个人可能对家庭有点不忠。”

长着苹果脸的莫老师这样说时丝毫不顾忌就坐在旁边的我，或许，她原本就想间接说给我听，毕竟家辉曾是我和小菲的半个介绍人，或许她还希望能从我口中得到某些验证。

“说来听听。”

张老师把头抬起来，眼睛里流露出无尽的期盼。

“周六我不是刚好没课嘛，闲来无事，我就带着儿子在大悦城给他买鞋子，当我去柜台付钱时，看到吴家辉在我右手边的专卖店看鞋子。”

“就你能买鞋子，他就不能买了？”

张老师表面上是替吴家辉打抱不平，其实她是想催促莫老师快点讲，就像一个削了皮的苹果递到了自己的跟前，就差伸过头去咬那么一口。

“他旁边站着一个女的，身材好得没法说，可不是他妻子沈杨杨哟！”

她的话里多少有沈杨杨配不上吴家辉的意思。客观地讲，吴家辉确实长得高高帅帅、白白净净，足球踢得好，歌唱得不错，家境也殷实；早年丧母的沈杨杨虽然相貌平平，工作也不如吴家辉稳定，但凭她的性情，做一个贤惠的妻子还是绰绰有余的。不论怎样，当年吴家辉选择沈杨杨，总归是看到了她的优点。

“但也不排除是他家亲戚什么的。”

莫老师点点头，不知是肯定自己最初的猜测，还是认同张老师的看法。

工作上勤勤恳恳的家辉是我们学校的物理老师，比我晚一年工作，他平时话不多，交际圈也窄，备课或批改作业时，总喜欢戴着耳机，一副不闻不问的孤傲模样。家辉家是拆迁户，可谓一夜暴富，加上他又是家里的独子，他父母一心希望家里能添个孙子。六年多前，家辉邀请我和莫老师参加他的婚礼，不是因为我们和他走得有多近，而是我们当时和他同在一个办公室，不邀请我们总有点说不过去。后来，我能与小菲走到一起，真得感谢家辉夫妻俩的牵线搭桥。

如果真像莫老师所说的，这是我万万没想到的。或许，人都是会变的，就像阴晴不定的天气一样。

后来，我基本上把这件事抛在了脑后，毕竟没有充分的证据作为支撑。只是在校园里遇到家辉时，我还是会想起莫老师说过的话，在家辉的身影远去后，我都会想，如果我与家辉的交情深一些的话，应该会向他打听一下吧！

三年多前，在将小菲遗体火化后的第三天，我就回单位上班了。大课间的时候，情绪低落到低谷的我独自一人去了校园的僻静处，只想分散一下自己的注意力，没想到会在一个拐角处碰到家辉，刚打完电话的他可能是恰巧路过，但给我的感觉又像是在特意等我。

“陈昊天，坚强点！”

家辉对许多老师都是直呼其名，哪怕是比他资格老那么几年的，可以想见他的交际能力确实有点问题。几天后，当家辉夫妻俩带着水果来我家里安慰我时，我想那应该是他妻子的主意。

“我会坚强起来的，谢谢关心！”

他走过来拍了一下我的肩膀，然后头也不回地走了，似乎只是随手帮我拍掉落在我肩上的一只虫子或一片树叶。

但莫老师的猜测后来还是应验了。

那天上午，我去校长办公室找校长签字，当我走进去时，看到了杨杨、杨杨的父亲和杨杨的女儿恬恬，杨杨父女俩的脸色简直一模一样，那种愤怒仿佛一点就着。在向杨杨的父亲问过好后，我朝憔悴的杨杨点了点头，算是打过了招呼。恬恬像是刚哭过，睁着大大的眼睛看向我，活像一只惊魂未定的小兔子，她或许还记得曾在超市里看到过我。稍后在楼道口，我刚好碰到正准备上楼的家辉，他脸色有些难看，嘴四周的胡茬多得像是刚吃过豆沙馅的汤圆而忘了擦。家辉勉强挤出一丝微笑送给我，随即又一点也不浪费地收了回去。

回办公室的路上，我一直琢磨着这件事。中午在食堂看到家辉如往常一样用餐时，我想，事情可能不像莫老师说得那样严重。

但没过几天，正在上课的我突然听到从后面行政楼的校长办公室传来吵闹声，而且越来越大。没多久，我看到了家辉与杨杨父亲扭打在了走廊上，包括郑主任和龙伟杰在内的几位中层领导急忙赶来拉扯，终于将他们分开。家辉先是抖了抖衬衫衣领，然后头也没回地扬长而去；杨杨父亲站在原地，指着家辉的背影在骂着什么。稍后的课间升旗仪式，家辉没来参加，中午我也没有看到他来食堂吃饭。

再后来，我听说杨杨父亲去了教育局，而家辉倒像是什么事情都没发生过一样，照样戴着耳机备课和批改作业，话仍是不多，唯一的变化是夜自修结束后他不再回家，就住在学校的教工宿舍。

我终于明白那天在超市遇见杨杨她们母女俩时，她的面容为何那样憔悴、举动为何那样异常了，那时，他们夫妻或许已经闹到了不可调和的地步。当时，我还只当是看到我跟小云在一起，杨杨有些尴尬，甚至在内心里鄙视我，毕竟小菲曾是她最要好的朋友，而小菲过世还不到三年半。

一个月后的一天，我无意中从郑主任那里得知了家辉离异的消息，而家辉似乎很乐意看到女儿恬恬由杨杨独自抚养。要知道，每一个孩子都是上天送给父母的最好礼物，理应有一个完整的家和被父母同时疼爱。对于杨杨而言，这层伤害一经造成，就像一张被水浸泡过的报纸，无论怎样被时间风干，那些褶皱难以被抚平。那一刻，真希望小菲还在人世，想必她能第一时间给自己最好的朋友以最大的安慰。

当天晚上，当我把杨杨离异的遭遇告诉小云时，小云只当我是在暗指她的过去，恨不得一脚把我踢下沙发。

“小云，还记得两个多月前你爸妈找上门来那件事吗？”

我指指电视柜上我和小菲的合照，虽然换上的是跟之前一样的相框，但照片上的折痕仍清晰可见。

小云一脸疑惑地看着我，不知道我想要说什么。

“如果那天我刚好在家的话，一定会跟你爸爸扭打起来，一旁的你会怎么做？”

小云觉得我把她带进了“如果母亲与女友同时掉进水里，你先救谁？”的套路，毫不吝啬地打了我几下。解气后，她迟疑了好一会儿，然后说了一句让我永生难忘的话：

“我想我可能也会跟我妈打起来！”

我们默默地看着彼此，更是看透了对方的内心。后来，小菲把头靠在我肩上，轻声抽泣着，我闻到了她头上海飞丝洗发水的芳香。

把已有七个来月身孕的小云扶进房间躺下后，我脑子里开始浮现出龙伟杰一路尾随我到寝室的画面。真的，如果没有龙伟杰当年那死缠烂打般的介绍和后来频繁的催促，或许，我永远不会认识小云，不会知道她的过去，也不会结束自己的痛苦，更不会有我和小云的现在。

许多事情就是这样，当时面对时可能手足无措，但事后再去回想，你会发现冥冥之中自有安排。在我因找不到工作而失落时，王萍的一条短信召唤了我；当迷茫的我手握 K135 次车票登上火车的刹那，一千多公里外一位和善的老板娘坐在门口等着鼓励我；姚芝中途爽约，是因为一年后有一个叫叶菲的姑娘从一千公里外的地方出发；小菲在同事的婚礼上等到我后，先是陪我走了一程，然后选择离开，只为让我早点认识小云；小云结束一段恋爱长跑，只为在咖啡馆里与我会合……

现在，小云就躺在我身边，虽然不知道以后还有什么在等着我，但我清楚，生活是一条难以预料的河，如果不想顺流而下，那就逆流而上。

18

我不无激动地坐在白江市火车站出站口的台阶上，望着那座巨大的钟，同时也想起了一年前长沙火车站的候车室。张军华则站在一边忙着发短信，看他那得意的模样，就知道他又跟哪个女网友聊上了。

“狗改不了吃屎！”

我心里暗暗骂着。

这天是国庆节，我们在等待大学同学陈兴。陈兴是我大学时最要好的朋友，他这次过来，一则是来看望老同学；二则是散散心，因为他跟他女朋友闹得有些僵。

大学四年里，陈兴就睡在我的上铺。180 厘米左右的身高、梳得整齐的头发和光亮的额头是他留给我的第一印象，从送他来报到的有他父母和哥嫂的排场来看，其家境应该不错，这不免让来自偏远农村的我有些自惭形秽。后来，我得知陈兴有一个在高中谈了一年多的女友，对方就在附近的成教学院读书，这也就很好地解释了为什么在图书馆自习或在食堂吃饭时，陈兴虽然总喜欢坐在漂亮女生边上，却又有色心没色胆。

我一直认为以陈兴这样的身高和体重，打篮球应该不成问题，当同寝室里几个同学平时打着玩时，他在中锋位置上打得有板有眼；但一旦到了班级比赛，他就判若两人，有时连最简单的球也接不住，而且跑几个来回就上气不接下气。他虽然在打篮球时显得笨拙，但学起电脑来可灵光了，没花多少时间，就自学了编程。有一段时间，他沉迷于网络游戏，常和班上几个同学在校外的网吧上通宵，后来实在是精力有限，才有所收敛。

大学四年，我没少去陈兴家，每次都是他亲自下厨；晚上，他就把几个要好的高中同学约出来一起吃夜宵。他还曾私下跟我诉过苦，女友就来过他家一次，他父母不赞成他与之交往，并非因为对方来自农村，而是担心他女友身体太瘦弱，怕到时候抱不上健康的孙子。等到我们读大四时，他毕业没多久的女友开始在他们老家县城一所私立小学上班。每天，陈兴都给她写封情书，写好后并不寄出去，而是把它放在抽屉里。毕业前夕，陈兴告诉我，大四这年他给女友写过上百封情书，每次回家都是他亲自交给女友。

我大学里的最后一个生日是陈兴帮我安排的。前一天，他瞒着我在学校门口的一家略有档次的饭店订了一桌，到了我生日这天的傍晚，他连哄带骗地把我拉进饭店，当时，好些同学已经在那里等着了，中途，他们集体给我唱生日歌，让我感动不已。离校前的最后一晚，陈兴送给我一把剃须刀，跟他当时在用的是同一型号，他说，这两把剃须刀是在同一家店里买的，正如两兄弟。离校那天，陈兴坚持送我去火车站，挥手作别的刹那，我们分明从对方眼里看到了打着转的眼泪。

毕业后的这一年多里，我们一直保持着联系，正如当初约定的那样，工作和生活中的喜和忧，都要与对方分享。两个多月前，也就是我参加工作后的第一个暑假，我去了陈兴家所在的小县城，在劳动局上班的他渐渐有了为官的样子，他的女友因那所私立学校的倒闭而处于失业状态，这倒又给了他父母一个反对他们在一起的理由。为了跟女友在一起，赌气的陈兴最后从家里搬出来租房住，而他女友因自己进退两难的处境也心情烦躁，不时与他产生一些口角。

也就两个来月没见，陈兴变黑了不少。我想，这个暑假他准没少去那个距他家不远的水库钓鱼，我仿佛还看到了他瘦高的女友在一旁陪着的温馨画面，就像当年曾丽红在一旁满足地看着张军华打篮球一样。在前去阿胖湘菜馆的出租车上，陈兴不停地讲述着火车上的新鲜经历，似乎暂时忘记了与女友的不快，一千多公里的路程，应该是迄今为止他坐过的最长距离吧。

坐在小包厢里等上菜时，我们三人净扯些大学里的东西，仿佛我们还没有毕业，仍身处那个美丽的校园，仿佛稍一转身就能闻到对方打完篮球后身上的汗臭味。两年前包括我们三人在内的一行六人半夜登衡山、只为在山顶看日出的情景就像发生在昨天，那一路上，我们极尽挖苦、嘲笑之能事。在频频举杯时，我多想陈兴能谈谈他与女友的近况，但他一直没开口，反倒问张军华又在跟哪里的女网友谈人生理想。

这晚，我们挤在张军华的宿舍里，与我们一起进去的是一箱啤酒和若干下酒菜。张军华仍保持着大学时的生活习惯：被子从不叠，衣裤到处放，打球穿过的袜子半塞在黑乎乎的球鞋里。我和陈兴刚一走进去，一股熟悉的味道扑面而来，心照不宣的我们只是相视而笑。倒是矮小书架上的那些书籍摆放得整整齐齐，大多是教育学和心理学方面的。“色狼”张军华虽然给人的感觉是沉浸在虚拟的网络世界里，但回到现实世界，他还是十分认真和负责的，至少对工作和自己是这样。陈兴从行李包里翻出一副字牌，这是他特意带来的，我们以前在大学宿舍里也偶尔玩这个。

来之前，陈兴一再强调要去看海，其实之前我们三人谁也没去看过。我们在几经周转后终于踏上舟山这座海岛，仿佛置身于另外一个世界，没有过往，也不需要未来，只想紧紧拥抱着眼前的一切。蔚蓝的天空就如一块巨大的蓝色布匹，绣在蓝天上的白云离我们如此之近，仿佛只要轻轻一跳，就能像抢篮板似的轻易摘到。海风夹带着腥味吹来，像翻动书页般翻动着树叶。远处的渔船既像五线谱上跳动着的音符，又像漂浮在大海上的贝壳，随着褶皱般的海浪起伏着。

坐在礁石上的我们彼此无话，各自沉浸在自己的世界里。当陈兴燃起一根白沙香烟时，我想起了“鹤舞白沙，我心飞翔”这句广告词，也知道他要说些什么了。

“我女朋友怀孕了。”

他似乎有些意外地伤感。

“很好啊，你可以当爸爸了，而我连女朋友都还没有。”

我在安慰陈兴，同时也想起了几个月前见面未果的姚芝。

“羡煞旁人！”

张军华附和着。

“滚!”

这只色狼的女网友以打来计算。我又想起了王萍曾经说起的那位女同事，其实，我只在去年寒假回老家的火车上问过张军华一次，至于他与那位女老师之间到底发生了什么，我无从知道，因为张军华是一个不肯轻易透露自己想法的人，即便是在好友面前，包括他后来考研的事也从没向我说起过。我常想，如果把热水灌进了张军华的嘴里，他也一定会吐出冰块来，他的这种平静和缄默有时会让你束手无策。

“我爹慢慢接受了她,倒是我娘……”

陈兴深深地吸了一口烟,吐出来的烟雾瞬间散去。

“兄弟,有人可以给你烟酒,但不能帮你解愁。”

出口成章的张军华刚一说完,我就白了他一眼。

“真等孩子生下来，你娘肯定也会接受的，只是眼前可能困难了点。”

陈兴母亲我见过许多次，对儿子的同学和朋友都非常客气，唯独对儿媳要求苛刻。

“我们去海边走走吧!”

陈兴如是提议，并第一个站起来，就像当年第一个站起来换衣去打篮球一样,我和张军华紧随其后。

“我们许个愿吧?”

在普陀，面对观音像，我如此说道，其实，我完全是说给陈兴听的。陈兴可能也早就想到了，只见他一板一眼地将双手合十，很是虔诚,至于许愿内容,我了然于心。

“别去祸害良家少女了!”

当张军华也这样做时，我不仅嘲笑他，还踢了他一脚，但他像块礁石一样岿然不动。

只有我没许愿。后来，当张军华如愿考上研究生、陈兴带着妻儿回到父母身边时，他们应该还会想起这次舟山之行吧，也会更加笃信心诚则灵。我是在小菲离开后才频繁想起这次舟山之行的，时常遗憾我和小菲认识得不够早，不然会有第三个愿望吧。

19

我虽然毫不怀疑小云从娘家偷偷搬出来跟我同住的勇气和决心，但我非常肯定她偶尔会背着我回娘家看望父母，即便她不想让我知道，我也能猜出来。后来，小云父母在我们的婚礼上的那种喜悦和激动既是他们的真情流露，也是小云之前付出的回报。

小云父母都是企业员工，都在阳阳一岁那年退休了。小云对我讲，她父母是经人介绍认识的，生活中常为一些小事产生口角，但到最后都是母亲获胜。我丈人高高瘦瘦的，更愿意把精力用在埋头读报上，一旦开口说话，必是忍无可忍。我丈母娘矮矮胖胖的，既藏不住事，也管不住嘴，一丁点儿事都要一吐为快，不满和怨气经常一览无余地写在她的脸上，也造就了她有一副犀利的眼神。因此，他们吵架的过程像极了一篇小说，其情节脉络非常清晰：丈母娘的不停念叨是开端，丈人的奋起反抗为发展，彼此间互不相让是高潮，丈母娘大获全胜为结局。

这么多年下来，生活中小云父母没少拌嘴、翻脸，但对小云的爱又让他们团结一致。小云原本还有个比自己大两岁的姐姐，在小云一岁多点时便夭折了，所以，小云对这个姐姐没有一丁点印象，只是家里的相册里仍保存着姐姐的一些照片。小云房间里大大小小的相册有好几本，小云每个年龄段的照片都有，按时间顺序夹在里面，且没有任何发黄的迹象，可见小云父母的良苦用心和对女儿的疼爱。当然，小云也没有辜负父母，从小学到大学一直表现得很优秀。

那天吃午饭时，小云父母得知女儿怀孕时的愤怒虽然不免势利，但说到底还是为了女儿好。后来的那天上午，体检完的小云父母走进家门时，发现女儿已经搬到我的住处，其失望和痛心也就可想而知。也许，他们当时正在气头上，既不肯给女儿打去责备的电话，也不愿把她追回来，甚至一度以没有这样的女儿来安慰自己。可能就在第二天，他们还是忍不住给女儿打去了电话，求她回来。而小云又何尝不后悔呢？又怎么忍心让孤孤单单的父母在家伤心落泪呢？然而，既然已经走出了这一步，她就只能以一种折中的方式来处理：既住在我这里，又偶尔偷偷回娘家看看。所以，我经常从小云与我对视的眼神中看到愧疚，既是对我的，也是对她父母的。我理解小云，但又装作不知道。

婚后，小云父母开始尝试慢慢接受我，既是基于我和小云的婚姻事实，也是从小云那里知晓了我对她的好，所以，当我第二次踏进他们家门时，我对小云父母的平静并不觉得有多么意外。那时，他们已基本上接受了我。在阳阳来到这个家庭后，我更是尽到了身为丈夫和父亲的双重责任，这一点，想必小云父母也看在眼里。正如父亲当初所说的，只有把妻儿照顾好，才能堵住丈人、丈母娘的嘴。

在阳阳两岁这年，我和小云咬紧牙关在离丈人家不远的老小区购置了一套一百二十来平方米的二手房。因地处市中心，价格并不便宜，为此，在之后的若干年里，面色铁青的房贷像割韭菜一般定期光顾我和小云的工资卡。其实，我个人倾向于偏离市中心的新楼盘，价钱相对便宜且住着也舒服；小云则喜欢市中心的房子，虽然老旧了些，但方便以后能和娘家相互照应。

为了这套房子，小云开车载着一家人跟着中介到处看房，前前后后花了四天时间。中介恰巧是丈人同事的外甥，这个四十岁左右的中年男人，额头油腻，眼睛细小，精明得很，用口是心非来形容他再恰当不过。看这套房时，他就说这套房子的配套是最齐全的，价钱也是最划算的；看另外一套时，他又说那套房子的配套是最合理的，价钱也是最便宜的。亏得丈母娘多留了几个心眼，实地看房时留意着每个细节，还不时对比另外两家中介的报价。

房子的装修仍有七八成新，我们只是简单地更换了马桶，添置了部分家具。搬家倒花了一些时间，基本是由我在做，小云只是打打下手。小菲的衣物以及当初我和小菲添置的婴儿衣物，这次我不想再做无用功，就把它们都扔了，这么多年下来，小菲应该可以原谅我了。我的衣服并不多，倒是小云的衣物足够搬运两车，之前她搬到我这里来时，为了她的那车衣物我可没少楼上楼下地跑。小云很尊重我，那只花瓶仍由鞋盒装着被带了过来，而合照是和我这些年购置的书籍被一起运来的。

收拾新家的任务交给了小云。当小云按我之前的习惯把花瓶、合照都摆在客厅的电视柜上时，我制止了。最后我把花瓶放在餐厅的壁柜里，像小菲当年做的那样；把合照放在了客卧的壁柜里，这既是对小云的尊重，也不至于让小云父母看到后感到难受。没多久，小云在花瓶里插了枝半开的百合，并把合照摆放在了我们主卧的电视柜上，这又让我想起了小云曾说过的那句话："看到了一个男人难得的真实的悲伤。"

于我而言，幸福就像眼前的这支百合，而与此同时，十二年前面馆老板娘的那句叮嘱又开始在我脑海中浮现。我打电话叫父母过来住一阵，但还是被他们委婉地拒绝了，那种失落甚于之前的任何一次，毕竟父母的年龄越来越大，过来的机会只会越来越少。六年前，父母本打算等在赫州生产的小菲回白江后过来看看，但最终成行的只有父亲，而且还是在小菲离世后的第四年，也就是小云生产时。因此，父母这一生只见了小菲一面，这是他们始料未及的，也是他们一生的痛。

我们搬到新居的那天下午，一年到头嬉皮笑脸的龙伟杰开车带着她年迈的母亲来参观了一刻钟。龙伟杰才没兴趣，是他老娘坚持要来的，为此，她午觉都不要睡。虽然也就那么一刻钟左右，但对我和小云来说漫长如一年。

这位七十岁的老祖宗是我丈母娘的表姐，虽然年龄上有十岁的差距，但她们胜似亲姐妹，我常有幸在丈母娘家里看到她，雷打不动的坐姿。她满脸的皱纹像刚犁过的地，如果在她脸上撒几颗种子，等到她莫名其妙流完泪后一定能长出蔬菜或开出花来；她那像核桃一样干瘪的小嘴让我想起小时候老家的那位邻家奶奶，什么事情从她嘴里吐出来都会变得理所当然。她是一个吃斋与吃荤两不误的话唠，当天中午的乔迁宴上，就数她说得最多，真不知道她哪来那么多精力。自从她踏进我们的新居开始，她就没停止过说话，这里点拨一下，那处评价一番。其实两年前儿子的百日宴上，我和小云就领教过她的厉害，她可能是怕我们忘记了吧，所以不吝再来当面赐教一遍。

我真心疼龙伟杰，他跟这么一个老娘生活在一起，还能一年四季嬉皮笑脸，那得有多强的耐力啊！远甚于当年做曹若冰同桌的我。比我大四岁的龙伟杰平时对待工作随心所欲，与我同寝室的那一年，如果下午没课，午觉常是睡到自然醒，但他照样混得开，人际关系好得出奇，学生也很喜欢他。后来，我得出一个结论，龙伟杰能混成这样，多亏有一张甜如蜜糖的嘴巴和一副讨人喜欢的笑脸。

龙伟杰的妻子是另一所普高的语文老师，年轻时可是一个大美女。那时，我经常在市里的各种教研活动上一睹她的芳容。现在的她快四十了，虽然脸上有了岁月无情的赠予，但身材仍保持得很好。多年前，当我得知这棵白菜是被龙伟杰这头猪拱了的时候，我只能说这是白江市教育界的不幸。

不论我对龙伟杰有多少成见和不满，但他毕竟是我的同事和曾经的室友，也是小云的表哥，更是我和小云的牵线人，且难能可贵的是当初他没有事先在小云面前透露多少有关我和小菲的事，因此，作为回报，我除了用烟酒孝敬过这个月老，在三年前的中层竞聘时，我到底还是昧着良心给他投了一票。

20

若干年后，我恍然发现父亲踹开张寡妇家的大门跟他之前走进蔡方良的小诊所有着某种联系，我甚至还一度怀疑父亲踹开张寡妇家的门多是蔡方良的主意，因为我父亲当时是一头被情欲冲昏了头脑的公牛，而蔡方良自己后来的遭遇也较好地印证了我的这种猜测。

村里的小孩很怕赤脚医生蔡方良，不仅因为他有支长长的注射器，更因为他的驼背、高颧骨和凸眼，所以，哪家的小孩不听话时，大人只要说蔡医生来了，孩子立马往父母怀里钻。我却不怕他，因为他是我父亲最好的朋友。

小时候，父亲常带着我到蔡医生家去玩，在他们聊天的时候，我就摆弄蔡医生的药盒，有时斜挎着他那只四方形的药箱，步履艰难地走到他们的跟前，他们会笑得合不拢嘴。在蔡医生问我长大了想不想当医生时，想着小伙伴们害怕的模样，我满足地点点头。回去时，我会带走许多空药盒，父亲会帮我把它们改造成文具盒,在小伙伴眼中这可是稀罕物。

蔡医生的父母应该过世得非常早吧，因为我从没看见过他们，也从没听父母说起过，我甚至还相信他也没有兄弟姐妹。蔡医生有三间破旧草房,其中一间作了小诊所,一年到头,家里冷清清的，还没个收拾。在我看来，蔡医生最可怜的地方就是他没有老婆,大概是因为他长得难看,说话也不招人喜欢。我想,蔡医生要是也娶了老婆，想必他的孩子至少有我这么大了吧。逢年过节时，父亲叫蔡医生来吃饭，他虽然口头上拒绝，但心里十分乐意，来的路上，他脚步轻快，还不忘在路边小店称一斤肉，打半斤小酒,连驼背似乎也直了不少。

蔡医生也常在晚上来我家坐坐。如果他敲门敲得急，我知道他肯定是带着一口烧酒和二两花生,随后,两个男人坐在堂屋里的煤油灯下边饮边聊，微弱的灯光把他们一长一短的影子投在泥墙上，躺在隔壁房间的我就是根据泥墙上的影子推测他们喝酒时的动作的。父亲喜欢大声地和蔡医生聊庄稼，丰收如何，是种芝麻还是棉花；而蔡医生喜欢细声地和父亲谈论某个刚丧偶的女人,年纪多大了,有没有孩子,说到动情处,颧骨更高了,凸眼也更凸了,还唾沫横飞。越来越浓的酒香把夜晚熏得微醉,母亲在房间里专心地纳着鞋底，或许她早已听厌了那两个男人的话题。

蔡医生失恋了，其实也说不上失恋，毕竟恋爱是双方的事，而他至多是单相思或一厢情愿。这场来得快、去得疾的爱情冲动犹如一场暴风雨，带给蔡医生这株秋草的不是灌溉，而是摧残。自那以后，这也成了他被村民紧握不放的笑柄。我想，后来蔡医生的背弓得更厉害，头埋得更低，一定与这有着很大的关系吧。

让我没想到的是，蔡医生暗恋的对象竟是我们的班主任杨老师。杨老师说不上好看，不光个子小小的，暗黄的圆脸上还生有许多麻子，而当她发火时，麻子们就挤成一团，整张脸像只大麻饼，因而我们私下里叫她麻婆。在我读三年级时的这个暑假，杨老师的丈夫，也就是我们学校的数学老师在镇上被一辆农用拖拉机碾压致死，留下了可怜的杨老师和她八岁的儿子。后来的一天，父亲在村路边的橘林里偶然见到杨老师，当时她正攥着儿子的小手坐在丈夫的坟前，哭得甚是哀怨。父亲对我说这些时，我无法把平时的杨老师与父亲口中的她联系起来。

新学期开学不久，学校组织给学生打预防针，蔡医生就是被指派的医生。蔡医生那天走进我班教室时，着实吓了我一跳：头发洗干净了，并梳理过，换上的衣服也干净整齐，微红的脸上堆着笑，虽然仍是驼着背，有着高颧骨和凸眼。学生们都背过头，伸出胳膊听任他摆布，有的手臂颤抖着，有的还哭哭啼啼的。轮到我时，蔡医生把头伸到我耳边，问我杨老师在哪间办公室，我也不知道他问这个干什么，只当与打预防针的事有关，就告诉了他。他似乎很满意，时不时地抬头看看站在门口的杨老师。

下节课上到一半时，我们就开始听到外面有班主任的怒骂声。政治老师只是继续上课，当外面的叫骂声越来越大时，他还是放下课本走了出去。我们要么挤在门口，要么把头伸向窗外，看到包括政治老师在内的好几个男老师把蔡医生往校门口拖，蔡医生嘴里还一直在嘀咕着什么，他的一只鞋掉在了身后，药箱则摊在杨老师的办公室门口。杨老师坐在办公室前面的空地上，一边拍打着地面，一边哭骂着。蔡医生回头的瞬间，我看到了他的高颧骨和凸眼，他似乎也看见了我，还对我笑呢，只是他笑得那样勉强和苦涩。那一刻，我像感知到了什么，竟不敢再看他，忙低下了头。放学后，我还看到蔡医生的那只鞋被同学们踢来踢去，最后混进了角落里的垃圾堆。

不久，班主任申请调走了，而蔡医生也极少再来我家。有时，我会在上下学的路上看到他背着一个新买的药箱走在村路上，头埋得不能再低，往往等到我走近叫他，他像才听到似的朝我生硬地笑笑，也不再像以前那样问问我的学习情况或家里的情况，他只是摸摸我的脑瓜，然后就走了。父亲带我去他家时，他们谈得很少，更多的时候就那样干坐着抽烟。我隐约知道蔡医生犯的事可能不小，一是村干部隔三岔五地往他的诊所去，一坐就是一两个小时；二是小伙伴不再怕他，还在背后骂他是个不要脸的医生。与此同时，小伙伴对我用药盒做的文具盒再也没有了兴趣。

后来的一天，村民李文武与妻子吵了一架，当晚，他妻子就喝下了农药。气喘吁吁的蔡医生背着他的新药箱赶到时后背都汗湿了，此时的蔡医生消瘦得厉害，精神也不如以前。也只有这一次，村民包括小孩都没有嘲笑他，甚至用敬重的眼神看着他，看着专注的他在药箱里翻这翻那。虽然蔡医生最终没有像村民所期望的那样把人救过来，但村民相信满脸遗憾的蔡医生已经尽了自己最大的努力，因为他的高颧骨和凸眼是那样明显。蔡医生是耷拉着头离开的，主人家给的钱和两包烟他拒绝了，他留给大家的是一个细小而孤独的背影，药箱拍打着他屁股的声音很快消失在暗夜里。

就在这年的十一月底，村委查封了蔡医生的诊所，药品都被没收，只给他留下了那只药箱。据不少村民讲，蔡医生调戏小学老师，说明他道德有问题，也意味着他医德有问题，那就不配治病救人。也有人说，蔡医生毕竟只是一个赤脚医生，连行医资质都没有，被禁行医是理所当然。还有人替李文武抱不平，如果当初立马将其妻子送往乡卫生院，想必还有得救，蔡方良这个草包医生反倒延误了抢救时间，他才是最终的凶手！

被禁行医后，蔡医生只在这年的大年三十晚上来过我家一次，来的时候，我们一家人正在堂屋的炉边烤火。蔡医生提着两斤白酒和约莫半斤花生走进来时，雪落满了他一身，在掸掉身上的雪、脱掉破棉袄后，他就在炉边坐下，看上去很平静。他说话不多，还前言不搭后语，笑起来也很勉强。我发现他的颧骨高得吓人，眼睛凸得吓人，头发也蓬乱得厉害，邋遢的胡子像是一团乱麻。

母亲特意到厨房热了几个菜，他就和父亲喝了起来，他们头一次没有任何谈论，只是像对着自己的影子一般喝着酒。他们把两斤白酒喝了个精光，面红耳赤得像关公。离开时，蔡医生坚持不要我母亲送，他说自己正清醒着，雪把村路映照得明亮，他并不担心会滑倒。蔡医生是提着母亲给的腊鱼、腊肉离开的，大雪渐渐隐藏了他细瘦的背影。

令我们想不到的是，这竟是蔡医生留给我们的最后的背影。

蔡医生死在之前的那间小诊所。他应该是做好了准备的，桌上有几只装安眠药的空瓶，关了有些日子的门敞开着，只为让过路的村民能及时发现他。他表情平静，躯体略显平直，高颧骨在雪的映衬下显得高而苍白，他的凸眼紧闭着，或许这个世界上再也没有什么值得他去看，药箱坐在枕边，里面空空如也。因为是正月初一，村委马上组织人到镇上买回一口水泥棺材，当天下午，蔡医生就被草草埋葬在村路边的橘园，不远处就是李文武妻子和杨老师丈夫的坟堆。没有燃放几挂鞭炮，也没有几个人去送他最后一程，这是蔡医生生平第一次被人抬着走在那条他生前走过无数回的村路上。

元宵节的傍晚，挎着药箱的父亲牵着我来到蔡医生的坟前，白雪覆盖了他的墓冢。在命令我跪下给蔡医生磕头时，父亲在他的脚头点起香烛，烧起冥钱。在一阵刺耳的鞭炮声响过之后，父亲轻声地告诉蔡医生，你的老朋友来看你了，你的亲人也来看你了。父亲掏出白酒，倒在蔡医生的药箱上，双手颤抖着划燃了火柴。稍远处，似乎还有一座不到成人膝盖高度的坟茔，孤寂得让人可以无视它的存在。近旁，李文武妻子的墓边还有未燃尽的香烛，烟雾轻轻缭绕着；而数学老师他那低矮的坟墓像被一块白手帕包裹得严严实实，显得单调而凄凉。我想，蔡医生在那边还会行医吗？能和班主任的丈夫、李文武的妻子和平相处吗？远处接二连三地响起了鞭炮声，那应该是各家忙着过元宵佳节了吧！

我上初一那年，橘园里的橘树被砍光，土地被划分给村里各户。父亲常说，他百年之后就葬在自家分到的那块地里，他还要和蔡医生一起喝酒，讨论他们未讨论完的话题，或许还能帮忙调解一下蔡医生和李文武的妻子、数学老师间的矛盾呢！多少个日子，父亲就面朝着蔡医生的墓冢耕作着，稍一抬头就能和他对视；

蔡医生也在深处看着我渐渐年迈的父亲，只是不善言辞的他一如既往地沉默无语。一阵风吹来，拂过父亲的稀发和蔡医生坟头的荒草，最终消失在遥远的空旷处……

生前，蔡医生最喜欢穿母亲纳的鞋。入殓时，母亲含着泪给蔡医生穿上了一双黑色灯芯绒布鞋。

21

从资阳县城开往老家村委的中巴车在洞庭湖畔的大堤上缓缓行驶着，窗外就是大片的杨树和柳树，如果是春夏季节，它们甚至可以长到跟大堤齐高，你若把手伸向窗外，也许还能跟它们一一握手或击掌。远处就是洞庭湖水，白茫茫一片，隐约能看到几个黑点浮在上面，那是渔船。

我把快三岁半的儿子托高后指给他看：

“阳阳，这是柳树，那边是水。”

“我说陈昊天啊，我都不认识柳树，阳阳他哪懂呢?”

小云在一边嘟囔着，心里应该有些不爽，从她不停地揉脚后跟就可以看出来。

这是小云第一次跟我回老家，虽然她对路途的艰辛早有心理准备，但这一路上的数次转车几乎把她击垮了。转车时，让穿着高跟鞋的小云提着行李或抱着儿子在拥挤的人流中穿行，确实难为她了，而在资阳县汽车站候车的时候，得排队上厕所这件事简直把她逼疯了。

“下次，我们还是自驾吧？”

小云对我说道，更像是在安慰自己。

劝你不要穿高跟鞋出门，你就是不听，就当给你长点记性，而且在接下来的几天里你可能要度日如年喽。这样一想，我就忍不住想笑。

“陈昊天，你这个坏蛋，是不是又在暗地里嘲笑我？”

这种急了眼的表情我再熟悉不过，仿佛面对的是一篇早已背诵得滚瓜烂熟的短文。

“我哪敢！”

不久后，中巴车在村路边停了下来。小云抱着儿子走在前面，我则提着行李走在后头，原本在院子门口等着的父母向我们快步走来。小云亲切地叫了“爸”“妈”，仿佛刚才的疲惫一扫而空。在头发稀疏的父亲从我手里抢过行李之前，头发半白的母亲从小云手里接过了阳阳。儿子因第一次见到奶奶，感到很陌生，想哭却又不敢哭，一边挣扎，一边把双手伸向小云。

“阳阳，没关系的，这是奶奶，快叫声奶奶！”

儿子以为叫声奶奶就能扑到母亲怀里，带着哭腔叫了声“奶奶”，只是见到小云在一旁专心拢着头发时，他终于“哇”的一声哭了起来。

母亲给小云打来一盆热水，盆里是一条新毛巾。在小云给儿子洗手、洗脸时，母亲把我拉到一边，紧张兮兮地对我说：

“昊天，家里的条件你跟小云讲过了吧？”

“妈，讲过好多遍了，你放心好了！”

我真有些不耐烦了，为这个事，母亲不知道在电话里跟我提了多少次。

“毕竟是城里人，怕她不习惯。”

“怎么说也是楼房，习不习惯是她的事，我们又不是虐待她。”

楼房是四年半前盖起来的，可以说耗尽了父母亲毕生的积蓄，虽然装修上无法跟有钱人家相比，但相比于之前的瓦房，也算得上是高大上了。

“你等会儿上楼去检查一下房间，看还缺什么，到时让你爹趁早到镇上去买。”

“真要是缺什么那也是小云缺心眼！”

我想起第一次去小云家时她父母将我推出门的情景，好像小云也是罪魁祸首。

“鬼崽子，声音小点！”

母亲朝小云那边张望了一眼，回过头来时还重重打了我一下。其实，母亲这是瞎担心，小云即便听见了也不可能听得懂我们的方言。

母亲小步朝小云走过去，接过她手上的脸盆。此时，父亲把饭菜全都端上了桌，满满一桌子菜，都没放辣椒。桌布很漂亮，应该是新买的。

儿子没吃什么饭菜，饮料倒是喝了不少。平时在家，我都不让他喝。小云想必是真的饿了，什么菜都吃了一些，但愿她不是在做给公婆看。我喝着父亲打来的烧酒，酒精味十足，难以下咽，早知道这样，自己带些酒过来就好了。在家里吃不到辣的菜，对我来说真是遗憾至极。

邻居家的四岁男孩看到我家来了一个小弟弟，无论如何要牵着他母亲的手过来看看，儿子从小云怀里挣脱出来，很快和对方玩到了一起。

“小朋友,你叫什么名字呀?”

男孩母亲蹲下身子,用方言问阳阳。

小云莫名其妙地望向我时，我这才明白过来，忙用普通话对儿子转述了一遍。

儿子大方地说：“我叫陈资。”

饭后,小云打算帮忙收拾碗筷,却被我父母制止了,她也不再坚持,就走到院子里给她妈打电话去了。

后来,小云因语言不通,加上一路的疲惫,早早地带着儿子上楼睡觉去了，我则坐在楼下和父母聊了会儿天。早几年，他们常在电话里提起小菲，眼泪汪汪的。但自从我认识小云后，他们就不再提起，更多的是提醒我要跟小云父母搞好关系。我和小云父母间的隔阂，我只向父母谈及了部分，以免他们过于操心。三年多前，父亲只身来看望刚出生的孙儿时所受到的冷遇仍历历在目，我不知道回到家的父亲向母亲透露了多少，但母亲肯定也知道我的丈人、丈母娘都不是省油的灯。

第二天上午十点左右，我们一家三口慢悠悠地去了洞庭湖畔。小云原本是不想去的，她怕穿着高跟鞋走路累，直至我母亲递给她一双新棉鞋,她才勉强跟去了,当然,也因为一旦我不在身边,她在家会觉得更无聊。

正值深冬,树木都是光秃秃的,慵懒地伸着干瘦的四肢；地上也只有稀稀拉拉的几根草，像是没刮尽的胡须。湖面比我们昨天看到的还要离得远，几只渔船不见了踪影，倒是稀疏的芦苇有气无力地站在湖边，像是还在怀念什么。曾经的八百里洞庭，现在已缩减了不少。昨天的我更多的是停留在久远的记忆里，看到的仍是记忆中的洞庭湖。其实这二十多年来，因为人们的随意砍伐和牛羊的任意践踏，当年的那片树林几乎遭到了毁灭性的破坏，政府不得不重种树木，禁止放牛、放羊，对打鱼也有着季节性规定，安装在堤岸边的防护栏就是对那些行为说“不”！

二十多年前，我跟村里的小伙伴常在这里放牛。把水牛赶到草最嫩的地方后，我们开始追赶、潜伏、攀爬；累了，就安心地躺在软绵绵的草地上，鸟儿躲在浓密的树枝间为我们唱着催眠曲。用不了多久，酒足饭饱的母水牛就悠闲地在一边反刍着，像是在嚼着口香糖；健壮的公水牛将头往草地上摩擦用以挑衅对手，那高傲的样子预示着一场恶战不可避免。回家前，我们总不忘骑在牛背上来一场比赛，看谁家的牛跑得快、跑得远。相比于学校，这里才是我们的天堂，当然，我们也不忘父母的叮嘱，捡点柴火，采些蘑菇，然后搭在牛背上列队回家。

那时，江面上有艘白色客船，每天上午去，傍晚回，往返于一个叫江沅县的地方。我父亲曾乘坐它去江沅县卖过米和芝麻，每次回来时他总是兴高采烈的，感觉自己像做过了一回城里人。因此，我对那边的世界非常向往，每当汽笛声拉响，站在湖畔不能同去的我有一种莫名的忧伤。直至一天，父亲卖米的钱被扒手偷光了，看到垂头丧气的父亲，我才慢慢少了去那里的念想。若干年后，我才知道生母的前夫就是乘着这艘客船去江沅县打工的，之后再也没回来。

大堤上原本有两间老黑瓦房，是林场的办公场所。围墙老高，上面还插着许多碎玻璃片，在阳光下非常刺眼。东间的那扇门基本上是关着的，那是负责人的办公室，给我们印象最深的是那部搁在桌上的黑色电话机，跟在电视里看到的一模一样，也是手摇的那种。多少次我们故意放慢脚步，也从未听到它响起过，更别说靠近去触摸了。西间的那扇门倒是一直开着，那里住着一个老头，是这一带的护林员，原本个子就矮的他因佝偻越发显得矮了，一根老长的旱烟管像是长在了他手里，待他走过，身后常落下一串省略号一般的烟圈。

邓强的哥哥邓敏是我们这群孩子的头领，他不仅清楚哪里的草最好，而且赛牛最快，爬树也最高，当然，他还懂得如何将柳枝皮做成漂亮而动听的柳笛。有一次，他还大摇大摆地走进林场的那间办公室，有模有样地打着电话。我初二结束的那年暑假，邓敏因癫痫发作而淹死在稻田里。之前，我曾在学校里看到他发过一次病，那口吐白沫、全身抽搐的痛苦神情像电镀过一样深深印在我脑海里，成为我不忍回想的记忆。

当天晚饭后，我带着儿子去了邓强家。

22

刚从校车上下来，我就给小菲打去电话，想知道我们的晚饭怎么办。

我虽然比小菲下班早，但经常懒得烧菜、做饭，很多时候我和小菲就在外面简单地解决一下晚饭，还能趁机散会步，逛下街。一天下来早已疲惫不堪的小菲其实也乐意这样，但精打细算的她心疼钱，毕竟我们还在租房住，而且等将来有了孩子，要用钱的地方还有很多。

小菲的手机处于关机状态，我只当忙碌的她没听到，或是她的手机没电了，我心想，还是先回家再说吧。当我打开门时，只见小菲安静地坐在餐桌旁，从窗户溜进来的霞光正好映照在她的脸上，使她的笑容更加柔和、迷人。满满一桌子菜呈爱心形状摆放着，边上还有一个六寸的生日蛋糕，是我最喜欢的草莓味。

小菲慢慢站起来，向我露出一个更加迷人的微笑，随即像个孩子一样快步朝我走来，然后将双手勾在我的脖子上。我顾不上换鞋，只是把她紧紧地搂在怀里。窄小的壁柜里，那只她心爱的粉红色花瓶里插着一枝新鲜的百合，显然是刚换上去的。这只花瓶是我们三个月前搬进这套小公寓的当天我陪她去外面买来的，只是想增加点家的温馨。那么多花瓶，小菲第一眼就看上了这只，价钱也没还就买下了。一年多后，伤心欲绝的我退租时，把这只花瓶放在一只鞋盒中带到了新的住处。

小菲是个胆小和腼腆的人，干净得像一张白纸，大学里没谈过恋爱，只有一沓厚厚的证书，真让人怀疑她是为了考证书而忘记了谈恋爱。不论怎样，我要感谢上天的眷顾，让我在异地他乡认识了小菲，并让她成为我的妻子。从湖南财经学院毕业后，娇小的小菲只身来到白江，跟沈杨杨一样也是一家汽配厂的会计。沈杨杨是小菲最要好的朋友，我当时能得到小菲的手机号码，并且后来还能把她约出来，多亏沈杨杨的帮助。

直至我们确定关系后的一天，小菲才害羞地跟我说她收到我的第一条短信时惊讶得不行，这是她第一次收到男士的短信，一时之间不知道要不要回、怎么回。坐在对面的沈杨杨看出了她的不自在，适时给予点拨，小菲这才给我回了短信。最初，我对小菲的诸多了解都是通过短信和电话，她也没有任何防范之心，我怎么问，她就怎么答，我的情况她极少问起，都是我主动告诉她的。

跟当年约见姚芝一样，把小菲约出来也并非一件易事。好不容易她答应了又临时想变卦，我不得不通过吴家辉间接求助于沈杨杨。在汽车西站等到小菲时，她一时又不确定眼前的人是不是我，毕竟这是我们第一次单独见面，而此时距离吴家辉的婚礼已过去三个多月。低着头的小菲虽然小心地和我并排走着，却又始终保持一定的距离，她话真的是少得可怜，不知道的还以为我们是一对吵过架后正在冷战的情侣。

说来我是一个不懂浪漫的人，事先也没有给小菲买一束鲜花，中间也没带她去看场电影或陪她逛会儿街。到了中午时分，在没有和她商量的情况下，我就带着她走进了一家酸菜鱼小饭店，我心想，既然都是湖南人，又都是在外省，吃点家乡菜未尝不可。小菲显得很高兴，说自从来白江后还没真正吃过辣的，那样子像极了一个马上可以吃到糖果的小孩。上菜前，她帮我拆掉消毒碗筷的塑料包装并倒好茶水，脸上的雀斑一闪一闪的。当时，我真想告诉小菲："认识你真好！"

小菲吃得不多，吃好后就坐着等我，偶尔给我添加茶水，或者看会儿手机，对于我的问话，她比先前要说得多，偶尔也向我提个问题。

饭后，我们去白江边散步。可能是早春吧，加上又是中午，人并不多。江面上，一左一右的两艘船正清理着江面上的垃圾，慢悠悠的样子让我想起了老家往返于资江上的运沙船。路边的柳条欣喜地舞蹈着，反复轻拂着江边栏杆，也把干净的阳光扫得晃人眼。新生的柳芽像是精心别在柳条上的发夹，其娇嫩的模样将我的思绪一下子拉回到了多年前的洞庭湖畔，我似乎还听到了邓敏吹出来的动听的柳笛声。

我们在一条长凳上坐下没多久，旁边的音响店里传来《2002年的第一场雪》的曲调，刀郎沙哑的声音清晰入耳。

"陈老师，这首歌好听吗？"

"不错，只是让人觉得伤感。"

不久前，王萍在电话里向我推荐过这首歌。王萍过年没有回老家，她要准备硕士毕业论文。

“我很喜欢刀郎的这首新歌，并且还下载了，晚上我在职工宿舍里都是戴着耳机听，百听不厌。不怕你笑话，有时听着听着眼泪就流出来了。”

“……”

“可能是这首歌让我想起了大四那年，那时，我们宿舍里的六位同学不是忙于写论文，就是忙于找工作，能凑齐的日子真是少之又少，而分别的忧伤渐渐从心底升起 ……”

小菲停了下来，有些不好意思地看了我一眼，想确认一下我愿不愿意听她扯远的话题。

“放寒假前，下了一场大雪，是大学四年里下的最大的一场雪。我站在宿舍阳台静静地看着，那是一种说不出的白，白得刺眼，也白得让人伤心。当时我就想，以后可能再也见不到这样的雪了，即便还能见到，地点和情绪可能也不一样了。”

如果这不是我们初次单独见面，我想她可能会轻声哭出来。

三点左右，我将小菲送到西站，她要坐城乡公交车回单位所在的小镇。看着汽车缓缓离去，我心里涌起一种说不出的失落。回单位后，我第一时间打开办公室的电脑，在 QQ 空间写道：“恋爱就像写日记，就是尽可能细心地把对方写进自己的生活，如果可以，还将牵着对方的手一起走过许多个春秋冬夏 ……”

为了我的二十八岁生日，小菲特意请了半天假，只为准备这顿丰盛的晚餐。她还打开了我们领证那天剩下的那瓶红酒，给我倒了大半杯，给自己稍微倒了一点儿。其间，小菲偷偷开了手机，并悄悄给我发了条祝福短信，接着装作什么事情都没发生过一样，但我知道她不时用余光瞟我。就在小菲开蛋糕盒、插蜡烛和点蜡烛的时候，我回了一条短信：“你这个小坏蛋，竟敢故意关机！”然后，把杯中酒一饮而尽，顺便把即将夺眶而出的眼泪倒灌回去。

小菲好奇地问我许了什么愿，我说：“先保密，等时机成熟了再告诉你。”小菲习惯性地白了我一眼，然后就开始切蛋糕。此时的我无论如何不会想到，直至小菲离世我都没能来得及告诉她许愿的内容。后来，小菲像变魔术似的从身后拿出一个精心包装过的礼物盒，并且郑重地放在我的面前。我费了不少时间才把它拆开，是一只诺基亚最新款滑盖手机，黑色的机身熠熠闪光。一年多后，痛彻心扉的我就是用这只手机告诉双方父母小菲离世的消息……

第二天早上起床时，手机里有一条祝福短信，是姚芝昨晚快十一点时发来的。此时的姚芝参加工作快两年了，从她的空间动态里我还隐约知道她也恋爱了。

23

邓强家距离我家也就五六百米，屋边的这条村路是连接两家的唯一通道，那些年，我和邓强像两只织布梭子一样每天在灰尘扑面的村路上往返。为响应新农村建设的号召，两年半前，政府斥资将村路拓宽并浇上了水泥，还在路的一边装上了路灯，虽然亮度不如所期待的，但傍晚时分走在上面，隐约有着三分之一个城里人的感觉。后来，还开通了从村委到县城的班车，虽然一天只有两班,但出行比以前方便了不少。

阳阳对这条村路充满好奇。几只小鸡列队从面前走过时，他就跑过去追，直至它们躲进草丛中，他这才无可奈何。几声狗叫更是让他又惊又喜,他一直希望家里养条狗,但小云怕脏,也担心没时间照看，也就不了了之。一家人下楼去散步时，只要看到人家养的宠物狗，阳阳总能驻足许久，有时，我实在看不下去，对小云说还是养条狗吧,小云当场是答应得好好的,第二天就反悔了。

我们父子俩就这样不紧不慢地到了邓强家。

邓强家的楼房是十年前建的，跟周围新建的相比已显得过时了，外墙上用来装饰的墙砖好些已经脱落，裸露出底层的水泥，像是再也愈合不了的伤疤。院子里，邓强的皮卡车安静得像头疲惫的老水牛，伤痕累累的货厢里乱七八糟地堆着各类工具和袋子。

刚吃过饭的邓强坐在门口的小板凳上边抽烟边看手机，浓黑的鬓须像系在脸颊的宽边帽带，老长的头发像是不幸被吸尘器吸过一般，显得凌乱不堪，如果再长点，活像一把阴干的拖把。倒是邓强他母亲最先看到我们父子俩，连忙问我们有没有吃过晚饭，一边请我们进屋，一边给阳阳翻零食。跟我母亲一样，邓强他母亲也衰老了不少，深灰色的围裙上面油渍仍清晰可见。还记得我念初三那年，系着围裙的她常在晚饭后来到我家，手里捧着托我第二天带给邓强的菜，那种细心把母爱表露无遗，而那时的她还远没有从失去长子的剧痛中缓过来。

从楼上下来的邓强妻子本来是叫双胞胎儿子上楼洗澡的，对我的突然到来有些不知所措，好像之前她手上端的那碗饭原本是我的一样。她新近拉直过的长发如瀑布一样顺直，只怕蚂蚁爬上去都会感到困难，而她保养得姣好的面容让我一下子想起了那个相貌平平的名叫娅琴的姑娘，我多少理解了邓强当年的选择。双胞胎兄弟像是一副什么都不在乎的样子，笑嘻嘻地在讨论着什么，在父亲的提示下，他们不大情愿地先后叫了我一声“大伯”，然后又继续着他们的讨论，激动时还手舞足蹈。阳阳饶有兴趣地看着这兄弟俩，就像是看到了动画片《熊出没》中的熊大和熊二。

在我点燃手中这根久违的香烟后，邓强慢慢打开了话匣。他先是诉说父亲的离世对整个家庭的影响；接着抱怨现在包工的艰难，不但竞争压力大，而且工人工资也不低，对于没有像样的手艺的他来说，生活的路窄如指宽，要养活一家子是越来越不易，远不是简单的起早贪黑就能解决的，话语中流露出当年没好好念书的悔恨。高一暑假里的一天，邓强来到我家，脸色有些难看，我只当他是跟父母吵架了，后来才知道他不想继续念书了，我问他有没有跟父母说起过，他摇摇头。我当时就想，这只是他个人一时的想法，最终还得由他父母说了算，只是等到高二开学后，他真的没有再出现在校园里。

最后，令我没想到的是，邓强轻声向我坦陈了那场久远的恋情，这些年过去了，他仍觉得对不起女方，也愧对姑妈。邓强其实是想和娅琴好下去的，只是娅琴的父母财大气粗，甚至还萌生了让邓强入赘的想法，这让邓强感觉受到了侮辱。这里面的实情，倔强的邓强既不想跟父母说起，也不愿向姑妈提及，只是想着要不要换份工作。在他看来，唯有赚到了更多的钱才能获得应有的尊严。没多久，邓强偶然认识了现在的妻子，当时，她随其父亲来挑选家具，也是自那以后，他开始转移情感，同时也产生了报复娅琴父母的想法，最后就有了王萍母亲所说的那个插曲。

不论怎样，十年前，二十六岁的邓强到底还是年轻，因一时冲动而犯下了不可饶恕的错，致使女方父母那样怒不可遏。如今，眼前这个三十六岁的男人同样被生活的砂砾打磨掉了许多东西，只是自己还不是很清楚或不愿意承认罢了。所以，当我情不自禁地跟邓强谈起自己这十多年在异乡的不易时，不只是安慰他，更是想重振我们那已生疏了近二十年的友谊，就像重新找出各自的乒乓球拍，来一场无关球技和输赢，只关理解和祝福的较量。邓强显然也意识到了这一点，诚恳地为当年没邀请我参加他的婚礼表示歉意。

我抱着睡着了的儿子起身准备离开时，看到了堂屋壁龛上邓强父亲的遗照，眼前顿时幻化出一幅生动的画面：一辆手扶拖拉机慢速行驶在灰尘弥漫的村道上，而坐在车厢里的是一群小学生，他们的嬉笑声回荡在村庄的每个角落……

回去的路上，寒风如棕榈叶般生硬地滑过我的脖子，不时传来一两声低沉的狗叫声。儿子短促的呼吸声如同即将烧开的茶壶声。我把阳阳送到楼上时，小云早已躺在床上了，她只是对我浅浅一笑，并没有追问我为何回来得这么晚。我从她的笑容里看到了一丝苦涩，正如之前我所预料和我母亲所担心的，小云对我老家的生活不习惯，虽然才到我家第二天。

上午在洞庭湖边玩时，阳阳不小心滑了一跤，裤子上沾了不少泥巴。回到家后，小云给阳阳换好裤子后就先行忙其他的去了，有些疲乏的我则坐在一旁晒着太阳。择菜回来的母亲看到后，就开始给阳阳洗裤子，好趁着下午的太阳把它晒干，等小云出来时，母亲正在晾晒。小云对我伸伸舌头，我只当她觉得有些过意不去，就轻声安慰她。等母亲转身回厨房后，小云在我耳边说：

"昊天，你妈妈刚才给阳阳洗裤子的那只盆不就是我今天早上用来洗脸的那只吗？"

我一时哑口无言。

早些年在家时，我洗脸、洗脚用的是同一只盆，并不觉得有什么不妥。念大学时，还经常跟陈兴共用一只脸盆，而室友王猛虽然洗脸与擦脚用的是同一条毛巾，但胡子反倒越长越茂盛。

"将就点吧！晚上换只新脸盆就是了。"

小云从家里偷偷搬出来的举动确实让我感动，只是随之而来的在生活细节方面的要求又让我苦不堪言。她在烟酒方面对我的管束先不说,其他的比如毛巾要晾平整,不要皱巴巴地挂着；牙刷一个礼拜换一次,否则容易滋生细菌；鞋子隔天换着穿,否则会有脚气；打完篮球回来得先洗袜子，再洗澡，然后是吃饭 …… 如果不照做,我恐怕会被她扫出家门。

父母也看出了小云住得不习惯，偷偷问我有没有补救的方法，好像这会关系到我和小云的婚姻存亡似的。我对他们说不要管小云,反正只住一个星期,忍忍也就过去了。

到家第五天的午饭后，小云把我拉到一边，那讨好的样子让我又惊又怕,难道她做了一件莫大的错事现在是来请求我原谅?

“昊天,自从我们来了以后,你爸妈就没停过 ……”

我一听就放心了,也听出了她的小聪明。

“你多想了,我一个人回来时,他们也是这样,但他们忙得开心。”

“后天我们就要回白江了，要不你明天带我们娘俩去资阳县城看看,既然来了,总得多看看你的家乡。”

小云的真实目的我是心知肚明的。相比于八年前小菲来我家,小云算是幸运多了,一则她待的天数本身就不多,二则我还带她去了一趟洞庭湖边。而小菲在我家前前后后待了二十来天，大部分时间还在忙于婚礼，加上那段时间常下雨，原本带她去洞庭湖边看看的计划最终落空了。在赫州的那天下午，当小菲带着我在她家附近随意走走时，我跟她讲起了记忆中的洞庭湖，多少弥补了一些遗憾。

第二天上午，我们一家三口坐班车去资阳县城。父母强忍着悲伤送我们上的车，在他们看来，这一幕原本可以晚一天出现，但既然已经提早到来，他们只能接受。当汽车再一次从洞庭湖边的大堤上驶过时，我更加深知某些东西再也回不来了，就像当年那艘往返于资阳县和江沅县的白色客船，因为某一天航道被取消，它驶向江沅县后再也没有返航。

我们在回龙山下的回龙宾馆登记入住，午觉后，等小云换好事先买好的运动鞋，我们一家三口去爬了回龙山。山上多是悠闲的老人和热恋中的情侣，路灯杆上贴满了各种小广告，后贴上去的总是占据着有利的位置。站在山顶，不仅能俯瞰整个资阳县城，还能一睹家乡河 —— 资江。停着的几艘挖沙船像散落在江边的鞋子，因为船主都回家过年了，它们之间互不打扰，我犹记得曹若冰的父亲就是开运沙船的。下山后，我们打了辆车去步行街，其间，给儿子买了两套衣服，也给小云父母各挑了件礼物，直到吃好晚饭我们才返回宾馆。

等到把阳阳哄睡着，疲惫的小云才去洗漱。窗外，车灯如接龙般一路缓缓向前，与路灯、高楼里的灯光交相辉映，让人产生身在白江的错觉。邻近的小区不时有礼花升上夜空，鱼鳞般争相绽放，这让我想起第一次去小菲家时，她父亲以礼花迎接我们的情景，一晃就过去了八年。这些年下来，资阳县城更像是我往返于老家和白江时必经的驿站，比如明早我又得离它而去，不见得对它有多么留恋。

只是一想到今早离家时的情景，我又开始悲伤起来。上车前，我再一次对父母说，等农闲了去白江住几天，哪怕我回老家来接你们也行。小云也在一边搭腔。应该是碍于小云吧，父母答应得很好，但我清楚他们无论如何是不会去的。在托着阳阳的小手跟他们挥手道别时，我深刻意识到父母就是那种典型的空巢老人，同时也在琢磨如何平衡好肩上这根一头有老、一头有小的扁担。

灯火通明的资阳县人民医院就在我的前方，二十八个月后，父亲在那里度过了他人生中的最后一段时光。

24

五一假期，我去昌南县看望王萍夫妻俩。早几天，我问小菲要不要跟我一起出去走走时，她最后还是以需要加班为由拒绝了。小菲不只是工作狂，还是典型的宅女，能不出门就不出门，说到底她还是怕见生人。虽然小菲的拒绝在我的意料之中，但当她真的拒绝时，我不免有些失望，毕竟我们领证都快两个月了，已是名正言顺的夫妻。

其实，在小菲从职工宿舍搬出来之前，作为她男友的我只去过一次小菲的单位，那是一家坐落在镇上的汽配厂，虽然公司的规模不是很大，但效益很不错。那天，我一到她公司门口就给小菲打电话，可能是她太忙吧，在我准备挂断时她才接起，当我告诉小菲自己已在她单位门口时，她先是颇感惊讶，后来又认为我是在骗她。小菲来传达室接我时，门卫好奇地打量着我们，不知道是我不应该在上班时间去影响员工工作，还是我们实在是太像一对闹别扭的恋人，因为小菲半低着头，和我保持一段不远不近的距离，正如同极相斥的两块磁铁，这不免让我想起第一次约她出来时的情景。

小菲的办公室在四楼，我们爬楼梯上去时，小菲走在前面，我按照她所希望的跟在后头。我察觉到小菲好几次想问我话，但最后她还是忍住了，我想，她大概是想知道我为什么会在她上班时来找她，而且事先也没告知她一声。其实，我也是临时起意，因为上午我在市里参加教研活动，想到下午没事可做，就跑到她这里来了，虽然是想看看她的单位，但给她一个惊喜才是主要目的，只是在和她通完刚才那个电话后，我多少觉得自己的做法有些欠妥。

小菲的办公室显得有点逼仄，两张办公桌一放，空间所剩无几。见到我来了，沈杨杨有些吃力地站起来，而她脸上的微笑让我立刻想起了她的婚礼，她给宾客敬酒时就是这种笑容，真诚而恰到好处。从沈杨杨隆起的肚子来看，过不了多久她就能做妈妈了，或许她刚才的笑容里还包含着这一层喜悦。到底是女性，办公桌上都是纤尘不染，架子上的资料夹也是码得齐齐整整，我想，沈杨杨也应是一个贤惠的妻子。

沈杨杨更多的是问我工作上的事，而对于我和小菲之间的进展情况极少提及，想必她已从小菲那里知道得够多了。怕影响她们工作，半个小时后，我就下楼了，小菲把我送到楼下，转身上楼前，她不无责备地说：

“以后别这样子了，影响多不好……”

“哦！”

我故作恍然大悟，但内心并不完全赞同。

“罚你早点回家把晚饭烧好！”

她又不像是真的在生气。

“遵命!”

我和小菲都不会知道，二十二个月后我再来她的办公室时，只为带走她的遗物……

虽然不隶属同一地级市，但白江到昌南也就一个半小时的车程。当大巴车在高速公路上单调地行驶着时，车内的乘客开始不约而同地昏昏欲睡，我把目光投向车窗外，脑海中立刻浮现出四年前从杭州乘坐大巴去白江的情景，仿佛时间一下子静止了，也仿佛时间在倒流。那次是王萍叫我来,这次是我去看她。

三年半前，王萍与张军华都考上了研究生，稍后都办了离职手续。张军华考进了北师大，攻读教育心理学，而且还是硕博连读，看来，他平时看的那些理论书籍给予他的帮助不小，至于那位离职的女老师有没有在一定程度上激励他，那就不得而知了。王萍考取的是一所一般的大学，她的目的很明确，就是抬高身价后再在老公所在的昌南县谋一份教职，以结束两地分居之苦。如今，王萍在昌南一所重点高中教英语，不久前，还升级做了母亲。

汪剑在昌南汽车站接的我，许久未见，他的变化不是很大，除了不再抽烟，就是好像又胖了点。那年婚礼上的他将西装穿成紧身衣的滑稽模样即刻浮现在我的脑海，像他和我这种不喜欢穿西装的人，有时候不得不穿西装实在是一种折磨。

汪剑的新房坐落在城西，离他自己上班的学校不远，三室两厅的房子收拾得非常温馨，尤其是儿童房，完全是父母之爱的具体化。茶几上堆着厚厚一沓学生送的贺卡，可以想见汪剑夫妇是多么受学生欢迎了。

王萍母亲过完年就过来了，她的性情跟我母亲极为相似，她能丢下家里的一切想必经过了一番痛苦挣扎，但在我看来，与其去西安那更加遥远的儿子家，还不如来昌南，既照顾了亲人，也省得一个人在家时老是想念过世还不到半年的丈夫。

王萍倒是又胖了不少，原本就不大的眼睛如两粒葡萄干似的镶嵌在圆脸上，之前的飘逸长发也剪成了现在的短发，这应该是每一位母亲心甘情愿的选择。王萍见到我的第一句问话就是为什么没把爱妻一起带来，我只得找些理由搪塞。我和小菲的关系，王萍可能知道得比我母亲还多，当我偶尔犯难时，常向她讨方法，毕竟她是同龄人和过来人，应该最懂小菲的心理。和小菲领证的当天，在给家里打完电话后，我随即也告诉了王萍，王萍欣喜地在电话里一再问我什么时候办喜酒。

胖的男人是不是都会下厨呢？汪剑就给了我肯定的答案。以前常听王萍说起，汪剑是一个优秀的丈夫，虽然以其长相和身材难以上厅堂，但凭其厨艺下下厨房是绰绰有余的。穿着背心的汪剑也不系围裙，就在厨房忙开了，后来，我在烧菜时因怕油溅起而用锅盖当盾牌的方法就是师承汪剑。当辣味开始向客厅弥漫时，在厨房的汪剑竟没发出一丁点被呛到的声响，想必是千百次锤炼的结果。

饭后，怀抱外孙的王萍母亲跟我聊着天。她先是谈起儿子王军一再要她今年去西安过年的事，接着说起了我母亲及其那双纳鞋巧手，说着说着眼睛就湿润了，她应该又是在思念老家和亡夫了。从一旁走过来的王萍不无责备地看了母亲一眼，王萍母亲抹了抹双眼，不好意思地朝我笑笑。随后，王萍母亲像是突然想起来似的，劝我抓紧时间结婚生子，到时把父母接过来住上一阵，其热心的语气让我一下子想起了来白江找工作那天认识的面馆老板娘。

“昊天，你和我家萍儿一块长大，我也一直把你当侄儿看待，说真的，你父母这些年确实也不容易，尤其是你娘。你想想看，他们就你一个儿子，而你又在遥远的白江上班，哪能不牵挂呢？他们只是不愿说出口而已，所以昊天呀，趁你爹娘还健在，你要……”

只有经常面朝黄土，你才会明白生活的艰难。王萍母亲的意思我怎能不懂？在我的记忆深处，父母亲一直是早起晚睡，没有一技之长的他们只能靠自己的双手与时间赛跑。如今，年近六十的他们仍不愿停歇下来，照样种田、种地；农闲时，还去邻村打打零工：父亲给人砍柴、犁地，母亲给人插秧、割稻。之前，他们把省下的每一分钱毫不吝啬地花在了我身上，只希望我能有一个美好的前程；如今，他们只想趁自己还能劳动，多积攒点钱，希望以后不要拖累我。

“妈，你这话就是多余的，昊天哪有不懂的道理？”

王萍一说完就抱着儿子去了房间。

在给我添了些茶后，王萍母亲低声聊起了她娘家侄儿邓强。两年前，王萍母亲受娘家弟媳之托给邓强介绍了一个叫娅琴的女孩，女孩虽然长得一般，比邓强还大半岁，但家境非常不错，其父亲在李港镇开了一家规模不算小的屠宰场。眼光有些高的娅琴对帅气的邓强挺有意的，也好像认定了他。倒是邓强对人家时冷时热，冷时电话不接，短信不回；热时骑着摩托车载着姑娘往双方父母家跑。后来的一天晚上，女孩父母找上门来，怒气冲冲地对王萍母亲说：

“你娘家的侄儿还是人吗？”

言外之意好像她这个做姑妈的也好不了多少。

“有话好好说，到底怎么回事？”

王萍母亲一头雾水，心也跳得老快。

“那个畜生把我家女儿糟蹋后就一脚踢开，这是人干的事吗？”

刚一说完，拳头就重重地砸在饭桌上，王萍母亲看到桌上的茶杯都跳了起来。

“这……”

“看我不把他给阉了！”

“……”

第二天一大早，王萍母亲就赶到堂弟家，随即证实了女方父母所说，为此，她还大病了一场。后来，王萍母亲每次回娘家，一看到邓强就气不打一处来，本想狠狠地训他几句，只是一想到邓强又恋爱了，到嘴边的话最后还是被她咽了回去，没多久，堂弟过世了，她连训斥的想法都打消了。

有关邓强的这个插曲着实让我意外，也难以与我印象中的邓强对号入座，究其原因，或许是这些年里我跟邓强之间缺少了联系，对他也少了了解。不论怎样，在离家两千多里的异乡，还有什么比见着家乡人、说着家乡话、吃着家乡菜更暖心的呢？

25

住宿在沱江边的那晚，当小菲突然问起我的初恋时，我觉得非常意外，因为小菲就是我的初恋，也是我的唯一。如果小菲是在今天问我这个问题，我可能会回答有，姚芝在一定程度上算是我的初恋，只是那时的我们没有等到勇敢的彼此，而当我们在绕过一座山后再相遇的时候，恍然发现已是时过境迁……

“陈老师，我恐怕不能来了……”

姚芝终于回了电话，声音低沉而悲伤。此时，如坐针毡的我已在网吧里又等了快一个小时，在此期间，我心不在焉地浏览着网页，而那个熟悉的QQ图像虽然在线但一直没有跳动。

几个小时前，我像做贼一般从白江坐火车来到宁水，只为和姚芝见面。来之前，我是有过一番挣扎的，不同于张军华，我对虚拟世界的东西持一定的保留态度，而姚芝在电话里模棱两可的态度一度让我差点打消这次见面的念头。在宁水火车站前的南广场上，我一直等待着姚芝的出现，待天色渐渐暗下来后，实在无法可想、无处可去的我就溜进了这家网吧。在这个陌生的城市，在这陌生的夜风中，对于我来说，这里既是最好的容身之所，也是抱最后一线希望的地方。

我是通过网络聊天软件QQ认识姚芝的。十个月前的那个周末，我打开办公室的电脑，登上QQ，企鹅图标欢快地跳动着，一个陌生而有趣的名字请求添加我为好友，可能是对方有趣的网名吸引了我，加上我本来也是无事可做，我们就这样开始了网络聊天。

姚芝说自己是大一新生，既对大学生活充满新鲜感，又一下子适应不了离家这么远的生活，不愿和同学出去玩的她除了上网看看体育新闻，就是坐在图书馆看书，尤其喜爱文学大家的作品。当时的我是刚走上工作岗位的外省籍教师，对遥远的家乡和历历在目的大学生活无比怀念，网络亦是抚慰自己的重要途径。两颗孤独的心就这样偶然地在网络里碰撞在了一起。

接下来的很长时间，我们越聊越投缘，彼此间的好感像放在热水中的温度计刻度直线升温，那种心系对方的感觉真挚而美好。除了网络聊天，我们还经常发短信，打电话，俨然天各一方的旧友，期待说不定某天就能久别重逢。

“你也真是的，这也敢打过来！”

姚芝似乎有些怨气，但不无惊喜。

“谁叫你不接听手机呢！”

我拨通的是她家的座机，号码是她放寒假前犹豫再三后告诉我的，她怕回顺章的老家后手机漫游费用太高。

“拜托，我妈可能会知道，先挂了哦！”

我能想象她那提心吊胆的模样，这个父母眼中的乖乖女从不敢让父母操心，哪怕有时候不得不委屈自己。

其间，我们也曾聊到过见面的事，虽然很向往，但又有不少顾虑，生怕这份单纯而美好的情缘经不起现实中的阳光，如果那样，我们宁愿保持眼前的这种状态，所以见面的事一直未提上日程。昨天，她到底还是答应了跟我见面，地点是宁水火车站的南广场，或许在她看来，火车站离她学校有段距离，能有效避开同学的眼睛，而且这里人来人往，也不怕我对她怎么样。虽然，她仍担心我是那种心怀不轨的坏人，从她当时的语气来判断，她很害怕，但又不忍心拒绝。

我坐在南广场的绿化带边给姚芝发了短信，告诉她我已经到了，但她没有任何回复，我想她应该是在过来的公交车上，一时没看到罢了。当天色开始暗下来时，我又拨打了姚芝的手机，但她没有接听。她不至于出来时忘带手机了吧？我心中突然冒出这样一个想法。最后，我想到了 QQ，于是来到了广场边的这家网吧。

“为什么不来了呢？不是说好的吗？”

我的声音饱含失落，情绪像凋零的花瓣一般落了一地。

她几乎哭泣着告诉我，她还在寝室，不能来见我，也不愿意我去校门口等她，她为此感到很抱歉，还请我不要再给她发短信或打电话了。

挂断网络电话后，我的眼睛应该像两口小小的池塘一样噙满了泪水，因为当我转向电脑时，我看到的是模糊的一片。我想，独自在寝室的她也应该泣不成声了。姚芝到底在最后时刻选择了退却，我颇感意外，转念间又觉得正常。这一晚，我是在网吧度过的，盯着她一直在线的 QQ 图标，如果这也叫恋爱，那么我真的是失恋了。十四年后我才知道，其实这一晚姚芝一直盯着自己的手机。

此后的两年多，我们会不时发条短信问候一下对方，无关痛痒却又不可或缺，更多的时候是关注着对方的QQ空间，让那份放不下的挂念还能继续在网络的世界里温存，让对方隐约还能感受到遥远的心跳和温暖的目光。是的，我们依旧默默而忧伤地牵挂着对方，而且彼此知晓，那份疲惫和辛苦源于看不清未来和方向。现在，只愿对方安好。

后来，我遇上了小菲。仅仅三十四个月后，我又失去了她。在小菲离开我之后的很长一段时间里，我既拒绝别人的安慰，也不向人提起有关小菲的事，只是以烟酒为伴，做一只作茧自缚的蛹。小菲曾说过“生的乐趣”，而此时的我只觉得生无可恋，未来还有什么值得我期盼呢？为此，我把悲痛欲绝的心情放进QQ空间里。

姚芝及时在我空间里留言：“如果疲惫，我给你一个拥抱；如果想哭，我借你一边肩膀。”这份理解和关心一下子将我推到了五年前，同时，那个刚刚结痂的伤口因被突然揭起而开始流血。虽然此时的姚芝不久前步入了婚姻的殿堂，但我还是拨通了那个熟悉的号码，像一个迷路的孩子向大人求助。

在小云慢慢走进我的生活时，我才渐渐明白，在你一味消沉时，旁人最多是敷衍似的安慰几句，因为他们只关注你站得直不直或飞得远不远，而不会在乎你站得酸不酸或飞得累不累，就像竞技比赛场上，观众只看你最终的成绩，而不会关心你之前的所有努力和付出。所以，哪怕生活坚硬如核桃，你也要沿着那条细小的裂缝剥开它。姚芝肯定很高兴看到我重新振作了起来。

也就是从这时起，姚芝不再在 QQ 空间里发布任何动态，我只当已为人母的她生活安稳、婚姻幸福，并在心里默默祝福她。真的，像姚芝这么体贴入微的人，能娶到她何尝不是一种幸福呢？从相识以来，每年的教师节及我生日这天，我都会收到姚芝的祝福，因此，我对她非常信任甚至依赖。

后来，在我和小云父母的关系紧张时，因担心夹在中间的小云左右为难，我常向姚芝诉苦，而她准能第一时间给予我安慰。

“你老公真的不在家？”

在阳阳三岁这年的中秋节，我拨通了姚芝的电话，一则想问候一下她，二则感谢她之前为我所做的一切。打电话前，我已发信息向她确认过是否方便接听电话，以免引起她老公的误会。

“你老公真不在旁边？”

在电话里，谨慎的我再次问了这个问题。

“他上班去了。”

姚芝平静地回答。

“今天是中秋节啊，法定节日！”

我仍是将信将疑。

“其实，我们三年前就离婚了……”

这一刻，轮到我替姚芝悲伤，只是她不愿意向我透露任何细节。直至两年后，姚芝才鼓足勇气告诉我所有一切。

26

因为不用赶时间，我和小菲是第二天上午十点多钟抵达我老家的。

父亲应该是早早地等候在路边，看到我们的刹那，他极麻利地退回院子，不失时机地燃放了一挂长长的鞭炮，这一幕应该在他脑海里演练了许多遍，因为父亲做任何事都极为仔细，生怕哪个环节出错。母亲手搭凉棚，站在厨房门口，头上包着一块头巾，这是我印象中的母亲，也是现实中见到的母亲，那荡漾在脸上的笑容像池塘里扩散开来的涟漪。

我提着大件行李走在前头，小菲半低着头走在后面，她刚刚羞涩地喊过“爸”，见到我母亲时，总算能相对平静地叫了声“妈”。我父母心里肯定甜得要命，这是他们的儿媳，他们独子的妻子。想到几天后我也要这样称呼小菲的父母，真担心自己到时候不能够表现得自然。父亲把椅子搬出来，恨不得塞到我们的屁股底下；母亲把热茶端到我们手里，恨不得直接喂我们喝下。我真该感谢小菲，以前每次回家，我可从没有受到过如此高的待遇。小菲应该放心了，她见到的公婆比她想象中的要好，看来，我一路上的铺垫只是多余。

小菲捧着茶杯房前屋后转了转，像是一个打客场的球员事先熟悉一下场地。其实也没有什么好看的，大致跟她老家差不多，都是老旧的瓦房，房前一块菜地，只是她家周围有山有水，而我家是平原，照我母亲的理解，我和小菲也算是半个老乡。那天，和小菲领好证后，我给家里打去了电话，母亲问我女孩是哪里的，我说是邵州市赫州县的。“半个老乡好啊！不只是话能说到一块，吃也能吃到一块。”母亲不无激动地说。

母亲的厨艺实在一般，吃了近三十年她烧的菜，真没觉得哪样菜给我留下了深刻的印象，如果一定要说有什么印象，那就是母亲烧的菜总体上偏咸。看小菲吃得有滋有味，也不知道是菜的确合她的胃口，还是她有意给我母亲面子。倒是父亲的客气是实打实的，没打半点折扣，他不停地给小菲夹菜，丝毫没想到公公给儿媳夹菜是否合适，如果没猜错的话，母亲应该在桌子底下踩了父亲一脚。我感觉只有自己是多余的，只有不停地朝父亲举杯。

父母对小菲的极度认可主要源于饭后小菲争着收拾桌子和洗刷碗筷，那是极自然而非做作的表现。后来，当小菲在洗漱的时候，父母意味深长地对我说：“小菲真是勤快，能娶到她是你的幸福，要珍惜眼前人！”九个月后，当我告诉父母小菲永远离开了我时，我隔着电话也能感受到他们的捶胸顿足。

在我们到家后的第八天，小菲父母等五人坐面包车从赫州县赶来了，开车的是小菲的兄长叶志，这个做点煤炭小生意的小个子男人虽然有着跟煤炭相差无几的肤色，却有着一口如食盐一般洁白的牙齿。晚上，在我家昏暗的院子里，我就是根据那一口亮闪闪的牙齿推知前面的人就是他的。叶志话不多，笑容憨厚，走起路来带风，可以想见他平时做事该有多麻利。这个本分的男人此时怎么也不会想到,厄运就在前面等着他……

在我看来，双方父亲有种相见恨晚之感，他们从厨房聊到房间，从饭前聊到饭后，虽然语言基本不通，但通过若干次的重复和略显夸张的肢体表达，基本上能明白对方的意思。几天后的分别时刻，他们紧握对方的双手，怎么也不肯松开，哪怕是面包车开动了，小菲父亲仍将大半个身子探出车窗外，不停地挥动着他的右手。

简单的婚礼虽是基于我和小菲的经济能力有限，但也是我们的一致要求。在我和小菲看来，婚礼终究只是个仪式，是给人看的，而两个人都能把心交给对方才是最关键的，另外，我和小菲也有自己的打算，就是尽可能多存点钱，赶在孩子上学前买套学区房，以便早点结束租房住的日子，要知道，我们连婚纱照都没去拍。因此，被邀请的宾客都是至亲和至交。

因为距离近，邓强是走着过来的，他现在留的是寸头，当年的中分发型已成为历史。两年前，邓强离开了他舅舅的家具店，开始在外面当包工头，虽然辛苦，但钱相对要来得快。邓强是在前年五一节匆匆结的婚，那时，他妻子已有了身孕，现在他是一对一岁多点的双胞胎儿子的父亲。结婚的喜讯邓强没有通知我，直到后来母亲在电话里告诉我时我才知道。或许他是怕麻烦我，毕竟我离得太远，在时间上不大允许；又或许在这段渐行渐远的时光里，我们中间掉了一些什么，而彼此又没有适时地捡起。就像打乒乓球的两个人，突然有一天，一方拿走了球拍，另一方带走了球，只剩下孤零零的球台；当某一天两人再相遇时，可能忘记了带球拍和球，即便带了，球台可能不在了，球技也生疏了……

邓强比我刚好小一个月，从上幼儿园开始，我们一直是同学，直至高一结束。上小学时，每天一大早邓强就来到我家等我，然后一起去上学，下课后也是一起去上厕所，比谁尿得高、尿得远是我们乐此不疲的事。周末，他常揣着乒乓球来我家，我们合力将两扇老旧木门搁在长凳上，再把长扁担搁在两块立起来的砖头上，球台就这样搭起来了。那时，我有一副不错的球拍，也记不起是哪个亲戚给的，我十分爱惜它们，从不带到学校，只在周末时使用。

上初中后，轮到我等他上学了。我们要走十来里路才能到达镇上的学校，中途还要经过一小片坟场，夏天还好，到了冬天，黑漆漆的，总让人有些害怕。聪明的邓强先是将破布或旧衣绑在木棍上，然后浸上机油，一个火把就这样做成了，既能取暖，也能壮胆。初三时，邓强在父母的要求下住校，而我仍继续通学，一个人往返在熟悉的路上，心里总不是滋味。邓强母亲经常让我带些菜给他，我们碰头的地点就是学校食堂，和邓强分享他母亲精心做的菜肴是让我感到非常幸福的事。初三第二学期开学没多久，我隐约发现邓强跟年级里那几个吊儿郎当的男生走得很近，课间，他们不是躲在厕所抽烟，就是到某间教室闲逛，讹诈某个老实的男生一笔，或是和某个漂亮的女生聊上几句。我想，敏锐的王萍也应该观察到了，况且她一直住校。

那年中考我以 690 分顺利考入资阳县第二中学，超过中考录取分数线整整60分,也比王萍多了近20分,而邓强只考了617分,甚至想到了就此辍学。为了儿子也能在资阳二中学习,邓强父亲交了3000块钱的借读费。我也说不清是邓强跟不上学习进度,还是借读生的身份成了他的精神包袱,高一结束后他就辍学了,这一次,他父母没怎么勉强他。没多久,他就到镇上去上班了,给他做家具生意的舅舅打工;两年后,他还买了辆摩托车。念高中的我一个月回家一次,但我们很难做到一个月碰一次面。

我和邓强的友谊在一定程度上也是以他的辍学为分界线,而他留给我最深刻的印象,就是留着郭富城发型的他骑着摩托车在村路上狂飙。等我去外地念大学后,我们一年难得见两次面,见面时,也说不上多少话,更多的时候我们都沉默着,仿佛还能听到彼此的心跳声,后来我才渐渐明白,这是因为我们生活的交集越来越少。在我参加工作后,我们的联系更是少得可怜,有关他的消息多是父母亲在电话里无意间提起,那种感觉就像是在年底打扫卫生时,偶然从床底下扫出一只乒乓球,恍然发现曾经竟还有这样一只球。

邓强的父亲是一个和蔼的人,也是村里为数不多的拖拉机手,我经常看到叼着香烟的他开着那辆手扶拖拉机在狭窄的村路上狂奔,突突的声音老远就能听到,我母亲看到了,总会紧张地抱怨一句:“赶着去投胎啊!”邓强父亲碰到小学放学的我们,总会让我们搭一段便车,只有在这时候他才开得很小心。初中那两年,邓强从他父亲那里盗用了多少机油,或许只有他自己知道。邓强父亲虽然没有等到孙子的出生,但至少看到了儿媳过门,想来也就没那么遗憾了。邓强还有一个哥哥,他是在邓强念完初二的那个暑假离开这个世界的。

回想起大半年前王萍母亲谈起邓强时的情景，突然觉得记忆中那个举着用机油浸过的火把来照明的少年渐渐模糊，那个留着中分发型、酷爱摩托车的青年已渐行渐远，而眼前的邓强不光烟酒不离身，还能说会道甚至脏话连篇，俨然一副生意人的模样，只是在他微笑时，我从他眼角处那呈半辐射状的鱼尾纹中依稀分辨出了一丝往昔的样子。

27

动车抵达湘华火车东站是下午两点二十三分，我两点一刻就站在门边等着下车了。五年前来参加大学同学会时，我乘坐的还是普通火车。现在回想起来，那场十年大学同学会更像是一场选秀大会，没来参加的自认淘汰，来参加的多是有备而来，无非是想淘汰别人。一场原本以谈情谊为目的的同学会到最后变成了一场以炫富为目的的攀比赛，收入、存款、房子、车子、孩子乃至女人……对方不是来敬你酒的，是来试探你的财富的，是来让你高声唱赞歌的。

在湘华火车东站下车后就轻车熟路地上了208路公交，最后在湘华师范大学站下了车。我刚走出检票口，班长雷志强就打来微信电话，说他驱车来接我。

一个礼拜前，雷班长一一通知当年201宿舍的其他五名成员，以不容商量的语气确定了聚会的时间和地点。挂断电话后，我真是对他感激涕零。这次安排在周末的寝室聚会，我原本是不想来的，毕竟路途遥远，加上二十多天前为父亲的第二次化疗我已回过一趟老家，但一想到能暂时不用面对和小云的各种争吵，我还是来了，只是这次回湖南我没有告诉父母，不忍心让原本就悲伤的他们还为我的事操心。

一个半月前那个下雨的中午，饭后送客户回宾馆的小云因闯黄灯而与一辆越野车相撞，现场的惨烈程度让我至今还心有余悸。从老家回来没两天的我在手术室外等了近两个小时，然后才在病房见到仍处于半昏迷状态的小云。一个月后才出院的小云住进了娘家，由她父母细心照顾着。自那以后，鸡毛蒜皮的事都会引起她和我的争吵。

雷班长老远就朝我摁喇叭，似乎是想让高铁站的所有人都知道他是来接我的。一个骑电瓶车的年轻女子从他面前穿过时，狠狠地抛给了他一个白眼，还嘟囔了一句什么。如果是十几年前，雷班长肯定会嬉皮笑脸地送上一句："对不起，美女！"那时，在他眼中，只要是年轻女性都是美女。十五年前，那场旷日持久的恋爱彻底败北后，痛不欲生的雷班长把全部希望寄托在将来能娶到一个貌若天仙的女孩上，但事与愿违，他最终只是娶了一个相貌平平的姑娘。大学同学会上，喝了不少酒的雷班长说起自己的妻子时感慨良多，好像命运对他很是不公平。

一坐上车，我就感觉车内跟外面相比简直是冰火两重天。耳边飘荡着熟悉的《白桦林》，这是雷班长大学时期最喜欢的一首歌，大学四年，他一直在追英语系的一个女生，只是直至毕业也没有追到手。无数个周末，约会结束回到宿舍的雷班长常像一只泄了气的皮球，不是练字，就是以听朴树的《白桦林》来麻醉自己，虽然我们已经见怪不怪，但他那失落的模样仍叫人心疼。直到今天他仍没听厌，我真是佩服他。

“咋这么憔悴呢？好像我还比你还大两岁吧？”

因英语学科实在太差而高三复读过两年的雷班长就是这样，说话直接却又不伤人，就像拿一把刀子对着你，但就是不划那么一下。

“老了呗！”

我是借话说话，正如喜欢早锻炼的小云父亲打太极拳时的借力打力。

雷班长瞟了我一眼，脸上带着狡黠的微笑。要不是他此时正在开车，我真会给他两拳。

“他们几个都到了吧？”

“陈兴老早就到了；汤明和文彬在路上，他们是一起来的；胡子王这兔崽子竟然手机关机，关键时候可别给我掉链子！”

“胡子王”是王猛的绰号，长着满脸胡子的王猛给人的感觉很生猛，像《水浒传》里的李逵，只不过手里没操两把斧头而已。王猛的这个绰号还是当年雷班长赠送的，不愧是中文系的才子，难怪他后来能以笔试第一的成绩进入报社。那几年的期末考，王猛没少依赖班长，总想方设法坐到班长旁边，作为回报，在班长对他发号施令时，他总是言听计从。

就像女大十八变，母校也是一年一个样，只是顺便带走了我们的许多足迹和记忆。走在业已陌生的校园，碰到的几乎都是可以做我们侄辈的大学生，从他们的脸上仍可看到我们当年的模样。五年前还崭新的篮球架，现在爬满了锈迹，那四年，生龙活虎的我们就在这几块场地上奔跑、跳跃。世纪广场四周的草坪仍是当年的样子，绿草如茵，它永远是情侣们谈情说爱的天堂。当年，这其中就有张军华和曾丽红以及祁霞和她地理系的男友。

我们住了四年的宿舍楼虽然外墙粉刷一新，但现在永远对我们锁上了大门，在它的面前，我们像是一群无家可归的人。那无数个日日夜夜，我们曾从这里进进出出：开学、放假、上课、逃课、打球、晚归……宿管阿姨好奇地打量着我们，她不会知道我们也曾站在这里怅然张望。真希望从201宿舍的窗口探出一张熟悉的笑脸，亲切地问一声："你们回来啦？"

校门口，我们毕业前夕喝醉酒的那家酒店成了城市化的牺牲品，没有留下任何痕迹。那一晚，我们六个人集体喝醉：一个趴在桌上，两个躺在椅子上，三个倒在地上。那一天，是六月一号，是我们精心挑选的日子，只希望一切年轻，学校、友谊，以及最让现在的我们感慨的时间。

两辆车，六个中年男人，市里的一家饭店，若干啤酒，一个新建的名字叫作"中文系三班201宿舍"的微信群，班长荣升为群主。

"陈兴，这段时间又在钓鱼吧？干脆辞职算了！"

汤明打趣道。戴着眼镜的汤明看上去很斯文，也很符合教师的形象，我怎么也无法将眼前的他与那个大学时经常补考和重修的哀叹者联系在一起。

"又不是每次都能钓到，要不然早就辞了。"

十四年前，在白江火车站见到陈兴的第一眼，我最先想到的也是他在那个暑假没少去钓鱼。像他这样日复一日、年复一年地钓下去，真让人担心哪个水库里的鱼迟早会被他钓光。

“文彬，劝你多打打麻将，少吃吃喝喝，你就是不听，胖成这样子就是脑子动得少的缘故！”

王猛还是当年的身材，他这样说不知是羡慕文彬还是调侃他。婚后的王猛在老家的县城开了两家美容美发店，夫妻俩各负责一家，也算是夫唱妇随，只是近几年竞争压力越来越大，生意已不如以前。

“胡子王，我这是被气的！”

在税务局上班的赵文彬大学时一点都不胖，五年前见到他时就明显发福了，现在的他确实胖得过分，大大的啤酒肚仿佛是吃饱了风的帆，说不好哪天会突然爆炸，而他走路时的样子像极了一只左右摇晃的鸭子，光是想想就让人觉得滑稽。赵文彬上次就说起他老婆在跟他闹离婚，看来至今还没离，但听他这口气，好像错不在他。把眼前爱抱怨的赵文彬与当年自信的他相比，只能让人感叹生活的无常和无情。我一直认为，赵文彬不当老师实在可惜，当年实习时他上的那堂公开课我仍记忆犹新。

“胡子王，你开着美容美发店，就不能把自己的胡子修得好看点？长得跟猪毛一样！”

依旧是班长当年的语气，而王猛只当是没听到，连一个字都没反驳，看来班长当年的余威仍在。

就在我想着胡子王终究成了拿着两把剃刀的李逵时，班长将话头转向我。

“昊天，你离我们最远，就说说你自己吧？”

我先是把杯中酒一饮而尽，然后站起身，拿起湿毛巾擦擦嘴。他们无一例外地看向我，以为我要发表什么长篇大论，一副洗耳恭听的样子，其实我只是想去趟卫生间。

在KTV包厢里，我应付着唱了一首歌，更多的时间是坐在角落里吞云吐雾。我原以为回到一个久远的地方，跟一群熟悉的人在一起，就可以倾诉自己的苦闷，就可以忘记一些烦恼，但我发现自己根本就做不到。是什么改变了我们？还是改变的只有我自己？真想跟他们道声别，然后立马乘动车回白江。

放下麦克风的陈兴走过来坐在我旁边，先是拍拍我肩膀，然后递给我一支烟并给我点上。陈兴现在是一双儿女的父亲，儿子现已读初中了。十三年前，随着儿子的出生，婆媳关系日渐朝好的方向发展，原本在外租房住的陈兴趁机带着妻儿搬了回去。他妻子后来也考进了教师编制，也算是修成了正果。等到女儿五岁时，他们搬进了自己的新家，那套一百七十平方米的公寓。

在缭绕的烟雾中，我仿佛又看到了陈兴满足地烧着菜的情景。他很喜欢烧菜，这我大学时就知道。

“没有过不去的坎！”

陈兴依旧是那个最了解我的人，也依旧这样安慰我。十四年前，他来白江散心的情景还历历在目，而现在的我正如那时的他。此时此地，只有陈兴知道我父亲患病以及我和小云在闹矛盾的事，也只有他知道这一个多月我是老家和白江两边跑。

“但有过不去的人……”

我没有看他，只是大口地吸着烟。

28

“当华美的叶片落尽，生命的脉络才历历可见。”小菲走后，我顿时觉得现在的自己竟是一无所有，也更加明白曾经的自己是富甲一方。

家里到处都是小菲的气息，她折叠好的衣服，摆放齐整的鞋子，擦拭干净的桌椅和窗户，堆放在小房间床上的婴儿用品……现在，我坐在小菲最后坐过的位置上，似乎还能感觉到她的体温。酒瓶、空烟盒、快餐盒和住院清单胡乱堆放在茶几上，手机里刀郎的《西海情歌》在单曲循环。我把最后一口酒倒进嘴里，浓烈的酒从咽喉、食管一路而下，然后到达胃，我仿佛感觉到一只火球一路滑下，最后在胃里停了下来，静静地燃烧着……

那天上午，在小菲母子俩被陌生的工作人员带去火化间后，我既没有去炉前观察厅，也没有去监控观察室，而是去了外面，像之前在医院时一样背靠墙角蹲着，双手抱头，但我仿佛还是看到了一只无情的火球逐渐将小菲母子俩吞噬，也仿佛听到了骨骼碎裂的声音。骨骼碎裂时，溅起细微的火花，是小菲悲伤的呼喊，是陈资无力的哭泣。后来，我从工作人员手中接过一个冰冷的盒子，而我的心也如盒子一般冰冷……

下班后，我没有径直回家，先是在路边小店买了一包香烟和一只打火机，然后就很自然地沿着白江边的小路漫无目的地走着，在音响店附近的长凳上坐下时，夕阳的余晖正静静地铺在江面上，波浪涌动着，我仿佛看到了一块偌大的抖动着的红绸缎，齐秦《往事随风》的歌声又将我的思绪引向了和小菲在此散步时的情景。此时，路过的人纷纷看我一眼，好像担心我会想不开似的。两年半下来，我虽不能确定音响店老板就是一位刀郎迷，但能肯定这至少是一个有故事的人，刀郎的《西海情歌》紧接着传来，似乎是一个有故事的人开始对我倾诉，而我甘心做一个聆听者。

当肚子咕咕叫时，天色已经有些暗了，我努力站起身，继续往前走。是的，去那家面馆，我想看到老板娘和善的笑容，如果我愿意告诉她点什么，或许还能从她那里得到些安慰。当然，不需要我主动告诉她，她肯定会问起，不久前，她不是见到过腆着大肚子的小菲吗？想到马上就能见到老板娘，我加快了步伐。但走到店门前却发现卷帘门紧闭，正中间贴着一张转让的通知，上面留有一个手机号码。这么和善的人也会经营不下去吗？我宁愿相信是另有原因。我真想拨通那个手机号码……

当我提着快餐准备上楼时，又转身回去买了手中的这瓶酒……

十几天前，我送小菲母子俩回赫州，那也是我第二次去赫州。过安检时，那位跟我年纪相仿的工作人员好奇地打量着我和我怀抱着的骨灰盒，如果他再多看一眼，我可能会把他拉到一边，把小菲的一切都告诉他。那位排在我后面的中年妇女始终跟我保持着老远的距离，好像担心我因突然要弯腰系鞋带而让她代拿一下骨灰盒似的，在我顺利通过安检后，她长长地舒了口气。但愿老天保佑她到时候不是坐在我旁边。

火车上，我把小菲母子俩抱在怀里，并用外套将他们盖上，随后扫视了一下周围的乘客，并没有看到那个中年妇女，真替她感到高兴。可能是出行淡季，乘客并不多，我的旁边也没坐人，或者原本要坐在我旁边的乘客逃到其他车厢去了。斜对面一个老头偶尔瞟我一眼，似乎想要确认一下骨灰盒里的人到底跟我有没有关系，又是什么关系。我想，他如果真想知道的话肯定会问我的，到了他这种年纪，还有什么可怕的呢？火车匀速前行着，我盯着前方，脸上一片茫然，就像六年前我坐在从长沙开往杭州的 K135 次火车上时一样。

叶志是开着面包车来接的我，我木然地坐在副驾驶室座位上。一路上，叶志根本就没说话，而我也根本不可能看到他那一口白牙。汽车在蜿蜒的山路上快速行驶着，如同写草书一般，我怕小菲母子俩晕车，更加紧紧地把他们抱在怀里。后来，我燃起一根香烟，烟雾迅速朝后面散去，最后无影无踪，我知道，过不了多久，小菲他们母子俩也将像这样从我记忆中消失。我闭上双眼，尽量不让泪水夺眶而出。

“小菲，你们回家了……”当看似平静的叶志像撒鱼粮一样撒着小菲母子俩的骨灰时，我在心里对她说。小菲她娘趴在丈夫的肩上，肩膀剧烈地抖动着；小菲她爹脸色惨白，像是身在一场噩梦中怎么也走不出来。正是十月底，近水和远山开始显露出一年中的疲惫，就像刚迈入老年的人难免要显出苍老，也许一杯淡酒就能将其醉倒。

看着小菲母子俩最终消失在冰冷的河水中，我想起小菲曾读给我听的一句话："只有干净的眼睛才能看见灵魂。"阳光怜悯一般安静地照着，河面在微微闪动，是小菲在轻声向我道别吗？近水缄默不语，远山也守口如瓶，我慢慢地跪下来，泪如雨下，心中反复默念："小菲，你们到底还是回家了……"

"有人可以给你烟酒，但不能帮你解愁。"看着空了的烟盒和酒瓶，我突然想起五年前在舟山时张军华说过的话，现在想想，还是蛮有道理的。如果能早几年认识小菲，我应该也会在普陀许个愿吧！只是生活中没有如果。

火化小菲的那天，我和小菲的好友都来了，一直耷拉着头的我根本无心留意他们悲伤的面容，而他们给予我的安慰方式极其相似，要么拍拍我的肩膀，要么说几句差不多的话，但这就足够了，至少他们知道我的境遇，懂得我的悲伤。

第二天，我去了小菲的办公室，只为把她的东西带回来。门卫可能还认得我，也可能是被我的悲伤感染，他直接让我进去了。脸上还挂着昨日悲伤的杨杨似乎预料到我今天会来，她已把小菲的东西整理在了纸盒中，其哽咽的语调倒像是她失去了某位亲人，难怪小菲常说杨杨是自己最好的朋友，也是自己在白江除我之外最亲的人。

在我送小菲母子俩回赫州前，家辉夫妻俩来看过我一次。他们可能是为这样的登门拜访感到非常抱歉，所以敲门时声音很轻。当我打开门时，看到的是两张充满歉意的脸，而他们随后展露出来的微笑总让人觉得是涂画上去的。他们将水果放在茶几上后，顺势坐了下来。

这天是礼拜六，天气晴好，我又刚好看到家辉夫妻俩的衣袖上均沾有草屑，想必今天他们一家三口去了公园或其他什么地方。回想起我和小菲曾去医院看望生产后的杨杨的情景，看来他们夫妻间的关系应该有所缓解，或者根本就没有我们所想象的那样糟糕。

他们没有打听有关小菲的更多细节，即便真想打听，我想我也会竭力隐瞒，在我看来，小菲只属于我一个人，包括她的爱与恨、喜和忧以及生与死。所以，几天后我送小菲回赫州时，在小菲的父母面前，我也只是再一次告诉了他们一个陌生而空洞的专业术语——羊水栓塞。到底是细心的女性和小菲的挚友，杨杨给予的安慰更有可能让我抚平痛处，如果小菲在天有灵，一定会替我对她的这次到来表达深深的谢意。后来，在我和家辉闲聊时，杨杨帮我把随意搭在沙发背上的脏衣服全扔进了洗衣机，正如我第一次去小菲办公室时所猜测的，杨杨是一个贤惠的妻子。

家辉夫妻走后，看着茶几上小菲去年送给我当作生日礼物的手机，想起当时许的愿再也没有告诉她的可能，我不禁又潸然泪下。如果当时或者后来我把许愿的内容告诉了小菲，小菲是否会走得不那样痛苦和遗憾呢？

29

十一点左右，手机响了，我只当又是老家打来的，匆匆掏出手机，看来，父亲的那两次化疗已弄得我紧张兮兮的。在娘家休养的小云先是向我打听了下我父亲的病情，然后问我要不要去她娘家吃中饭。

小云叫我过去吃饭，表面上是因为儿子下午一点钟有围棋课，怕我烧饭来不及，实际上冷静下来的她也在自我反思。出院以来的这半个月里，小云常因一点芝麻大的事发火。就如四天前的傍晚，吃完晚饭后的我正陪阳阳在客厅里看动画片，小云突然从房间里走出来，怒斥我为什么她杯子里的水是烫的，害得她不能按时吃药。这一幕不仅吓到了阳阳，就连正在厨房洗碗的小云母亲，全都脚底下像是装了滑轮一样赶了出来，好说歹说总算把女儿劝进了房间。

看来，这次车祸带给小云的不只是肉体上的痛苦，还有精神上的创伤。这其中不乏金老板的功劳。

小云住院的那一个来月里，金老板和孙会计来探望过一次。看到金老板的瞬间，我就想起了一个成语——贼眉鼠眼。我想，他的侄儿金浩哲应该也好不到哪里去。如果诚如小云当初所说的，金浩哲长得如何高大帅气，我只能以造化弄人来解释。金老板假惺惺地说了不少关切的话，让小云安心养伤，我真想把手中的开水泼到他那皮笑肉不笑的臭脸上。走之前，我还留意到金老板跟小云低声说了两句什么，小云原本恢复了一半的脸色似乎一下子又回到了原先的样子。

十二点四十分左右，我已将儿子送到了棋院。虽然拿到驾照已有四年半了，但一直没摸过方向盘，早两年小云提议我去买一辆车时，我当即拒绝了，毕竟我们有着不小的房贷压力。那场车祸中，小云的车接近报废，为了方便接送儿子，大半个月后我还是咬紧牙关买了现在这辆车，其时，为了父亲的两次化疗，我即将耗尽家底。

我拿到驾照时，儿子都三个月了，这一点让小云很是不满。当初小云提出让我早点去学车，无非是想在自己生产前后我能更好地照顾家里，毕竟她父母一年后才退休，谁知我迟迟没去报名，而且后来刚一放暑假，我竟急不可待地跑到湘华去参加十周年大学同学会。因此，那几个月里，手脚开始浮肿得越来越厉害的小云怒视我时的眼神丝毫不亚于她母亲的犀利，不只让我害怕，还让我羞愧。

小云生产前后的那两个多月，她的车就停在我租住的那个老小区的路边，后来被刮擦得不成样子。又因为车子已经无法发动，其中一个轮胎也老早没气了，后来还是叫拖车拖去修理的。给小云去买点急需的东西时，我只能打的去，在那时，我才坚定了学车的想法。

我时常怀念之前那段骑电瓶车的日子，出行方便，没有堵车和停车的麻烦。那时，我常带着小菲去买菜、逛超市，暑假里还偶尔接送她上下班。在我搬到城东前，我忍痛将那辆破旧的电瓶车卖掉了。住城东后，我另买了一辆，只是没到两年就被人偷走了。

儿子在上围棋课时，我就在一边等着，我目前的驾驶技术，远没到先行回去等会儿再来接的地步。儿子喜欢下围棋，学了也快一年半了，每次说起今天有围棋课时，他都高兴得手舞足蹈。

像其他等着的家长一样，我也以玩手机打发着时间，看看时政新闻或体育视频。这只智能手机是小云送给我的礼物，小云实在看不下去老顽固一样的我还用着如古董一样的诺基亚滑盖手机，工作和生活的不便常暴露无遗，况且它已经修了好多次，有些配件根本就没有了。去年教师节那天的晚饭后，小云拖着我去买新手机，看她那架势，如果不换个智能手机，她宁愿把我拖到白江同归于尽。当晚，小云在帮我注册微信账号时，顺便将她自己的微信备注名改为 BLUE，问她原因，她笑而不答。

之前的那只诺基亚手机我一直很爱惜它，真舍不得把它换掉，有时候睹物思人也是一种悲伤的享受。最后，我将它也放进了那只装着我和小菲结婚戒指的盒子里，就像珍藏一段不老的记忆。因为我深信，像砂纸一样的时间只会将记忆打磨得更加光亮，往后的午夜里，频入梦境的细密往事犹如珍珠般熠熠闪光。

三点整的时候，阳阳抱着围棋书屁颠屁颠地向我跑来，他脸上的笑容像花瓣一样。这段时间，我也自觉对不起儿子，一则因忙于父亲的事而极少陪伴他，二则担心自己与小云的争吵会影响到他。揽着他的小脑瓜下楼时，我愧疚难当，寄希望于接下来的暑假能多陪陪他。

时间过得真快，一转眼，当初的那个小不点竟然长这么大了。五年前,为了他的到来,一家人做足了准备,那些苦与乐仍历历在目。

小云临产前一个半月左右，为了让她能够得到更好的照顾，我把小云送回了娘家,这也是我第二次去丈人家。

在楼道口时，小云再次问我有没有做好心理准备，我说这次哪怕把我从窗户扔下来我也不怕。随着预产期临近，我迫切地意识到那个死结一定要解开。夹在中间的小云有她的难处，小云父母为了女儿的幸福，当然希望早点把那个结解开，只是没有一个好的台阶下罢了。所以，这个结只能由我来解。三个月前，小云父母在我们婚礼上的真情流露也给予了我一定的信心。

丈人、丈母娘对我们的到来丝毫不感到惊讶，更像是算准了一样。除了婚礼上的那一次,这是我第二次叫他们“爸、妈”,虽然仍然有点不适应，但看到他们轻声应答的样子，心里还是蛮开心的。不知道他们是开始想通了,还是慢慢败下阵了,总之,他们基本上原谅了我们。

一脸轻松的小云坐在沙发上，肚子显得更大了，手脚浮肿得如同莲藕，脸也比怀孕前大了不少。坐在小云一旁的我一时不知道该干吗，只好拿起遥控器翻找着体育赛事。其间，家里料酒没有了，我抢在丈人下楼之前去买了，也是借此给他们一家三口创造点说话的时间和空间。

当丈母娘像搭积木一样在厨房里熟练地忙碌时，我老远就闻到了酸菜鱼的香味，与此同时，心中涌起的某种情绪如一片茶叶一般慢慢打开，最终袭遍全身。等到一道道菜如拼图一般被端上桌时，老丈人适时给我和自己各倒了大半杯烧酒，顺便问了我一些工作上的事。我不免有点小紧张，但比十年前走进白江市教育局时好多了。

饭间，小云母女俩专注地谈论着还未购买的婴儿用品，似乎再不准备就来不及了，手上的筷子成了她们比画的道具。从家里搬出来的这段时间，小云背着我给她母亲打电话时肯定涉及这个话题，但总归不如当面交流来得方便。饭后，我很自然地收拾餐桌，还抢着洗了碗筷。小云根本没想到我会来这么一出，甚至以为我是早有预谋的。我不在乎她怎么想，只要他们开心就好。

小云的房间因好久没人住而有一股味道，我立马打开窗户给通通风。衣柜里除了小云当时没带走的几件衣服，都是婴儿用品，这应该是丈母娘事先准备好的。我望向小云的刹那，她朝我伸伸舌头，那模样像极了一只可爱的胖熊。

后来，小云在娘家坐的月子，有她父母亲的精心照顾，我也能安心考驾照和给新高三学生补课。丈人家的房子位于市中心，两室两厅，小云坐月子这段时间，我是两边跑：上班时基本上住在位于城东的租房，乘坐校车方便；周末就住丈人这边，偶尔也能搭把手。

一个周五的傍晚，下了班的我特意从城东的住处带了两套婴儿衣服过来，这还是当年小菲为我们的孩子准备的，连包装都还没拆。小云根本没料到我会这样做，急忙叫我把它们藏在床底下，等有机会了再带走。事后想想，我确实欠考虑。

吃晚饭时，丈母娘对我说：“昊天，要不把城东那套房子退了，一心住到这里来？”

30

如果可以，我想让小菲成为我一个人的秘密，就像一颗被包裹严实的巧克力糖果，苦涩而甜蜜，却永不会过期。

这些年，同事们虽然都知道小菲离我而去，但均不清楚其中的细节，他们不方便向我打听，我也不会主动向他们透露，当然，我从不后悔曾向小云透露有关小菲的大多数事。对我来说，现实是碎了一地的玻璃片，当我闷头弯腰拾起来时，再也拼不成最初的模样。即便如此，我仍愿意独自坐在沙发上，一手夹支香烟，一手抓着酒瓶，像观看幻灯片一样情不自禁地回忆和小菲在一起时的短暂时光，任凭自己泣不成声，泪湿衣襟。

在我老家办好婚宴后的第九天，我和小菲就去了赫州县，我父母将我们目送出好远好远，好像我们之后再也不会回来了一样，而事实是小菲真的再也没有回来。在去往资阳县城的汽车上，又开始晕车的小菲像只小鸟一样靠在我怀里，那一刻，我相信我和小菲最终能活出我父母的模样。

“小菲,我父母还算朴实吧?”

我之所以这样问，只是想从小菲口中得知她对我父母的总体印象。

“是的,跟我父母一样。”

的确，小菲的父母像是我父母的翻版，只是翻版后由讲资阳话变成了讲赫州话。

“想知道我父母对你的评价吗?”

小菲从我怀里挣脱出来,抬起头望着我,脸上的雀斑欢呼雀跃。

“他们说你挺勤快,而我能娶到你是我的福气。”

我想起到家那晚父母对我说过的话：要珍惜眼前人!

“哼,你知道就好!”

像是骄傲,但更像是撒娇,只有我们两个人时,小菲才会这样。

“但也有缺点呢!”

她又眼巴巴地望着我,像一只小狗畏缩地望着主人手中的扫帚。

“我妈说你屁股太小,将来可能生不出儿子。”

这是我临时捏造的。我念小学的时候，曾从邻家奶奶口中听过意思相近的话。当时，我那瘦得如风干木耳的奶奶正跟邻家奶奶细声地聊着天，讨论一个刚过门的媳妇。邻家奶奶扁着她那像核桃一样的干瘪小嘴说：

“人长得蛮标致的，就是屁股小得不成样子，生闺女都困难，更别说生儿子了。”

那语气好像是在替男方父母抱不平。

奶奶停下手中的活计，头像捣大蒜般点个不停。印象中的奶奶经常喊头痛,说不好还真与她这个惯常的动作有莫大的干系。

“屁股就得像澡盆那样大，而且肉也要多，不然，营养哪跟得上，毕竟男孩不只身形比女孩大，胃口同样比女孩大，你说是不是？”

为了证明自己的话千真万确，她还用双手比画了一个大大的圆。在当时的我看来，她那皱皱巴巴的脸因衰老而像一张旧报纸。

奶奶比先前更加卖力地点头，因为她想到了我的母亲……

“真是你母亲的意思？”

小菲似乎有些担心，好像那一扫帚打得她不轻。

我故意默不作声。

“我才不信呢！你妈才不是那种重男轻女的人，也不会说这种毫无道理的话。我说得对吗？”

她还趁机使劲掐了一下我的大腿。

这下我还真不知道如何回答，搞不好我母亲的确有这种想法，只是没说出来而已。

因为恰是年后，资阳县长途汽车站可谓人满为患，到处都是走亲访友的乘客。光排队买票我就花了半个多小时，而挤上开往赫州县的大巴也费了不少力气，因为很多乘客都带着大件行李，有的还抱着小孩。一路上，小菲断断续续地晕车，我只得把她揽在怀里，后来她就睡着了，越来越感觉到热的我连外套都无法脱，双腿也开始发麻。在看到赫州县的界牌后，我终于看到了一丝希望。

我那位黝黑得发亮的舅子站在他的面包车旁等着，看到我们时立马露出他那口白牙，生怕我们看不见他人似的。上车后，我们才发现叶谦也在车上，他正讨好地看着我们，一心希望我们身上带着零食。小菲在拆牛奶时，叶谦的小嘴像鱼儿一样开始翕张着，这让我想起了读高中时的一堂语文课，鲁老师在讲解超前夸张时，为了便于我们对这一修辞的理解，她还特意举了两个例子：酒杯还没举起来，他先醉了。稻穗低垂着，我像闻到了饭香。当时，班上绝大部分同学第一时间想到的应该是曹若冰：曹若冰还没开始吐痰，我们先看到了他课桌下的那片潮湿。我左前方的化学课代表张同学那节课就这两分钟没发呆或照镜子，梳着三七分发型的他小声地说了句："我屁还没放，你们就闻到了硫化氢的味道。"

面包车在曲折的山路上小心地行驶着时，就像小学生在描红本上一板一眼地练着字。一边是近七十度的斜坡，一边是岩壁，连会个车都困难。不像自己的老父亲总能找到一些话题，原本话就少的叶志在说完那两句问候的话后就立即陷入了沉默，或许他是要专心开车，又或许他怕一开口，就会有人撬走他那一口珍贵的白牙。

小菲晕车得厉害了，我让她靠在我怀里，她却摇了摇头，下巴朝开车的兄长点了一下。我心里埋怨了一句："都老夫老妻了，还有什么不好意思的？"到家时，看她的样子，如果再晚一分钟到达，小菲就会毫不留情地吐一车。按照她所说的，白天吃的东西已经在喉咙口徘徊很久了，只等她一声令下。

小菲父亲不知是出于客气，还是犯糊涂了，大白天的，他竟以礼花来迎接我们，周围邻居都好奇地走了出来观看。堂屋里坐着好几位长辈，想必就是小菲所说的舅舅和叔叔们了，我一一给他们分烟，他们开心地用双手接过，并说了一句我听不懂的话，应该是表示感谢吧。

吃饭时，围了老大一桌，热闹是热闹，可我把一圈酒敬下来后直想吐。这些长辈本身都是酒场老手，而且要求身为敬酒者的我半杯半杯地喝，怎能不喝醉？晚上，迷迷糊糊的我躺在床上，却怎么也睡不着，因为明天的婚宴直让我胆战心惊，真怕活不过明天。小菲这个没心没肺的家伙倒是老早就睡着了。

婚礼这天，真要感谢宾客们的“不杀之恩”，也要感谢叶志在关键时刻挺身而出，不然，晚饭之前我就不可能清醒地跟着小菲去她家附近看看了。我虽然生在平原，长在平原，但打心底喜爱山和水，这并非我受“知者乐水，仁者乐山”的影响有多大，或者故作高雅，只是喜欢与家乡不一样的地理环境，毕竟我老家那一带有水却没有山。

当小菲带着我爬山看水时，我想到了之前在我老家时没能带她去洞庭湖边看看的遗憾，就趁机跟她说起了我曾在洞庭湖边度过的那段快乐时光。小菲很感兴趣地听着，尤其对骑牛比赛一事，因为，不会骑电瓶车的小菲连坐电瓶车都怕。虽然是早春，但以山清水秀来形容小菲的老家一点也不为过，一个人的灵魂在这样的环境里干净得像被雪水洗刷过一样，我似乎看到了一个更加真实的自己，那个自己一直藏在暗处，只差一个机缘。

给我这个机缘的人正是小菲。我想小菲也是极度喜欢老家的这片山水的，比如她念念不忘的小学和初中都坐落在山水之间。那时的小菲像一阵风一般每天从山水间穿过，身上一直带着一个山里孩子美好的梦想，因此，她渐渐染上了山的清和水的秀。后来，小菲考进县一中，考上大学，最后，带着山水所赋予的朴实品质走向了工作岗位。此刻，我多想感谢这片山水，是它们养育了小菲，并且让她进入了我的生活。小菲离开我后，我最终把她还给了这片山水，因为她想回家，也理应属于这里。

一个礼拜后，喜欢山水的我们也不怕破费，乘坐列车一路北上，前往湘西土家族苗族自治州和张家界，只为看到更好的山和更好的水，也权且当作蜜月旅行。在沈从文故居，我对小菲讲了沈从文与张兆和的故事，讲了极具湘西风味的《边城》。我们走进沈从文笔下的凤凰古城，这个土地面积约十平方公里的地方是往来湖南怀化、吉首和贵州铜仁三地的必经之路。沈从文从这里走出去后，仍一直念念不忘家乡的山和水，沱江永远在他心底流淌，那个从《边城》里走出来的翠翠永远是他精神上的慰藉。

是夜，我和小菲栖宿在沱江畔的一家小宾馆，窗外的水流声依稀传来，众多游客仍在跳岩上尽情玩耍，谈话声和欢笑声集体鼓噪着我们的双耳。

“昊天，你的初恋长什么模样？”

小菲突然问我。暗淡的灯光下，我看不清小菲脸上的表情。

“你发什么神经呢？我哪有初恋？”

虽然我实在想不通小菲为什么会这么问，但她的问题纯真，像一片带着露水的绿叶。

“有也没关系，我才不会吃醋呢！只要你往后真心对我好就行了！”

刚一说完她就把头埋进我的臂弯里，头发弄得我的鼻子痒痒的。

小菲的期许让我想起了去年生日那天许的愿，都快过去七个月了，现在应该是告诉她的最好时机。

“小菲，还记得吗，去年我生日那天你问我许了什么愿？”

但小菲没有任何反应，疲惫的她已经睡着了。

与凤凰古城的温婉相比，张家界就显得刺激多了。南天门索道刚开通不久，想去体验的游客排着长龙。看着摩肩接踵的人群，小菲说算了，而我坚持要体验一把，以不虚此行。攀升过程中，小菲不敢朝任何方向看，只是紧闭双眼，死死拽着我的胳膊，好像我会飞走似的。同缆车里一个十来岁的男孩不时看一眼小菲，似乎无法理解她的行为。下山后，我们在天门山一线天处留下了除结婚照外唯一的一张合照。

住在张家界的最后一晚，小菲不无担心地说：

"昊天，我的例假一直没来，是不是怀孕了？"

"这要问你啊！"

"也是哟，你又不懂。"

"真巧，刚结婚，你就有了。"

小菲在思索着什么，眼睛睁得圆溜溜的。

"昊天，你说哪个时间怀上的？"

"估计是在资阳火车站下车那晚，那晚我们就住在资阳县城。"

"都怪你！哼！"

"晕！你不配合的话，我能怎么样？"

小云懒得白眼我，陷入短暂的沉默。

"你是老师，想个名字吧？"

"既然是在资阳怀上的，就叫陈资吧，小名阳阳。"

"还行，男孩女孩都能用。"

回白江后没过两个月，我和小菲的生活节奏和作息规律就发生了明显的变化。小菲妊娠反应明显，有时吃不下，有时很能吃，但很快被她吐了个精光。她还经常感到腰酸背痛，站也不是，坐也不是，晚上常睡不好，时常做梦。她有时还发一些莫名其妙的小脾气，以前她可从不这样。我让小菲就此请长假，但她拒绝了，我知道她是不想看着我一个人辛辛苦苦地上班，她最后妥协的结果是同意周末不再去加班。后来，我让小菲还是早点回娘家待产，但她又以现在回去还太早为由拒绝了，其实，她是想留下来帮衬我，更是想多陪我几天。除了正常上班，我尽可能把家务揽在身上，也定期带小菲去产检，还根据网上得来的知识，给她做一些营养餐。

小菲似乎很不想待在家里，一待在家里，就容易发呆，要么盯着窗外，一看就是半天；要么望着窄小的壁橱，目不转睛地盯着那只粉红色的花瓶和那张我们的合照。她见不得自己保持的生活习惯被打破，有时会突然提醒我记得把窗户关好，以免到时雨水飘进来；有时关照我及时把花瓶里的水换掉；有时候半夜醒来，她告诉我哪些婴儿用品还没有买。后来，她开始害怕去医院产检，每次我得花不少时间来劝她，一路上，她紧紧握着我的手，正如后来父亲第一次做化疗回来时母亲握着他的手一样。父母之前对我说过，小菲是个勤快人，而能娶到她是我的福气。每每一想到仍有这么多事还得让身怀六甲的小菲分神，我就自责起来，怪自己做事情总是丢三落四。

因此，我经常陪小菲去外面散步，她最想走的仍是江边那条路，走累了，我们就找个座位坐下来。小菲偶尔用手戳戳我的手臂，提醒我看那些倦鸟，它们在不无留恋地归巢；或者看那又大又红的夕阳，它在不紧不慢地落下。有一次，我们还走到了教育局旁边的那条路上，经过那家面馆时，刚好被坐在门边的和善的老板娘看到了，她竟然还记得我，不无惊喜地说："哟，小陈老师，快当爸爸了啊！"我报以一笑，并跟她寒暄了几句。还有一次，在我们正好奇地观看别人钓鱼时，从身后的音响店传来《手心里的温柔》，小菲立马要回去，说太悲伤了，没有《卓玛》好听。

原本打算第二天送小菲回赫州待产的，但她在前一天就出现了临产征兆，这比预产期早了好多天。那天中午，我正在厨房洗碗，突然听到小菲在客厅叫我，声音很是痛苦。只见她的脸苍白得跟牛奶一样，双手捂着肚子不停地喊疼，而她的睡裤下面有着新鲜的血迹。我立马拨打了 120，十分钟后，我和小菲一起上了救护车。等待的那几个小时漫长得如同我的一生，紧张万分的我像只无头苍蝇，唯有不停地默念着我去年生日时许的愿。

当接到医生的通知时，我并没像其他产妇家属所遇到的那样，被告知婴儿的出生时间、性别和体重，而是跟着一位医生去了她的办公室，补签了一份协议，即便没仔细看，我也知道里面所透露的主要信息。后来，双腿无力的我蹲在某个角落，双手抱头。

最终啊，小菲母子俩都离开了我，因为羊水栓塞……

31

我带着儿子阳阳走出宁水站时，姚芝牵着女儿乐乐已在出站口等着我们了。

虽然和姚芝认识十五年了，但这还是我跟她第一次见面。命运还真给我们开了一个不大不小的玩笑：十四年前，当我以恋人的身份乘火车去宁水见姚芝时，顾虑太多的姚芝最后还是选择了逃避，那晚，我在网吧里傻傻地坐了一夜。十四年后，当我以老友甚或亲人的身份乘坐新开通的城际列车再次来到宁水时，姚芝已是一个离异的单身母亲。这期间的身份转换让人始料未及，那份真情也过于复杂。

简短的问候后，我们乘坐地铁来到了姚芝的住所。这是一套八十多平方米的公寓，也是姚芝一手营造起来的家。除了摆放得整整齐齐的书籍，其他东西不多，显得简洁大方。当姚芝在厨房烧饭、做菜时，我就陪着两个小朋友在客厅里玩耍。乐乐比阳阳大一岁半左右，姐姐风范十足，不是给阳阳分享她的玩具和零食，就是对阳阳讲述自己学校的新鲜事。总之，才一会儿工夫，他们就玩在了一起。

电视柜上除了女儿乐乐的几张照片，也有一张姚芝的，背景应该就是她老家的海湾。姚芝离婚的具体原因我至今仍不得而知，我也着实想不到这个一直不忘关心和安慰我的人竟有这么一段苦涩的婚姻。如果前年的中秋节我不给她打那通电话，或许直至今天她还瞒着我。你可以说姚芝脆弱，她终究还是在电话里告诉了我；你可以说她坚强，她毕竟瞒了我三年。

不论怎样，姚芝比我坚强。这几年里，她独自带着女儿，这其中的辛苦也就可想而知。但她从没向我诉过苦，反倒时不时像妹妹一样安慰在婚姻生活中跌跌撞撞的我。就如明天，她名义上是带女儿回顺章老家探亲，实际上是带我们父子俩去散心。

两个多月前，小云遭遇了一场严重的车祸，后来金老板的有心造访更像是雪上加霜。出院后在娘家休养时，小云的性情有了极大的变化，非常敏感且易怒，在她面前，我尽可能小心翼翼。对我来说，工作上的事可以先抛下不管，父亲的事得白江、老家两头跑才是我疲于应付的，精神上的压力远甚于房贷和化疗所带给我的经济压力。

在我和小云之间的交流通道关闭时，我又想到了姚芝。

“老妹，我好心烦！”

我给姚芝发去微信，明知她现在正面对着电脑，因为还有上百封国外邮件在等着她处理。

“你们文科生就是敏感，明知无济于事，但还要东想西想，不如像我一样做个没心没肺的人。”

“我控制不了自己不去想，哪怕在上班时也会这样，真的是快疯了！”

姚芝走出办公室，给我打来微信电话，建议我听听音乐或去打会儿球，分散一下自己的注意力。这些年，她其实活得比我还苦，到头来却是她来安慰我。

这样的聊天近来每天都有，内容也很正常。我完全可以告诉小云自己有这么一个没见过面的曾经是网友现在更像是妹妹的人存在，但我不想让正敏感着的小云知道我的精神压力，更不想引起她的猜疑。所以，我常背着小云和姚芝联系。

“陈昊天，你这个王八蛋！”

半个月前的那个傍晚，我刚一走进房间，小云就对我发飙，不光是那种急了眼的表情。

“又怎么啦？”

“把手机拿来！”

我掏出手机随手扔到床上，不情愿的表情清楚地写在脸上。

小云对我的这一做法感到怒不可遏，立马边哭边骂地朝我扑了过来。我像一只待宰的羔羊一动不动，任凭她对我抓扯。当我最后拿起手机走出房间时，小云父母就站在客厅里，他们应该老早就听到了房间里的哭骂声，而在看到我脸上的抓痕和褶皱不堪的衬衣时，他们并不感到惊讶，凭他们这段时间对女儿的了解，我以这副样子走出来实属正常。

摔门而去的我又想起了当年被小云父亲推出来时的情景，那一次我是多么被动和尴尬，谁让我有错在先呢？但这一次我是理直气壮，问心无愧，脸上的抓痕是我清白的证明。在白江边，我冲洗了一下自己火辣辣的脸，后来还犹豫着要不要给陈兴和姚芝发条微信，告诉他们明天一早我又得回老家探望病重的父亲。

料理完父亲的后事，我就立马回了白江，毕竟又请了这么长的假，而且正是期末，班级里还有一大堆事在等着我。几天后，我刚放暑假，姚芝就邀请我带着儿子去她老家玩几天……

第二天，在前往顺章的动车上，坐在我对面的姚芝只是将眼睛望向窗外，但她的心思透明得如同车窗。我问她在想什么时，她对我微微一笑，正如我在未见到她之前想象了千百遍的样子。

“陈老师，还记得我们怎么认识的吗？”

她在掏出手机时问道。

“怎么会不记得呢？”

我虽然一直对虚拟的网络将信将疑，但还是得感谢它，正是通过它我才认识了姚芝，我想姚芝也认同我的这一看法。

“我也说不清当时为什么会加你QQ，可能是太想家了，我还真一下子适应不了大学生活。”

“是的，后来你跟我说起过。”

“我这个人就是简单……”

姚芝此时想起了什么和想说什么，我心知肚明。

“这一点我比谁都清楚。”

“也许吧！否则我也不敢带你去我老家。”

这些年里，我和姚芝都按自己所认为的正确方式生活，虽然一路跌跌撞撞，甚至头破血流，但在关键时候有着对方的信任和关心也就够了。现在，生活的磨砺让那份信任和关心变得尤为珍贵，我们是老友，也像亲人。

“陈老师，到家后我该怎么跟我爸妈介绍你呢？”

我未尝没想到这一点，只是她比我想得更多。

“你就说是新交的男朋友呗！”我开着玩笑说。

她在桌底下踢了我一脚，随即又将眼睛移向车外，刚才的那层忧虑随即被回家的欣喜暂时替代了，毕竟她已经近半年没回老家了。

之前在候车室等车时姚芝就跟我说：

“第一次带男朋友回家都没有像现在这么紧张。”

这是实话，姚芝做出这个决定是需要莫大的勇气的。而我会答应前来，为自己考虑得更多，替她着想得不多。这么好的妻子，那个男人竟还背叛她，那该是有多狠心啊！

“要不等下车后，我们父子俩暂时在县城找家宾馆住下，你们母女俩先回家，等你想通了再决定要不要我去你家。”

她沉思了一会儿，然后摇着头说：

“算了，已经到了这一步，我也豁出去了！”

“就是嘛！”

我立马把双脚缩了回来，真怕她再踢我一脚。

此时，微信又响了，仍是小云发来的。

“陈昊天，你是不是一定要跟我玩失踪？”

“去顺章的动车上。”

这次我回了微信，还将车票拍给了她。

我和小云闹到今天这个地步，其实也不能完全怪小云猜疑心重，她有她怀疑的理由。关于我和姚芝的事，我不想也懒得再和小云争辩，反正在她看来，我有的时候确实很倔。

因为姚芝事先没有跟她父母说起我们父子俩也会一起过来，所以，他们在见到我们时十分惊讶，不约而同地把目光转向自己的女儿。

32

将车停在地下车库后，小云从车里走出来时睡眼惺忪，全身疲惫，给我的感觉是她正背负着一块无形的大石头，却又一时无法将之卸下。其时，我牵着陈资的小手在一旁等了有一段时间了，晚饭我们打算到外面去吃。

这是小云出去找工作的第八天，从她阴沉着的脸就可以看出应该又是徒劳无功。之前在娘家休养时，小云一天到晚都是紧张兮兮的，不光是各种琐事让她心烦意乱，想必那场手术和后期药物对她的影响也比较大，致使三十七岁的她看上去像是四十七岁。这些天她一直忙着找工作，总是高不成低不就。看着她这么辛苦，我也很心疼。

那天，在金老板和孙会计走后，我走到脸色阴沉的小云身边，还没等我发问，小云就先掉下了眼泪，在我帮她擦干眼泪后，她才吞吞吐吐地告诉我实情。原来金浩哲从国外回来了，而且还成了她部门的主管，深思熟虑后的小云打算辞职，不想在金浩哲的手下工作。现在,她的生活已步入了正轨,她不想被过去拖累,况且那次车祸也导致客户受伤,那份原本快要谈成的订单最终黄掉了,这也导致公司受损匪浅。刚才金老板是在暗示小云,她现在对公司来说不仅是可有可无,更像是罪人。

出去找工作的第一天,小云先去公司把自己的物品拿了回来。我不清楚她那天有没有看到已是自己部门领导的金浩哲,但从她速去速回的姿态看,她是能不多待一分钟就绝不多待一分钟的,要知道,她以前是多么在意这份工作。这十几年里,经常加班的小云不知为公司创造了多少财富,如今因一个自己也不愿发生的意外,她不得不"被辞职",心里能不难过吗?

在我们常去的那家饭店,我点了小云最喜欢的几道菜,即便如此,她的胃口依旧不好,她几乎全程不停地翻看着手机,应该是在焦急地等待应聘单位的回复吧。小云是一个自信、要强的人,虽然家境还可以,又是家里的独生女,但从大二开始她就打工挣学费,再也没向父母伸手要过一分钱。在娘家养病的那一个来月,小云背负着很大的精神压力,每天需要父母的照顾,自己又处于失业状态,家里还有房贷,公公患上肺癌,而老公疑似出轨的事情于她来说像当头一棒,也难怪她极度敏感易怒。我想起手机里她的微信名 BLUE,那应该是忧郁的意思吧!

饭后,当我提议一家人去江边散会儿步时,小云摇头拒绝了,她让我独自带儿子去走走,自己则朝家里走去。看着小云疲惫的身影,我突然想起我们第一次见面后她又折返回来跟踪我以及后来又若干次偷偷尾随我的情景,心里感到苦涩。那时的小云多么细心,多么懂得关心别人,而现在的她则多么需要别人的关心,但她又从内心里拒绝别人的关心。跟以前自信、要强的她相比，眼前的小云显得那么不同往日，就如一个一直很健壮的人突然被一场病痛击倒后，你很难再去想象其之前健康时的样子。

从儿子读幼儿园开始，一有时间我就会带他去散步、爬山，省得他在家里看电视或玩电脑；暑假里我也会带他出去旅游。在我看来，让孩子多运动和见见外面的世界总归不是坏事，想想小时候的自己，每每在洞庭湖畔看到那条开往江沅县的白色客船时，不知对另一边的世界有多向往。

我们父子俩沿着江边小路慢慢走着，阳阳不时说着幼儿园的开心事。在经过音响店附近的那条长凳时，我突然停下脚步，因为后背像是被什么戳了一下，那应该是从岁月深处伸出来的一只手。儿子问我怎么了，我说脚底被石子硌了一下。后来，儿子指指江中的夜游船，我知道他又想坐船了。

回到家时，小云正站在阳台打着电话，右手捏着窗帘的边缘。月光静静地洒在她身上，此时的小云像一幅如真似幻的画。

儿子去刷牙、洗澡时，我静静地靠在沙发上，只想闭着眼睛休息会儿，说不出是因为疲惫，还是因为忧伤。迷迷糊糊中似乎有一个熟悉的声音在反复地对我说："昊天，这个孩子也叫阳阳吗？"在小云轻拍我肩膀提醒我去洗漱时，我才意识到自己刚才睡着了。身边的小云已换上了睡衣，头发散发着海飞丝的香味。我伸了一个懒腰，然后站起来，依稀听到了从小房间里传来的儿子的细微呼吸声。

当我吹干头发走进房间时，刚才还在看电视的小云已经睡着了，遥控器也滑到了床沿。我轻轻走过去，把电视声音调低，并把她的手塞进毛巾被里。眼前的小云简直就是一个需要父母关心的孩子,完全不像前段时间因姚芝的事而跟我大吵大闹的她。

只有在争吵慢慢平息后,冷静下来的我才真正明白,婚姻中难能可贵的不是没有争吵,而是在争吵过后感情还在,正如姚芝所说的,好的婚姻就应该有情有义。争吵是夫妻间的另一种沟通方式和相爱形式,是携手共进中必不可少的一环,如果一方能适可而止,而另一方能选择包容,那么,这种不会扩大和升级的争吵既可打磨夫妻间难以兼容的性格,也能挪开前进路上的绊脚石,最终成为高效的黏合剂。归根结底,夫妻不是敌人,是因为彼此吸引而走到一起的家人,没有隔夜仇可言。

我熄灭灯,把双手枕在脑后,此时,电影频道正播放着广告。月光透过窗纱映进来,在窗下形成一方浅浅的白,若有若无,仿佛随时都有可能消失。

手机里跳出来一条微信,是“色狼”张军华发来的。

“昊天,在发呆吗?”

大学四年,我既没有谈恋爱的资本,也没有傲视群雄的天分,只好按部就班地把青春贡献给了枯燥的书本、可爱的篮球和频繁的发呆。时间一长,我不再有任何抱怨,因为我深刻地认识到自己原本就是一个平凡得不能再平凡的普通人,甚至认为自己能有模有样地站在讲台上,这本身就是上天对我的眷顾和恩赐。

“你还活着啊!!!”

就像当年曾志军喜欢损我一样,我习惯损张军华,谁让他像猫一样有好多条命呢?

自从去读研后,张军华极少跟我联系,他像是从人间蒸发了一样，其实也没什么好奇怪的，这本身就符合他独来独往的行事风格。大三时，张军华突然跟我们的教育学老师走得非常近，经常与其探讨一些教育学方面的高深知识，有时还会争得面红耳赤，好像随时会打起来。我们读大四那年，这位教育学老师去了北师大读博，后来张军华也考上了北师大的研究生，攻读的就是教育心理学，这应该不是巧合吧。

张军华读博时去德国待了比较长的一段时间，那才是他真正从人间蒸发的日子，等到后来有了他的消息时，他已在广州大学任教。如今，他既是一个七岁孩子的父亲，也是副教授级别的人物。当初，他本可以留在北方任教，只是身为南方人的他不习惯北方干燥、寒冷的气候以及那边的饮食习惯，这才选择了南下。

“正是暑假，来我老家玩呗，那条路现在拓宽了，真的！”

大学毕业的那个暑假我去过一次张军华的老家，也见到了可以做他弟弟的大外甥。那是个偏远落后的山区，汽车在曲折、狭窄的山路上行驶时，总让我觉得随时有掉下山崖的危险，我还一度怀疑同样没有找到工作的张军华是想拉我来陪葬的。坐这样的车，你永远不怕自己会打瞌睡，当时我就是这样想的。

就在想到张军华老家的那条山路的同时，我也想起了第一次去赫州时的情景。那天，开着面包车来接我和小菲的叶志即便在那条曲折的山路上开得很小心，但小菲还是晕车得厉害，羞涩的她又不敢靠在我怀里。这样一想，小菲离开我都快九年了……

“我现在是死不起，上有老下有小，不像你，外有人。”

这么多年过去了，我却还是以他当年的作风来定义张军华，这对他来说应该不公平。不过，张军华这种没心没肺的人根本就不会在意，他是一块如橡胶一样的羞耻绝缘体。

张军华还给我发来他儿子的照片，正当我比对照片里的男孩跟他的父亲有几分相像时，电视频道开始播放电影《叶问 2：宗师传奇》。

33

跟小菲的老家一样，姚芝的老家也是一个有山有水的地方。房子是典型的农房，前面有一个不大的院子，两棵棕榈树恪尽职守地站在围墙边。东边是一座山，虽然不是很高，但树木茂密，一片青翠；后面是一个不大的海湾，也就在三百米开外，一眼望去，像极了字母 C。

虽然靠海，但姚芝的父母并非我最初所想象的渔民样子，而是靠山吃饭，四季柚、蘑菇、茶叶等是他们的主要收入来源。朴实的他们把自己的一辈子交给了屋东边的那片山林，这一点跟小菲的父母极其相似，不同的是，姚芝父母每年还得应对台风的侵扰。

“陈先生，到我家来了就不要客气，只是条件太简陋了，你就将就下。”

姚芝父亲的闽南话我实在听不懂，多亏姚芝在旁边耐心地翻译。

姚芝的父母都能喝点小酒，是稍微多一点就会醉的那种。酒于他们而言，是劳累了一天之后的一种补偿，当然，也是难得的欢庆之日的待客之需。

早早放下筷子后，姚芝母亲开始在一旁忙着装干菜。那两袋装得满满的干菜，是他们做父母的给女儿的力所能及的爱。这不免让我想起了小菲的父母，那两年，他们不时托儿子给我们寄些粉丝过来。相比我而言，姚芝离家要近得多，但一年下来也就在国庆和春节时回家两趟，平时就是通过电话与家里联系。之前姚芝到家的瞬间，我分明从她以及其父母的眼里看到了热泪。

我和儿子住在姚芝哥嫂的房间。姚芝哥嫂在县城做点小生意，因为比较忙，只能在节假日里抽时间回家来看看。房间是姚芝母亲匆匆收拾出来的，南边的这堵墙明显新近粉刷过，想必是某场台风过后的补救措施；床对面的墙上挂着他哥嫂的结婚照，背景里的大海荡漾出他们的幸福，几只海鸥在沙滩上漫步，步态悠闲、从容。姚芝兄长样貌极像其父亲，是骨子里的像。

第二天傍晚，当乐乐和阳阳在沙滩上跟其他孩子一起玩时，我和姚芝就坐在不远处的一块礁石上。留恋在海平面上的夕阳正慈爱地抚摸小朋友们的脸蛋，他们或在沙滩上奔跑，或与海水嬉戏。几只渔船小得像标点符号，海风轻轻卷起海浪，也捎来阵阵腥味，最后有些不耐烦地落脚在不远处的枝叶间。

“这就是海的味道，我太熟悉了。”

姚芝这样说时一脸的满足。

“你真幸福，打小就在海边长大，而我第一次看到大海是在参加工作后的第二年。”

从内陆走出来的我自小就对大海非常向往，但一直无缘与之亲近，直至十四年前的国庆长假，与女友闹别扭的陈兴来白江散心，包括张军华在内的我们一行三人这才去了趟舟山。阳阳也喜欢大海，这次我如此冒昧地跟随姚芝来她老家，既为出来散散心，也是带阳阳再次亲近一下大海。

“以前不觉得这个海湾有多好，但自从上大学尤其是工作后，对它的思念就与日俱增。”

十五年前，当我与姚芝在网络上刚认识的时候，她就谈起过自家后面的这个海湾。当时，我只当她是找到了一个除足球外的话题，后来我才知道孤身在外的她是因为思念家乡。姚芝的QQ空间里有关家乡的照片大都离不开这个海湾，我想，离婚后的这五年，独自带着女儿的她对这个海湾的思念又是另一番滋味吧！

“我没你幸运，我对家乡的印象是洞庭湖边那片广袤的草地和树林，只是后来被破坏得不成样子。上次我还带着阳阳母子俩去了一趟，只是彻底颠覆了我当年的印象。”

姚芝似乎很感兴趣，于是我跟她讲起了二十多年前的那些零碎的时光。或许因为我们都曾有过不完美的婚姻，那种大痛之后的回忆更能引起共鸣。记忆犹如散落一地的珍珠，当你用一根线将它们穿成串时，身后那条路一下子变得简单和明朗起来。

“陈老师，我还是叫你哥哥吧？”

姚芝是在望着海湾的远处时说这句话的，好像那里有什么在提示她。

我感到意外，毕竟“陈老师”这一称呼姚芝已叫了十五年。昨天，她是把我当作她的同事介绍给她父母的，她父母也信以为真。事后，我还偷偷夸她真会随机应变。姚芝的父母不会知道，多年前我曾与姚芝有过一段不无遗憾的恋情。

“为什么？叫老师是不是有代沟？”

其实，我们只相差四岁，我一直不赞同她这一叫法，只是一直苦于找不到一个彼此可以接受的称呼，久而久之，也就习惯了。现在，她想要改变叫法，我怎能不惊讶。

“以前没见面时倒也不怎么觉得，只是现在仍这样叫显得有些生疏或者别扭。”

十多年前，当我们互生好感时，我们都觉得自己像是在师生恋，这多少是我们最后见面未果的一个原因吧！如果我们当时能够打消那种心理，是否会有一个不一样的结果呢？这样一想，遗憾之感又从心底悄然滋长。

“好的呀，那我以后就叫你老妹！”

我顺势而下，很感谢姚芝找到了彼此都能接受的称呼。

“对了，你上次就这样叫过我，看来我们想到一块儿了。”

姚芝为自己能突然记起我不久前曾这样叫过她而感到高兴，但随即脸上闪过一丝悲伤，这种悲伤此时也正写在我的脸上。

她留意到我正看着她，随即说道：“你不觉得这样一来把我叫老了吗？”

跟小菲一样，姚芝曾经偶尔在电话里撒娇，但那还是十几年前。现在在现实中第一次见到她如此，我只能认为她是在故作轻松。

“你叫我老哥不就扯平了？”

“那也不行，反正我比你小，你称呼我时就不能带‘老’字！”

“但是叫哥是不是有些暧昧？韩剧里就是这个样子。”

“你总想占我便宜，跟十几年前一样，所以，后来我没敢去火车站见你……”

她这句话不偏不倚地戳中了我们共同而遥远的痛处：我们曾经因错过了最好的时间和地点，最终也错过了对方和自己。

“你知道吗？那一晚我一直待在网吧，心无旁骛地盯着你在线的 QQ，却又不敢给你发短信或打电话……”

姚芝先是惊讶地看着我，随即低着头说道：

“其实那天晚上，我躲在被子里一边哭泣，一边盯着手机，但你没有再联系我……”

既然已经上了岸，就不要再考虑之前在海里的事了，只是那身衣服好像还迟迟未干。

沙滩上没剩下几个人了，玩累了的乐乐、阳阳朝我们这边慢慢跑来，身后留下两条丝带般的脚印。夕阳只剩下了小半边脸，把他们小小的影子拉得很长很长。海风吹来，像一双清凉的手抚摸着你，而腥味依旧。

我适时给两个小朋友录了一段视频，并把它发给了正在抓狂的小云。

34

手机突然振动起来，我立马摁掉，随即发了条微信。

“老同学，不好意思，我在开会，你发我微信吧？”

电话是高中同学祁霞打来的，身为当年的语文课代表，祁霞不仅语文成绩遥遥领先，而且工作能力非常出色，是鲁老师的得意门生和助手。

“什么时候回资阳？”

当时，我和郑主任正参加在湖南雅礼中学举行的华中南地区高中班主任专业发展论坛。六月底是一学期下来班主任事情最多的时候，因我刚带出高三，时间比较宽裕，所以学校就派我跟郑主任一起来参加这次论坛。实际上，我还另有目的，既然到了省城，何不借机回趟老家看看年迈的母亲呢？而且距离父亲离世也有一周年了。

“如果顺利，估计明天傍晚就能到家。”

祁霞不知道我现在就在长沙，连母亲我也没事先告诉她，我只想到时候给她老人家一个惊喜。几近不惑之年的我，有时想问题和做事情反倒越来越幼稚。论坛明天中午就能结束，如果顺利，晚饭时分我就能赶到离别近半年的老家。

“那好，哪天我们一起去趟母校看看班主任鲁老师吧，听说她现在身体很差……”

这个省略号的内容意味深长，如果我们是在通电话，我想祁霞应该是哭着说出这句话的。

下午五点时分，我在屋前的村路边下了车，手上提着简单的行李和在超市里买的一些零碎东西。

昨天傍晚，无事可做的郑主任和我就在雅礼中学附近的超市逛了会儿，就当是饭后散步。今天午饭后，郑主任略有不爽地乘坐地铁4号线去往长沙火车南站赶动车，他原本打算趁这难得的机会到岳麓书院那一带逛半天，感受一下湘楚文化后第二天上午再回白江，但上午他就接到了学校打来的电话，让他尽早返校，那里有一大堆事在等着他。没办法，他只能打道回府。看着这个中年男人肥胖而孤独的背影，再回想起前天他在动车上的诉说，我心里很不是滋味。

袅袅升起的炊烟直接把我引到厨房门口，只见母亲背对着厨房那扇窄小的木门正在切着菜，头上包着条遮灰挡尘的头巾，这么多年了，她似乎从未舍得摘下来过。阳光透过厨房西窗的玻璃照在灶台上，我看到无数颗灰尘在空中飞舞，怎么也不肯落下，我似乎看到了那个经常坐在厨房门槛上的童年的自己。瞬间，一股暖流在心底流淌，鼻子开始发酸。

“妈！”

母亲稍微停顿了一下，只当是错觉，接着切她的菜。

“妈！”

母亲缓缓回过头来。我看到一张熟悉的脸，这张脸在我的梦中经常出现，只是没有眼前的这张脸衰老。

“鬼崽子，吓我一跳！”

小时候，母亲常这样叫我，为此，邓强没少取笑我。在我成人后，尤其是在我为人夫、为人父之后，母亲更多的时候叫我昊天，只有在生气或高兴时才叫我“鬼崽子”。真的，我还是喜欢母亲叫我“鬼崽子”，这是她对我的专称，在她身边，我愿意一直是那个长不大的孩子，偶尔需要责备几句，或者听着翻来覆去的唠叨。

我走进厨房，把手中的行李和袋子一并放在饭桌上，这一刻，我真想给已慢慢走到我跟前的母亲一个拥抱，只是不习惯表达的我像是被什么东西捆绑了双手。母亲比我矮了一个头，如果拿掉那条头巾，她卷曲的白短发会像一只彻底绽开的棉桃一样尽收于我眼底，那种彻底的白来自岁月深处，是她与生活和解的最好证明。去年，当得知母亲并非我生母后，我有时也问自己，自己为什么也有一头如母亲一样卷曲的头发，是巧合，还是命中注定的缘分？

母亲嗔怪我事先不打声招呼就回来了，说家里一点荤菜都没有，说着就朝一公里外的村委边的小店方向疾步走去。我连忙拉住母亲，拿出了昨晚在超市买的两个密封包装的卤菜。我昨晚就料到了可能会出现眼前的这一幕，所以提前准备了点。其实我也想等到了资阳县城后带点新鲜的荤菜回来，但因担心错过班车时间而作罢，因为下午回村委的班车只有一趟。

在煎蛋的时候，母亲还不时埋怨这两个卤菜太贵了，我只是笑笑，在她心目中，自己种的才是便宜的，花钱的都是贵的。记得我工作的头一年寒假回家，特意给父母各买了一件羽绒背心，但是他们怎么也舍不得穿，后来被虫蛀得不成样子。自那以后，我再也不敢买了，可是给几块零用钱吧，他们也死活不肯要。

吃晚饭时，母亲习惯性地问起小云和阳阳。这几年，如果没有紧急的事，母亲轻易不会打电话给我的，总担心会打扰到我。而在我每次打电话回家时，母亲问得最多的就是小云母子俩。我告诉母亲，他们母子俩都很好，他们确实很好，我没必要再欺骗母亲。母亲应该对去年年底我才告知她小云遭遇车祸一事仍心怀不满，为此，她对我的话半信半疑。

去年八月初的一天，小云总算在另外一家外企找到了一份她较为满意的工作，那天我接上围棋兴趣班的儿子回到家时，小云正在厨房切菜，一边还哼着小曲。虽然待遇不如以前，但只要能够不用再面对金氏叔侄那两副丑陋的嘴脸，小云就觉得很满足，况且这家新单位管理比较松，小云还为以后能接送阳阳上下学而感到高兴。近来，她乐此不疲地给儿子淘各种生活和学习用品，有时深更半夜了还捧着手机。再过两个多月，阳阳就开始读小学了，他非常期待的同时，难免有点小紧张。我告诉他，只要你好好学习，爸爸会一直给你报围棋兴趣班，有机会还带你出去旅游，他还一再追问什么时候能和乐乐姐姐一起去她外婆家。

饭后，像往常一样，我和母亲坐在堂前聊天，但母亲这次的聊天内容不同于以前：张老头死的时候，四个子女多么孝顺，光法事就做了三天；赵老太去世前，几个子女都不大来看她。母亲的眼睛一直盯着菜园里父亲的坟茔，仿佛是在等着难得睡懒觉的父亲起床。到了母亲这个年纪的人是怕死呢，还是向往死呢？母亲就我一个儿子，而且还远在天边，一旦生病，身边连一个照料的人都没有。这样一想，我不寒而栗。

“妈，您就去我那里住几天吧？”

这一次我几乎是哭着在求她，只差给她老人家跪下了。自我参加工作以来的这十六年里，母亲从未去过白江，父亲至少还去过一次。

“城里有什么好，待在火柴盒一般大小的盒子里，转个身都费力，辣椒也吃不到，再说，路上晕车就麻烦了。”

这些都是母亲的借口，这些有限的经验无非是她糊里糊涂从别人那里抄袭来的，更像是现学现卖，她不知道这些理由是多么站不住脚。实际上，在她薄如蝉翼的一辈子里，母亲从来没有在城里住过，真要说住过，那也是父亲第一次去做化疗时她在病房里照顾的那些个晚上。在交通和物流如此发达的今天，没有什么东西是城里甚至乡下买不到的。母亲何尝不想去白江看看呢？正如六年前她就极希望跟父亲一起去白江看看生产后的小云一样，说到底，母亲还是不想麻烦我和小云。

“您不去，这左邻右舍都会说我不孝顺，小云也会说我。”

我搬出小云，只是希望母亲能让步，虽然希望仍旧渺茫。对于母亲来说，婆媳关系也许就是一个永远猜不透的谜，不是从三十九年前母亲从奶奶手中接过我的时候才开始，而是更早，自那以后，微妙的婆媳关系就已经牢牢地根植在了她的心底，像焊接过一样，永远也别想再拆卸下来。

“鬼崽子，你孝不孝顺我这做娘的会不知道啊？还用得着别人说？”

就像我给母亲扔过去一只皮球，母亲不但没接，反倒一脚踢了回来。

我想让母亲准备一张遗照，但最终没能开口。

“爸爸，什么时候回来？这里马上有台风了。”

准备进屋睡觉时，儿子用小云的手机给我发来微信语音。这是小云的意思，这种小伎俩，让我对她既爱又恨。

35

离宁水去往白江的城际列车发车还有近一个小时，我们大小四人坐在候车室靠窗的座位上，无论我如何拒绝，姚芝仍坚持要目送我们父子俩上车。

中午的候车室里人并不多，大多数人都昏昏欲睡，此刻，乐乐和阳阳就在我们的怀里睡着了。从旁边走过的乘客都会偷偷地瞟我们一眼，只当我们是在候车的一家四口。其实，那天在姚芝家门口下车时，我从姚芝父母那惊讶的眼神里也读到了这种错觉，他们还以为女儿要给他们一个惊喜。

沉默有时候不是因为词穷，而是因为心空。此时的姚芝非常安静，完全不像那天傍晚坐在礁石上的她，在家乡的她永远是一副开心的样子，在父母面前也尽可能表现出自己最乐观的一面。而一旦离开了家，她又将独自带着女儿，生活的艰辛又将让她在暗夜里偷偷掉泪。像现在，有我在身边，她还能感觉到些许亲情般的慰藉，所以，她要坚持送我。只是等我上车后，她又将如何独自面对接下来的生活呢?

“问一下阳阳,下车后要不要我来接?”

是小云发来的微信,看来,昨天姚芝的那个电话确实起到了不小的作用。姚芝对我的关心胜于关心她自己,想到这,我心里又是一阵痛。

“再找一个吧,无论是对你还是对乐乐都是最好的归宿。”

我再一次这样劝姚芝,也是在现实中第一次这样劝她。同时,我也想起了杨杨,她有过跟姚芝相似的苦涩婚姻,不知道也是独自带着女儿的她如今过得怎样。

“我不是跟你说过了吗?我现在恐婚。”

她眼睛没敢看我,但我可以肯定那是一双悲戚的眼睛。

我虽然也曾极度悲观过,但后来渐渐明白“一朝被蛇咬,十年怕井绳”的逃避心理给不了自己丝毫帮助。现在,姚芝为了避免结束而拒绝开始的想法和做法无异于因害怕花瓣的凋落而不敢再种花。在我看来,这终究无益于她那道伤口的痊愈。我母亲第一段婚姻失败后,同样恐婚的她没多久就遇见了我父亲,后来,他们一路携手走过几十年。命运有时候还真是让人难以捉摸。

“谢谢你带我和阳阳去顺章玩。”

我不知道自己还有没有机会跟姚芝见面,现在表示感激可能是最好的时机,也是理所当然。

“应该是我谢谢你们才对,乐乐这几天真的很开心!”

乐乐是个怕生的女孩,四天前在宁水站见到我们父子俩时,她躲在姚芝的腋下,扯着母亲的衣襟不放,好像担心我会把她抱走一样,但没过多久,她就跟阳阳玩到了一块,她那天真的笑声如银铃般清脆。

“有没有考虑过跟他复婚?”

他已伤透了姚芝的心，姚芝曾在电话里一再对我强调，她宁可独自带着女儿，也不愿再回到过去。所以，当他不久前打电话给姚芝，想趁暑假带女儿回趟北方的老家时，姚芝断然拒绝了。姚芝的做法未免欠妥当，毕竟他是乐乐的生父，他完全有权利这样做,但他最后的让步只能说明他确实愧对姚芝。

“那是绝对不可能的了，既然我好不容易走出了那个痛苦的深渊，就不会再让自己陷进去。现在的这条路是我毅然选择的，哪怕是跪着我也要把它走完，而乐乐的抚养权是我争取来的，我不会再拱手让出去,她是我活下去的唯一希望。”

不可否认，姚芝是一个坚强而伟大的母亲，也是那种一旦认准了一条自认为对的路就无论如何不肯回头的人，但遇到这种事,必定活得辛苦。

“‘男怕入错行,女怕嫁错郎’这句老话不无道理。”

“现在说这个还有什么意义呢? 只怪自己当初想得太简单……”

我一直想知道他们的过去，但姚芝总是讳莫如深，那天傍晚坐在礁石上时，姚芝就很想向我倾诉，但最终还是忍住了。现在可能是一个极好的机会,因为姚芝游离的眼神出卖了她自己。

“你知道,我喜欢足球,而他也喜欢足球……”

十五年前，我就知道姚芝喜欢足球，就像我喜欢 NBA 一样，对此我印象非常深刻，毕竟喜欢体育赛事的女生不多见。那时，体育是我们之间一个百聊不厌的话题。

“你也知道，自从那次约定的见面因我的害怕而夭折后，我们基本上没联系了，但是我一直深深地想着你，甚至比之前更强烈，却又不敢告诉你，有时把心情放在QQ空间，同时，也默默地关注着你的空间动态，偶尔也会给你发条信息，比如你生日当天我会给你送上祝福，当然还包括教师节。后来，我知道你交了女朋友，你不会知道我当时有多伤心。我一度恨自己，当时为什么要爽约；也恨你，为什么不再继续联系我。”

这些我是感同身受，我也曾这样恨过自己和她。

“十一年前的5月26日是欧冠的决赛日，那天，我一时兴起和单位的几个男同事到附近的露天酒吧看现场直播，想要感受一下那种狂欢的氛围，让我暂时遗忘对你的思念。临桌也是一群疯狂的足球迷，似乎很看好法甲联赛的摩纳哥足球俱乐部，但除了他；我们这桌除了我都看好葡超的波尔图俱乐部。最终的比赛结果是波尔图以3比0获胜夺冠，比赛结束的刹那，我很失落，甚至后悔来这种只会放大我悲伤的地方。就在我抬头时，竟发现略感遗憾的他正看着我，我只是对他勉强一笑。”

我从姚芝脸上看到一丝甜蜜，但没多久，又被之前的忧郁替代。

“同事们还要继续留下喝酒庆祝，而我只想早点回自己的租住地，就独自离开了。走着走着，就听到有脚步声跟上来，我一转头，就看到了他。他先是为我支持的球队没能获胜表示遗憾，接着大谈对这届欧冠的看法，虽然某些观点我不敢苟同，但有些观点确实很新鲜，也让我增长了见识。后来，我们互留了联系方式。”

乐乐在她怀里挣扎了一下之后仍继续睡，小脸像樱桃一样通红。

“接下来的就是众多恋爱故事的老套路。他经常给我发短信、打电话，那种关心即便在我今天看来依然体贴入微。有时我们一起去看一场电影或者吃顿饭什么的，虽然谈不上浪漫，但在渐渐失去你的日子里，这是一种无法拒绝的安慰，我也很知足。在得知你领了证后，我又躲在被子里哭了一晚。也是从那时起，他慢慢取代了你在我心中的位置，尤其是在我得知你的妻子怀孕后。”

我从姚芝脸上捕捉到了一种难以言说的苦涩。

“我们简简单单结的婚。他跟我结婚时可以说一无所有，也没一份稳定的工作，我们的婚房也是我一个人扛下来的，包括首付和贷款。真的，我什么都不图他的，只求他对我好。开头两年，他确实做到了，虽然此时的他仍赚不到多少钱，但我的工资还算能把生活过下去。还有什么比两个人守在一起更重要的呢？”

我打开一瓶水递给姚芝，她蜻蜓点水般地喝了一小口，与此同时，泪水顺着她的脸颊悄然流下。

“其实，自从知道你妻子怀孕后，我对你的关注比以前少了；而当自己也成家后，我甚至一度认为再也不会关注你，再也不会主动和你联系。一个多月后的一天，他彻夜未归，事先没给我打招呼，他的电话也处于关机状态，想起婚后这段时间他时常到外面去接听电话的反常举动，我隐约觉得有点不对劲，但又不敢往坏的方面想。为了安抚自己，我关注了你的空间，知道你刚失去了最亲的人，马上给你留了言：‘如果疲惫，我给你一个拥抱；如果想哭，我借你一只肩膀。’没过几分钟，你给我打来了久违的电话，像一个孩子哭泣着向我倾诉。事实上，我可能比你还悲痛，我一直以为你这几年过得很幸福，也真心希望你过得幸福。”

如果此时不是在候车室，我真的会掉下泪来。

“他似乎觉察到了我的猜疑，接下来的两年多里他表现得不错，或者至少在我面前表现得不错，我因此有了更多的时间和精力关心你，试图帮你从悲伤中走出来，此时的我们虽然更像老友，但偶尔也会像恋人，那种挣扎于现在和过去之间的痛只有我自己最清楚，但我不会让自己回到过去，也不可能回到过去，毕竟我成了家。在我做了母亲后，你因认识了阳阳的妈妈而慢慢地从悲痛中走了出来。从我坐月子的那段时间开始，他到底没能抵挡住诱惑，经常找借口去外面偷腥。为了孩子，我一直忍着，也一再选择原谅，直至乐乐一岁半时，我终于痛下决心跟他一刀两断了，纵使他跪着求我也没用。”

有些婚姻就是可以相伴到老，而有些婚姻注定要分道扬镳。心一旦寒了，再多的道歉也是温暖不了的，因为扎在心上的钉子可以拔掉，但流血的钉孔不可能愈合。

“在我看来，好的婚姻就应该有情有义，如果单是为了过日子而委屈自己，我宁愿不要这样的婚姻。话虽这么说，但跟他离婚后，我还是一度脆弱得要命，极端的想法常在心中萦绕，那种无助感如同下雨的时候连影子都离开了你，但为了女儿，我只能独自坚强。也是从那时起，我不再把自己的心情挂在QQ空间，而是深深地藏在心底，甚至没有告诉任何人自己离婚的事。”

姚芝离婚后的心境和做法跟我当初失去小菲时何其相似！

“我忍了两年，两年后，我到底还是把自己离婚的事告诉了父母，对他们来说，这无异于晴天霹雳，我的痛苦到了他们那里是翻倍的。其实，好多次我想向你倾诉自己的遭遇，就像你时常从我这里获取安慰一样，但最后我还是克制住了。两年前的中秋节，你给我打来电话时，我最终还是告诉了你，你是除我家人外唯一知道我已离婚这件事的人。”

在讲完自己的遭遇后，姚芝像是卸下了一个千钧重的包袱，对我勉强一笑。

“对不起！我对你的关心远远不足，甚至在你最悲伤的时候还要从你那里索取安慰。如果当初我们——”

她知道我想说什么，也知道那已经没有了意义，于是打断了我。

“算我爽约后对你的补偿吧！”

“如果当初我们不那样轻易放弃，再勇敢一点，也许我们真能走到一起……”

但我还是说了出来，怕以后没有当面说的机会了。

“也许吧！不过如今说再多又有什么用呢？对我而言，爱情本来就是无解的，单凭你能早早地出现在我的世界里，我就感到今生有幸了，更何况……”

她并没有把话说完，在勉强露出微笑前，脸上先是滑过几丝无奈和苦涩。

乐乐醒来了，我也叫醒了阳阳。离发车还有一刻钟。

“乐乐，要不要去叔叔家跟弟弟一起玩？”

乐乐望向妈妈，眼神里带着恳求。

“对叔叔说：‘我们下次去！’”

“叔叔，下次可不可以再带弟弟去我外婆家玩啊？”

乐乐并没有按她母亲教的说。

“当然可以！”

姚芝故作平静地看着我们父子俩朝检票口走去。在我转过身朝她挥手作别时，她也举着乐乐的小手向我挥动，眼里噙满泪水，随即用手捂着嘴巴，最后转过身去。

我刚一落座，就收到姚芝发来的微信：

“哥，珍惜现在的生活，不要再跟嫂子争吵了。”

36

龙港镇紧邻资江，二十多年前，它与李三老家所在的李港镇和祁霞老家所在的祁港镇并称为资阳县三大名镇，如今，只有发展得极好的龙港镇保住了当年的名位。那时，一条四米来宽的石板路像大头针一样从龙港镇穿过，每一块石板都是那样硬实，如同谁板结的心事。我就读的资阳二中就坐落在龙港镇。

此时，汽车在龙港镇平坦而宽阔的柏油路上缓缓行驶着，刺眼的阳光直让人睁不开双眼，在我们不约而同地放下遮阳板后，祁霞又打开了空调。可能因为是六月底的一个大热天吧，两边林立的店铺一副萎靡不振的表情。在车载歌曲的旋律中，有些熟悉的声音像是从远处缓缓飘来，有些熟悉的事情从心底渐渐浮起……

二十三年前，那个炎热的上午，在龙港镇汽车站下车后，父亲挑着米和被子走在前面，一路上汗流浃背；我提着衣物和书籍走在后面，因双手极其酸痛，只得以数着脚下的石板来分散注意力。

不论怎样，我的心情是兴奋的，因为我即将开始自己的高中生活。

那时，石板路西头有一家百货商店，一楼有个卖书的柜台，每次返校，我都会去那里看看。老板是一个戴着黑框眼镜的瘦高老头，五十多岁，总是手捧一本像是永远读不完的大部头书籍半躺在一张老旧的藤椅上，一旦有顾客光顾，他立马弹起，表现出无比的热情。头一年半，我在这里花掉了不少生活费，其中就包括那本用了三年的《现代汉语词典》，直到后来才发现这里的书籍竟以盗版居多。

随着年龄的增长，青春萌动的我们也开始注意打扮起来。那时，我们不敢向家里多要生活费，宁可少吃点，也会省出点钱来买件衣服或买双皮鞋，镇上有几家衣服店，多少皮鞋店，我们像侦探一样一清二楚。我们也开始留明星同款发型，喷摩丝、抹发胶，甚至课桌里还藏有一面小镜子，可谓“头可断，发型不可乱”，只是月末放假回家时，从不敢把新买的衣服或皮鞋穿回家，头发也尽量恢复正常状态。

我们只有到月底才能休息两天，前三个星期只在周日下午休息半天。周日下午去镇上闲逛便成了同学们一周下来最开心的事，一来可以稍微改善一下伙食；二来可以趁机到校外散散心，缓解一下学习的压力。石板路东头有一家小饭店，老板夫妇都是上了年纪的人，身体都有点残疾，他们一年四季面带微笑，对待顾客非常客气。我们同宿舍的八个男生经常来这里吃晚饭，每次都点同样的几道菜。毕业前夕的那个周日下午，我们又来到这里，加了几个菜，喝了不少啤酒，说了不少话，流了不少泪，那天，老板还特意走过来给我们各倒了一杯酒，并衷心祝贺我们，那个场景比毕业典礼留给我的印象还要深刻。

三年后的七月四号下午，我独自一人朝龙港镇汽车站走去，一手是三年下来舍不得丢弃的书籍，一手是几件换洗衣服。我没有要父亲来接，当我埋着头走在那条熟悉的石板路上时，没有心情再数脚下的石板，也是从那一刻起，我更加明白路永远在自己的脚下。

“老同学,在想什么呢?”

祁霞问我。

祁霞开车在约定的地点接我，穿着我去年见到她时穿的那条白色长裙，记忆中的她从不穿裙子，这点跟小菲一样。时光在祁霞脸上没有留下什么痕迹，她基本上还是大学时的样子，白白瘦瘦的,浅浅的笑像一朵半绽放的荷花。

“没想什么,只是觉得变化有些大。”

“什么变化大?”

我没有回答她，她也没有追问，因为我们已来到了高中母校的门口。

我下车在门卫处登记时，门卫大叔适时打开了电动门，而祁霞便见缝插针般将车往停车场开去。右手边那巨大的电子显示屏上滚动着学校领导和班主任的寄语，无非是关于期末复习迎考的,二十来天前,这上面显示的应该全是助力高考的吧。此时,上课铃声刚好响起,周末还在补课的高一、高二同学纷纷钻进教室,进行期末考前最后的冲刺。我留意到从车上下来的祁霞驻足了一会儿，或许她是想到了自己任教的资阳三中也是这个情景，作为高二班主任的她如果此时正在学校，肯定是忙得不亦乐乎，今天,她是特地请假出来的。

最近一次来母校还是多年前母校七十周年校庆的时候，那时刚放寒假，整个校园被装扮一新，密密麻麻的条幅在寒风中集体紧绷着神经，接待我们的应该是在校学生，只为让我们有回家的感觉。在签到处签好名后，我穿过偌大的充气拱门时就像穿过了时空隧道，众多往事扑面而来。各届学生的毕业照立在两边，让我一时不知所措,也一时难以从中找到当年的自己。

时任校长是我们当年的英语老师周老师，在我们读书那会儿，不苟言笑的他是校办主任。那时，一个礼拜的英语课总有一节会改成自习课，我们知道他是请假去县里开会了，这也是我们所乐意看到的，因为他的课总让我们提心吊胆，问题回答不上来而挨骂或罚站事小，罚抄单词或罚背课文才是酷刑。周老师一方面嘲讽我班的男生喜欢臭美，另一方面又对自己的仪表特别在意,不仅头发打理得亮闪闪的,他还经常西装笔挺地走进教室,心情好时还不忘系上领带，好像外借的钱总算连本带利悉数收回了。等到我们读高三时，周老师买了一辆摩托车，我们便时常看到戴着墨镜的他载着妻女风驰电掣般穿过破旧的操场。

班主任鲁老师对周老师多少有些意见，每当来教室宣布英语课改自习课时，我们总能从她脸上看到不满和无奈。多年后，在我自己也做了班主任后,我更加理解了当年的鲁老师。

工作非常细致的鲁老师担任我们班的语文教师，带我们这一届时已年过五十,一头斑白头发就像未化尽的秋霜，她表情严肃，全班同学对她是敬畏有加，私下里叫她鲁妈。鲁老师每天起得比我们还早，我们去教室时，她已在办公室了，不是在备课，就是在批改作业；我们就寝时，她还常抽空过来看看。

鲁老师住在一号教工楼一单元的三楼，开门的是他穿着白背心的老伴。这个曾经的军人也渐渐被时间击败了，弓着的背脊、隆起的肚皮和稀疏的白发是岁月对他的残忍，也是命运对他的苛刻。当年，他穿着发白的军装偶尔从教室外面的走廊经过时，我们对他的好奇甚于课本知识，心仿佛一下子也被他带走了。

头发白得刺眼的鲁老师躺在床上，神志已很不清楚。当她老伴大声地告诉她眼前的两位是她曾经的学生时，她好奇地看着我们，并试图抬起头来，但最后还是失败了，没过一会儿，她又问我们是谁。她老伴对此见怪不怪，只是朝我们轻轻地摇了摇头。后来，在走出房间时，我无意中看到了门边书桌上被压在玻璃下面的我们的毕业照，虽然四周早已发黄，但仍清晰可辨。

鲁老师的老伴陪我们在客厅里聊了一会儿，这期间，他香烟没断过。他说鲁老师像这样躺着快三年了，生活已基本不能自理，他得时不时给她翻动身子、揉搓四肢，以免她因保持一个姿势太久而肌肉萎缩。他们的一双儿女都在外地上班，一年之中也就在过年时回来一趟，当儿女们每每提出让他们去一起生活时，他们都拒绝了，这不免让我想起了自己的母亲。我想，鲁老师这个样子无论是对她自己还是对她老伴都是一种折磨，但从他平静的语气里，我多少看到了一个军人未褪色的模样。

鲁老师的老伴留我们吃了午饭再走，我们称还有事情要去办就下楼了。门在身后关上的刹那，记忆中的某些东西也跟着碎了一地……

“还记得曹若冰吗？”

下楼时，祁霞突然问我。

“当然记得，怎么啦？”

去年因父亲入院化疗的事我与曹若冰总共碰了三次面，其中第二次，祁霞也在场，真不知道她为何这样问。

“不久前被纪委带走了。”

37

当小轿车在资江一桥上缓慢行驶时，我像向日葵一样不由自主地将头转向右侧。

犹如白练的资江正恣意地流淌着，江面几乎与江堤齐平，如一张轻轻抖动着的巨大宣纸，满载的运沙船正小心地贴水行驶，像是缓缓游走的笔锋。“宝塔镇河妖。”一座饱经沧桑的七层宝塔恪尽职守地镇守在资江边，据老人们讲，它的修建既是为了保护挖沙人、运沙人和捕鱼者，也寄托了人们对洪灾的敬畏和对丰收的祈盼，至于何时修建，他们也说不上来。远处的资江二桥和三桥像是一双搁在资江两岸的筷子，将城南与城北连接起来，两岸林立的高楼犹如越搭越高的积木，把天空强行分成若干个区域，各种广告牌像膏药一般固执地贴在外墙上。再往西过去二十来公里就是盛产水稻的李港镇了，也已年近不惑的李三如今过得怎么样呢？

我抽出一根香烟，讨好地瞟了祁霞一眼，正如当年语文作业不能及时交上时一样。

祁霞先是无奈地摇了摇头，然后微笑着说道：

“想抽就抽呗！你这个表情我可是记忆犹新。”

我燃起香烟，贪婪地吸了一大口，烟雾顿时弥漫在整个车内。祁霞腾出右手在鼻前扇了几下，随后又将其放回方向盘上。车钥匙上的挂饰轻轻晃动着，那是她小女儿的大头照。

“开扇车窗好了。”

“这么热的天，我还是宁愿忍受烟味。”

祁霞怕热，读高中时我就知道。夏天，尤其是暑假补课期间的傍晚，她常早早地来到教室，选择一个在电风扇下的座位坐下，只想利用上夜自修前的这段时间多学习会儿。

“还记得吗？曹若冰他爹就是开运沙船的。”

揿灭烟蒂后，我问祁霞。

“怎么不记得？每次月末放假的时候，他都是一副无家可归的样子，因为他爸妈基本生活在船上。”

“是的，开始还住在学校里，在他那教历史的姐姐恋爱后，他就彻底无家可归了。”

课间，当曹若冰矮胖的姐姐和她那高瘦的男友刚好并排走在校园里时，我们像是接到了号令一般不约而同地转向他们，觉得自己看到了一面移动着的黑色旗帜。只有曹若冰仍坐在课桌边，低头吐着痰，那无辜而又无奈的眼神多少包含对我们的怨恨和不屑吧！

“你们男生那时也够坏的，下课除了照镜子、比发型，就是想方设法欺负老实巴交的曹若冰，甚至还给他姐姐取了一个黑妹的绰号，但仔细一想，还是蛮恰当的，倒是苦了曹若冰，原本话就少的他更加不爱说话了。”

刚一驶出母校校门，祁霞就邀请我去她家吃中饭，还说她老公已经在烧了。其实，祁霞还是我的大学同学。那天，中文系三、四两班新生在上大课时，我们才发现竟考到了同一所学校的同一个专业，那种惊讶之感难以言表。自那以后上大课，我们就常坐在一起。大学毕业后没多久，我们还曾一起去她现在工作的资阳县第三中学应聘，只是我被淘汰了。

到达祁霞家楼下时，她丈夫和两个女儿已经在下面等着了。大女儿读六年级了，极像母亲，如果她们年龄相仿，估计会让人觉得就是一对亲姐妹甚至双胞胎；小女儿四岁左右，长得像父亲，正用好奇的眼神打量着我。祁霞丈夫戴着高度近视眼镜，在白净的妻子面前，像大了她十来岁，他在县政府上班，平时喜欢在家里敲敲打打、修修补补，我在祁霞的微信朋友圈里经常看到他那专注的模样。

跟鲁老师家一样，这也是若干教工家属楼中的一幢，坐落在校园的最南边，十多年前，我和祁霞来应聘时，它还是崭新的，如今外墙颜色暗淡，不少地方还有明显修补过的痕迹，就像一块块不合时宜的补丁。

进了门，桌上是几道精致的菜肴，散发着诱人的热气；一瓶红酒高高地站在一边，让我想到了之前看到的那座宝塔。小女儿向母亲讨要饮料，祁霞就是不肯，她丈夫最后还是找出了一瓶椰子汁。吃饭时，小女儿像块牛皮糖一样一直依偎在父亲怀里。两个月后的一天晚上，当小云问我是否要个二胎时，我就想起了眼前这温暖的一幕。

“这次打算在老家待多久?”

“后天就回白江。”

“你不是高三刚带出吗?回去也没有什么事情,干吗不在老家多待几天?”

“老家也没什么事,回那边还能接送儿子上下学。”

这么多年下来,我早已习惯了白江,我现在的许许多多都在那里。况且,儿子幼儿园快毕业了,趁有时间我真想多接送他几天。

“你父母身体还好吧?”

“还可以……”

看来,祁霞虽然知晓去年四月我父亲在资阳县人民医院第一次做化疗的事,但还不知道两个月后我父亲就离世了。

“老同学,我一直以为你会和王萍走到一起,你们两家挨得那样近,又同学了十二年,大学那几年还经常联系。”

念高中时,王萍虽然不和我们同班,但毕竟都选的是文科,祁霞认识她也就不足为怪了,况且她们还是级段里成绩靠前的几个女生。

“你还真会瞎想!太熟悉的人反而不可能走到一起,我和王萍不只是单纯的朋友,更像是姐弟,况且她大学时已经有如胶似漆的男友了。”

我留意到祁霞的脸像电压不稳的灯泡一样暗了一下。此刻,只有我和她知道,那一道久远的伤口竟被无意间揭起……

“我没有你这么大的勇气,背井离乡的日子我无论如何接受不了,当年在湘华念大学我就觉得挺远的,虽然就在省内。”

祁霞恰到好处地转移了话题，这对于细心和聪明的她来说并不是什么难事。

“这叫有雄心壮志，况且现在的交通这么发达，早已不存在远或近的问题。”

祁霞的丈夫总算插话了。他虽然话不多，但能烧一手好菜，祁霞能嫁给这么一个男人，也算是有福气。

大四第一学期开学没多久，祁霞谈了一场恋爱，也是她大学四年里唯一一场恋爱。她也瞒得够深的，如果不是我亲眼看见，还真不知道有这么一回事。那时，因为我和祁霞经常坐在一起上课、聊天，加上又是高中同学，很多人只当我们是一对如胶似漆的情侣，所以，当我班一个同学偶然看到她跟另外一男生漫步在校园里时，第一时间问我是不是被第三者插足了。

那个男生是地理系的，一脸的青春痘证明他的青春正当时，而且巧合的是他还是我室友赵文彬的高中同学，所以，我还有幸能经常在寝室里一睹他的真容。他很健谈，是一开口就停不下来的那种，表情和肢体语言也相当丰富，毕业后，他回老家的县城开了家旅游公司，可谓才尽其用。我虽然不知道那段恋情留给他多少回忆，但可以肯定的是它对祁霞的打击有点大。

那天下午打完球后，我、陈兴、张军华、汤明一起去外面吃晚饭，穿过校园里的世纪广场时，资深恋爱专家、“色狼”张军华推推我的肩膀，同时嘴巴往一边努，顺着他所指的方向，我看到了祁霞跟一个男生坐在一边阴凉处的草坪上，那是校园黄昏时最典型的场景。再定睛一看，正是地理系那个男生，他那手舞足蹈的样子我实在是太熟悉了。祁霞到底还是看到了我，立马站起身，低着头独自走了；男生先是往我们这边看了一眼，接着跟了上去。

第二天上大课时，祁霞仍旧和我坐在一起聊天，显得很平静，而我也没有向她问起昨天傍晚的事，只当是忘记了。直至临近毕业的某天，祁霞才主动跟我说起自己的这段恋情，不无伤感，她原本白净的脸因少了我熟悉的浅笑，像一朵收起了花瓣的荷花。

“他到底还是后悔了，原本说好跟我一起回资阳的，我爸爸甚至还托人帮他把工作找好了。他说他爸妈最后还是反悔了，因为家里就他这一个儿子，想让他留在身边。我想这是他的借口，他只是想结束这段恋情。当时，我就起身离开了，他甚至都没有追上来安慰我一下。自那以后我们一直没有联系，偶尔在校园遇见，只当没看见。但不争气的我还是会经常想起他，好几次真想拨通他的手机……”

参加工作没多久的祁霞是经同事介绍认识现在的丈夫的，波澜不惊地相处了大半年之后就结婚了。

“还是你们公务员好，工作轻松，待遇又好。”

“你说的是领导，像我们这些下属，一天到晚事情还真不少，做得好是本分，做不好还得挨领导批评。”

“那倒也是，这一方面可能还是教育系统好点。”

“当然，领导也难做，稍一不慎就会翻船。前不久，县政府办公室主任就栽了。”

他朝祁霞努努嘴。

“她高中同学，脸黑黑的。”

“曹若冰。”

祁霞补充道。

“就是他，对了，应该也是你同学。这个人嘛，怎么说呢，虽然抽烟、喝酒两不误，但平时为人还算和蔼，不像其他领导总爱打官腔。”

想起曹若冰去年为我父亲的事没少出力，感激之外，我还不免替他感到惋惜和痛心。

“因为什么？”

“据说是受贿，具体是什么情况现在还不好说，上礼拜还被留在长沙，接受纪委的调查，现在可能被移交到县检察院了。”

“本人受苦不说，家人也得跟着受累，何必呢？”

祁霞再次补充道。

之前从鲁老师家下来时，祁霞还告诉我，曹若冰有两个儿子，妻子是家庭主妇，而他的父亲因得了严重的风湿病，好几年前就没再开运沙船了，这样一来，家里一下子没有了经济来源，其困难程度也就可想而知。曹若冰的妻子我见过一面，父亲第一次化疗后，她跟随丈夫一同来病房看望过我父亲，见到她的刹那，我想起了龙伟杰的妻子，那棵被猪拱了的白菜。

父亲离世后，在外出差的曹若冰及时发来微信慰问我，而我现在连向他表示慰问的机会都没有……

38

“老弟，老家的事忙好了吗？如果方便，还是早点返校吧！我手头事情有些多，得烦请你搭把手。”

是郑主任给我发来的微信。想起去年我三次请长假期间郑主任代我管理班级，现在的我没有丝毫拒绝的理由，况且他还一直关照和信任我。

不像龙伟杰，做普通老师时经常私下里抱怨这个领导能力不够、那个领导素质太差。等自己做了中层领导，又开始暗地里埋怨这个老师不好、那个老师不行。郑主任是一个兢兢业业的人，可以说是以校为家，只在周末时才回他那套位于城东的单身公寓。他也是一个重情重义的人，其耿直的性格像熨斗熨烫过一样，哪怕是再挑剔的师生也无法从他身上找到一丁点瑕疵。

郑主任比我早六年来白江。当年，他们是六个同学一起过来的，最后像被播撒的种子一样在白江的六所学校生根、发芽。如今，其他五个同学都已枝繁叶茂，只有郑主任仍孤身一人。可能都是异乡人的缘故，一直以来，郑老师对我很照顾，比如我入职当天，他骑车带我去镇上买这买那，看着他汗湿的后背，我心底满是感激。

十六年前的一个上午，参加工作也就两个礼拜的我正坐在他的办公室里处理自己档案的某些细节。当时，郑主任的上半身被办公桌上的一大摞书籍挡住了，只剩下一颗圆圆的脑袋露在外面。

“陈老师，你可能不会想到，当年我们六个同学来白江的时候真的是一无所有，就带了一条内裤，还是大学时穿过的。”

郑主任说这话时的样子既有破釜沉舟的悲壮，又有痛定思痛的感慨。他之所以跟我说起这个，可能是从我身上照见了自己当年的影子，只是我这面镜子还不够大，不足以反映他的全部。

“那个时候五中的规模还小，几个年轻的女教师像商量好了似的都已名花有主，人生地不熟的我哪有谈恋爱的机会？周末除了看书、练字，就是打球。”

他办公桌上的书籍完全可以证明他是一个爱好看书的理科老师。之前，郑主任跟我们打过几次篮球，虽然球技不敢恭维，但那股激情真是高。或许，他是在为仍是单身的自己找借口。

我是带着两份材料离开郑主任的办公室的，上面有他的签名，精气神俱全。看着郑主任漂亮的字体，我隐约感到熟悉，只是一时间记不起在哪里见过，直到当晚回寝室睡觉时，看到墙上“沈丹霞”这模糊的三个字才略有所悟。

我初当班主任时，郑主任是我的指导老师，当我带着班级管理方面的问题向他讨教时，他总是一惊一乍的。

“你勤快,学生就不会懒;你管理到位了,学生的成绩就上来了。”

言简意赅,字字珠玑。至于那些文字材料,我不交,他不会催;我交了,他未必看。他有他偷懒的理由,但对于自己的本职工作丝毫不马虎,哪怕自己已经是老教师了,教案照样一课不落,作业每次必改,轮到他值班,你会发现他像风一般出现在校园的各个角落。

那时,郑主任偶尔跟我们几个住校的年轻老师去镇上吃夜宵。好口小酒的他虽然酒量有限,但劝酒自有一套,只是喝到后面时他总是假装用毛巾擦嘴,实际上是趁机吐掉,偷偷在桌底下拧毛巾是他常干的事,一边还不忘说酒品如人品,反正那时他的脸早已经红了。然而,借上卫生间的机会,他又会偷偷把单买了。

在停箸举杯间,我也知道了郑主任跟曾志军一样也是来自江西的某个山区,他家兄弟姐妹众多,排行最小的他是家里唯一的大学生。逢年过节他总不忘往老家寄些钱,如果是探亲回来,总是感慨万千,诉说老家亲人的不易,直至父母驾鹤西游后,他回家的次数才渐渐少了。“父母健在,那里永远是家;父母不在了,那个家仿佛也被他们带走了。”这是他的原话,透过酒杯,我能深刻感受到他的那种无奈和悲伤。

“郑老师,我可能还得请个长假,老父亲的病情又恶化了,明早我得开车回趟老家……”

去年六月下旬的一天上午,为老父亲化疗的事我第三次站在郑主任的办公桌前,心里难免过意不去。

“没事,家里的事情也重要。你班级里的事能交代好的你先交代好,不行的我会替你顾着。你路上开车慢着点,尤其是在心情不好的情况下。”

到家的当晚，我刚吃好晚饭就收到了郑主任发来的微信：

“昊天，到老家了吧？多陪陪父母。”

后来，当我把父亲离世的消息告诉郑主任时，他第一时间安慰我：“昊天，这对你父亲来说也算是一种解脱，你要节哀顺变，安抚好老母亲。如果需要延长几天假，我这边会替你向校长室说明。”

此时，动车进入了江西，一个礼拜前，郑老师向我讲述自己经历的那一幕浮现在我眼前。当时，刚刚进入江西境内的动车在高速运行着，窗外的风景一掠而过，车厢内，乘客要么在看手机，要么在打瞌睡，而郑老师那张向来开朗乐观的圆脸上开始出现一层阴霾。

“昊天，我虽然大小也是个校领导，但一直把你当作老弟看待，毕竟我们的经历比较相似。现在，就我们两个人，也没在单位，更应该像兄弟一样聊天。不论如何，我还算是一个比较乐观的人，纵是现实荒凉，也要内心繁华。”

这是他的开场白，但愿我当时的反应没有让他失望。

“二十二年前，我从江西师范大学毕业后，一心想回老家的县城任教，你也知道我的家境不好，家里兄弟姐妹也多，能离家近点当然最好。那时，我还有个女朋友，在大三时谈的，她是那种随便身处哪里都会被人忽视的女生，如果真被人留意，无非是她那条跛着的右腿，她小时候遭遇过一场车祸，而她母亲因那场车祸永远离开了她。”

我能想象郑老师和他的女友一起走在校园里的场景，他们就像一幅生动的画，随时都有可能被不懂的人误解。

“她愿意跟我回我老家的县城，但她那做生意的父亲却极力反对。如果她父亲早先知道我们在交往，想必也会第一时间站出来阻止，她父亲甚至以为在我回老家后，我和他女儿的那段恋情终将随着时间的慢慢流逝而淡化。小霞是南昌市人，虽然是单亲家庭，但家境优裕，她父亲一心希望这个独生女能留在身边，最终嫁个好人家。我父母原本对她还是很满意的，只是在看到她父亲这个态度后，也开始反对我们继续交往，他们不看好不被家长祝福的婚姻。”

这样的故事并不新鲜，从古到今一直都有，而结局也大同小异。在我们认识十六年后，郑老师才向我提起自己的过去，应该有他自己的考量。其实在这些年里，我除了常拿他跟同是来自江西的志军作比较，还一直对郑老师的单身状态很好奇，只是不方便向他打听，而同事们又都闭口不谈。

“后来，我做了一件极冲动的事。八月底，我和五个向往沿海城市的同学坐上了去白江的绿皮火车，一路上他们兴高采烈，唯有我闷闷不乐。我是瞒着父母和小霞偷偷溜出来的，也就带了一套换洗的衣服。在白江下火车后，我后悔得不行，甚至想立马回去，但又怕他们五个笑话我，在登上火车前，我们六个可是说好不混出个样子誓不回家。”

郑老师朝我笑笑，或许他在担心我看不起当年的他。其实，我是想起了自己当年来白江找工作时的情景，仿佛就在昨天。

“我们的运气不错，都非常顺利地找到了教书的岗位，虽然在不同的学校，但偶尔在周末聚聚并不难。课余时间，我更多的是在看书。作为一个理科生，我看书的爱好是念中文系的小霞给培养起来的，现在倒成了分散我注意力的极好方法。当然，我有时也会去打打球，虽然球技拿不出手，但出点汗，让自己累点总归没错。”

我想起他办公桌上那一摞书籍，还有他那漂亮的字。小云曾说过，当你取悦不了生活时，那就学着取悦自己。只是那时的郑老师既取悦不了生活，也取悦不了自己。

“找到了工作的我并没有马上跟家里联系，对父母的怨恨仍萦绕于心，况且那时家里也没有电话。直至九月下旬，我才给家里寄了第一封信，不知道父母后来有没有收到，反正接下来的两个月里我既没有收到回信，也没有接到他们打来的电话——我把办公室的电话号码写在了信里。”

郑主任的父母应该收到了儿子的来信，只是同样在气头上的他们无法原谅这个固执的儿子。这一点，郑主任当时应该一清二楚。

“十一月底，我终于收到了回信，是我大哥那念初中的大儿子写来的，也不知道是大哥的意思，还是父母的意思，不论怎样，能收到家里的来信我还是非常开心的？尽管里面都是责备我的话。后来，我到底还是在学校的公用电话亭给小霞打去了电话，告诉她我已经在白江上班，我不敢用办公室的电话，一则怕同事知道，二则不想让小霞得知我的电话号码。接到电话的小霞既喜又怒，她原以为我不会再联系她，而对我的不辞而别，她失望透顶。”

郑老师眼里充满悲伤，只要轻轻一舀，就是满满一勺。

“小霞说她现在在南昌市的一所高中任教，下课一走出教室就开始想我，而她父亲对我们目前的这种分开状态很满意。她求我常写信给她，但一定要寄到她单位，因为她父亲每天会检查信箱；她要我尽量不要在周末打电话，因为她父亲周末都休息在家。末了，她要我把办公室电话告诉她，但我拒绝了，她问我为什么，我只是沉默。”

郑主任把大半瓶水一口气喝光。

“元旦前夕，我给小霞写了第一封信，也是最后一封信，我强忍着悲伤告诉她，我要结束我们的关系，只为不影响他们父女间的感情，更不想耽误她。投入邮筒的刹那，我后悔得肠子都青了，我在邮筒边的路沿上足足坐了一个小时，在这一个小时里，我把自己和小霞的美好时光重新在脑海里过了一遍，最后站起来时还差点摔倒。回学校时，我顺便在路边的书店买了几本书，它们又将是我往后漫长时日里的精神食粮。昊天，那段时间我读的书真不会比你们语文老师读得少。”

我哪能不信呢？郑老师偶尔还在《白江日报》副刊上小试身手，我有幸读到了他那篇《怀念父亲》的散文，真不敢相信它是出自一位数学老师之手，也足以让我这个语文老师感到羞愧。

“我既盼望她给我回信，也怕她给我回信。时间一长，我以为她是想开了，真替她感到高兴，虽然我一如既往地想念她，但总比两个人都悲伤好。放寒假前的一个周末，小霞竟然出现在了我办公室门口，整个人憔悴不堪。昊天，你无法想象我在看到她的第一眼时是多么心疼、多么自责。她噙着泪水看着我，一句话也不说，仿佛一开口，泪水就会倾泻而下。我把她带到我的寝室，就是你刚参加工作时住的那间，我曾在那里住了六年，小霞刚把头靠在我怀里，就再也控制不住自己的情绪，整个人都抖动起来。”

郑老师转过头面朝车窗，用手背擦拭了一下双眼，回过头来时，很不好意思地看了我一眼。我想起了张爱玲的一句话：“我爱你，为了你的幸福，我愿意放弃一切——包括你。”

“她是请假过来的，当然没有告诉她父亲。第四天，她父亲也出现在了我办公室门口，整个人就像一座活火山，他先是给了她女儿一巴掌，然后像一头狮子一样扑向我，如果不是同事们适时把他拉开，我想我只会剩下几根骨头。他应该是在他女儿办公室的抽屉里找到了我写给小霞的信，也得知了我的工作单位。他是拖着女儿离开校园的，小霞目光呆滞地回头看着我，那种眼神我至今回想起来都害怕——不仅包含着绝望，还有对我深深的恨。”

的确，我从郑主任眼中读到了一种久远的心有余悸。

“我的同事被刚才这一幕吓呆了，一时之间不知道如何安慰我，等到可以安慰我时，却又发现没有任何必要。自那以后，白天，我把时间和精力完全放在了工作上；到了晚上，强忍着悲伤的我躲在寝室里看书、练字。就在当天晚上，我还用毛笔在床头的墙壁上写下了小霞的名字。”

“沈丹霞！”

郑主任惊讶地看着我。

“你是怎么知道的？”

“我搬到你曾住过的那间寝室时，那几个字还隐约可见，字体就是你的风格。”

他笑了笑。

“当时我这样做只是为了每次回到寝室时能更好地想起小霞。真的，我因自己给不了她幸福而自觉对不住她，但会把她一直藏在心底，让其成为我身体的一部分，成为我一个人的秘密。”

这让我想起了小菲，我也曾试图让她成为我一个人的秘密，不对任何人提起。

“昊天，你可能也一直好奇我为什么迄今仍是单身吧？用‘曾经沧海难为水，除却巫山不是云’来形容再恰当不过。你，当然包括其他同事也许会认为我这样做实在不值得，但我愿意，直至今天，我仍不后悔。毕业十年同学会时，我犹豫了很久到底要不要去，仍单身的我真不想成为同学们的笑柄，虽然我根本就不在乎他们的看法。最终我还是去了，只为见小霞一面，或许是最后一面，毕竟我们快十年没见面了。”

郑主任脸上闪过浅浅的幸福。

“在陈奕迅《十年》的忧伤曲调中，我们轻而易举地看到了对方，她也老了不少，此时的她已是一个六岁男孩的母亲，丈夫是她的同事。当我在大厅一角问她过得好不好时，她轻轻地点了点头，那样子像是十二年前我们初相识。当她反问我时，我只说过得还好。互留了联系方式后，她先转身离开了，看着她跛着腿走路时的熟悉样子，我心里五味杂陈。后来的一年里，我们从未联系，我更多的时候是对着她的手机号码发呆。大概一年之后吧，她给我发来一条短信，问我为什么要骗她，但我没给她回信息，也永远不会回。”

说到这，郑老师把脖子往后面一靠，并且长长地舒了一口气。

“‘幸福就是一双鞋，合不合适只有自己一个人知道。’我父母后来一直为我的事深感自责。不瞒你说，起初我的确恨他们，但到后来也就理解了他们，甚至也理解了小霞的父亲。像我这种情况，我能给他女儿什么呢？聚有聚的理由，分有分的借口。如果有缘,错过的人还会重来;如果无缘,相遇的人终会分开。但是人生没有那么多如果,有的只是无法更改的结果。我和小霞有缘无分,仅此而已!”

稍后,在郑主任掏出手机随意翻看的时候,我想起十六年前他把我安排在那间他曾住了六年的宿舍,既可能是巧合,也可能是命运之手冥冥之中的安排。而十六年后,当他毫无保留地向我倾吐自己的过去时,我能深刻体会到他的这番感慨:有些相遇,只是为了最后的分离,而你在茫茫人海中遇到的那个人,最终还是还给了茫茫人海。

一路上,我仍不时想起志军。

39

九月一日，我和小云一起送阳阳去小学报到。穿着新校服、背着新书包的阳阳为这一天等了一个暑假，显得十分兴奋，好像是去旅游。校门口挤满了如我们一样的殷切的家长，那情景好像是参加年终大抢购，他们先是千叮咛、万嘱咐，然后依依不舍地看着孩子们小小的背影在老师的引导下慢慢隐没在偌大的校园。

“昊天，你说时间过得快不快？阳阳都读小学了。”

小云刚坐上副驾驶座，就迫不及待地说道。

“当然快，明年我都四十了。”

我系好安全带，接着发动汽车。

因为是开学日，加上校门口的这条路又是单行线，车辆排起了长龙。催促的喇叭声没断过，像比赛似的一声比一声高。

“四十不好吗？男人四十一枝花。”

“有什么好的，大半截身子埋进土里了！”

“昊天，不是我说你，你这人怎么当的老师？生你、养你的亲娘还在，竟然说出这种话！”

如果我不是在开车，小云肯定会给我一拳。

“我亲娘她……”

“你亲娘怎么啦？陈昊天，话不要说一半。这些年，真不是我这做儿媳的不让婆婆来，是她自己不愿意来。你自己想想，你都劝了多少次了！”

又是熟悉的急了眼的表情。

“小云，我不是这个意思！”

我真不是这个意思，小云是不会明白的。这是我一个人的秘密，十四个月前我就暗下决心，此生不会告诉小云和儿子。

“不想跟你争！”

小云将头转向窗外，选择无视我的存在。

“怎么办？直接把你送到单位，还是带你回家取车？”

因为是阳阳入学的第一天，小云坚持也要来送。担心停车不便，我们就只开了一辆车。

“直接送我去单位吧！你也要赶时间。”

其实我还好，课是下午的，倒是昨天为了新生入学的事忙了一整天。

“阳阳放学我会去接的。”

小云撂下这句话后，不紧不慢地朝单位走去。看来，她单位的管理确实比较宽松。

去单位的路上，我由自己即将四十岁的事想到了已于去年过世的父亲。要是父亲健在，哪怕是再坚持一年，一个月前他刚好七十周岁，也正好是暑假，小云暂且不论，我肯定会带着儿子回老家去给他老人家做寿,父亲不知道该有多高兴呢!

这几年,因为一年到头我难得带儿子回趟老家,阳阳与爷爷、奶奶不是很亲;打电话时,语言沟通的障碍还让这份原本就有限的亲情大打折扣。对父母来说,这种有亲人却又不在身边的现实时时折磨着他们,可他们又无论如何也不愿意到白江来。

在我看来,父子关系也如婆媳关系一样微妙。在高三第二学期的时候,父亲突然骑着家里那辆破旧的自行车来学校看我,这也是他第一次来学校看我,三十来公里的路程显然已让他疲惫不堪,他坐在操场边的花坛上休息,一边吸着香烟,那不知所措的样子让人觉得他是迷了路。我是在下课时偶然看到父亲的,根本没想到他会来。

我刚把父亲带到寝室门口,他就忙不迭地从自行车后座上取下那个胖乎乎的蛇皮袋,里面分装着母亲今天一大早烧的几个菜、父亲昨天傍晚采摘的一大袋橘子以及他路过龙港镇时买的一串香蕉和若干个苹果。看着父亲那轻取轻放的满足神情,我想起了曾托我带菜的邓强母亲,也想起了辍学一年有余的邓强。

"你娘让我来看看你,本来我还要去犁地,就是村路边的那几分地。"

父亲像是在抱怨,但又掩饰不了内心的喜悦和局促,因为他那双大手像是在取暖一般不停地搓着,而那根断指显得格外扎眼。

"再过十来天我不是可以回家了吗?何必特意送过来!"

我虽然清楚父亲确实很想来看看我,但看着他那拘谨的样子,还真觉得不如不来。

"实际上……我也是这样想的,但你娘……她……"

父亲像挤牙膏一样说着，他把手中的蛇皮袋折好并夹在自行车后座上，一时不知道接下来该干什么，只好又掏出一根香烟点上。

“先休息一会儿，等在食堂吃了中饭后再走吧？”

明知父亲不会答应，但我还是这样说，更像是没话找话。

“不了，等会儿路过龙港镇时吃碗面好了。你把东西放好回教室吧，马上要上课了。”

说完，父亲就推着自行车走了，头也没回，半旧的衬衫仍紧紧地贴在他的后背上。

后来放假回家时母亲告诉我，父亲从我学校回到家时快下午三点了，回家的第一件事就是喝水和吃饭，连喝了三大碗水，吃的也是冷饭和冷菜，拦都拦不住。父亲就是这样的人，想我们了时，他就想方设法让母亲拨通我的手机，自己则在一边提醒母亲还没说的话；我打电话回家时，如果是父亲接的电话，说不了两句他就把电话递给母亲，自己则在一边听着。

现在回想起来，有一件事真是愧对父母，那就是没叫他们来参加我和小云的婚礼。

在我的住处闹过后，小云父母虽然仍看不起我这个有过婚史的外地人，但还是有了妥协和让步，原因上，一则他们实在拗不过态度坚定的小云，二则他们必须面对小云肚子日渐隆起的现实，三则小云时不时回家探望的行为也在一定程度上感化了他们。但对于他们会在婚礼上作何反应，我仍放心不下。当时，我那忙于春耕的父母抽不出时间是其次，主要还是我不想看到自己老实巴交的父母在亲家那里受到委屈。当我把我父母不能来参加我们婚礼一事告诉小云时，小云也没说什么，或许，她也担心自己的父母到时有什么过分之举。

下班回到家时，小云正在和阳阳一起包书皮，一看到我，阳阳就立马跑到我面前，讲述着新学期第一天上学的感受，生怕我会赶在他说之前先行问起。

“我们的班主任是个男老师，我以前在幼儿园从来没看到过男老师。”

他嘟着嘴说道。对他来说，这是一个重大的发现，也是一件让自己迷惑的事。

“他还很凶！”

阳阳补充说，嘴巴鼓起的样子像只小青蛙。

“怎么凶？”

“他把我的同桌批评了一顿，因为他上课时偷偷对我说了一句话。”

“那老师并没有错啊！”

儿子没有从我这里得到自己想要的，很扫兴地回到了小云的身边。与此同时，小云对我摇了摇头，好像我已到了无可救药的地步。或许这就是老师与普通家长之间的不同之处吧，在我眼里，制度就是制度，规矩就是规矩。

小云在新单位上班已一年有余了，也老早适应了这个新的环境，相对宽松的制度让她能接送儿子，她似乎很知足。去年找工作的那段时间，小云比备战高考的学生还要忙，简历打印了一大堆，临睡前还要准备面试，害得我一天到晚跟着她紧张。

当晚，靠在床背上玩手机的小云突然问我：

“昊天,如果当初我找不到工作怎么办?”

“还能怎么办?我养你呗!”

她看着我,一副打死她也不相信的模样。

“还是算了吧,让我做家庭主妇,成天伺候你们父子俩,我怕自己真会疯掉!”

小云说的是真话,对她而言,没有了工作就像丢了魂。小云终究是一个执着的人,有时执着到了让人难以置信的地步,比如在和我见了第一面后,她极有耐心地给我发短信、打电话,哪怕我对她爱搭不理;比如她曾无数次远距离观察在江边散步的我,只为多了解和关心我;又比如她对海飞丝洗发水的钟爱,哪怕是去外面洗头,她也要自带洗发水……

“昊天,我们给阳阳生个弟弟或妹妹吧,省得他孤孤单单的。”

她突然提到这个话题,极有可能有她父母的授意。

“我们都是快四十的人了,像你这样的高龄产妇,风险是不是太大了点?”

“正因为快四十了,所以更要抓紧时间。”

小云的想法其实不无道理。身后有个跟屁虫一样的弟弟或妹妹,阳阳的童年会是另一个样子。若干年后,当我和小云不在人世了,阳阳身边连个相互走动和帮衬的亲人都没有,那将是一个多么残忍的现实啊!两个月前,祁霞的小女儿依偎在她父亲怀里的温馨画面清晰地浮现在我眼前,如果阳阳也有个妹妹,那么我也有了一件贴心的小棉袄。只是我对目前的生活现状很满足,同时,我更是怕任何的失去,小菲母子俩留给我的痛苦是永远的,就像一个不喜欢喝咖啡的人,永远会记得第一口咖啡的味道。

“小云，你知道我为何给儿子取名叫陈资吗？”

七年前的那晚，除了在个别细节上有所隐瞒，我把所有有关小菲的事都告诉了小云。我想，这么多年来，是时候还给小云一个公平了。

“当然知道。”

那天从民政局走出来时，小云向我问起过孩子的名字及取名缘由。

“你知道的只是其中一部分。”

小云一下子坐直，好奇地盯着我，像是要确认我是不是开始说胡话了，只差伸过手来探我的额头。

“其实，当时叶菲怀的就是一个男孩，我也早就给他想好了名字。”

小云重新靠在床背上，我没敢去看她。她或许在惊讶，或许在憎恨我以前没有跟她说实话，这些已经不重要了，重要的是我向她坦陈了事实。

“他的名字就叫陈资，小名也是阳阳。”

在小云给她母亲打电话汇报阳阳入学第一天的学习生活时，我又开始挂念老家的母亲。明年的十月三日，母亲将迎来她的七十周岁生日，又刚好是国庆长假，到时候是不是给她老人家一个惊喜呢？

40

新学年，我继续担任班主任。从八月中旬开始到现在我就没停过：高一新生为期一周的军训、适应性考试、新生报到、班级开学初的任务布置……我连坐下来喝口水的时间都没有，不时有学生带着生活中的各种问题来找我，不时要查看学校相关部门发来的各类信息，不时有家长打来电话询问子女的学习和生活情况。

就在半小时前，几个马上要去大学报到的学生来看我。一旦换下校服，他们就来了个大变样，有的烫了发，有的化了妆，此时此刻，虽然他们依旧对我以老师称呼，甚至比之前在校时更亲切，但我不好意思仍把他们当作学生来对待。

“陈老师，我们是不是你带过的学生中最不听话的一届？”

调皮捣蛋的孙同学如此问时，脸上是我再熟悉不过的浅笑，不多也不少，仿佛用量杯量过一样。作为体育生的他真没少给我惹麻烦，上课睡觉和谈恋爱不说，光手机就被我收缴了六七个，毕业离校那天，当我把一袋沉甸甸的手机还给他时，连他自己都不敢相信。

其实，每一届都会有学生问这个问题，而我永远没有找到最佳答案。

“当你们因不守校纪班规而给我添麻烦时，我的确这样想过；但事后，尤其等你们毕业后，我就不再这么认为了。”

这是我的真心话，没必要在他们面前说谎，他们已是成年人了。

“陈老师，我依旧希望自己将来也能当老师，大学里我将会继续努力。”

高中三年里，文静的王同学没少跟我谈起自己的这个理想，虽然她当年的中考成绩不是很理想，但王同学从未气馁过，时间观念极强的她惜时如金，从未请过一次假，哪怕生病了，她也坚持着。如今，王同学已被一所师范大学录取，离自己的理想近了一大步，我因此更加相信她会实现自己的人生理想。

回想起参加工作的头几年，我对教书育人抱有很大的热情，相信自己的辛勤付出一定会在学生身上看到成效，后来慢慢发现，教书育人是一个潜移默化的过程，其成效的体现或许要经历若干年。现在的学生已跟当年做学生的自己大不一样，生活条件大为改善不说，社会环境对他们的影响实在太大，他们有自己的想法，而以前家常便饭的惩罚现在倒成了家长和学生的挡箭牌。有了家室后，我开始明显地感觉到精力大不如前，总觉得自己的工作像是在重复，每三年、每一年甚至每一天都是如此，唯一的变化就是每三年换一批新面孔，或许，这就是所谓职业倦怠吧。

“老师，等放寒假了我们再回来看你。”

“回来”是最好的表达，这里有着他们的足迹和回忆，也有着他们曾经的老师、同学和高中三年里最好的自己。

看着他们年轻的背影消失在楼梯的转角处，我记起了最后一堂课的情景。那时离下课也就一刻来钟了，临时起意的我让他们先把自己的名字写在黑板上，然后在讲台边随意站好，我掏出手机给他们拍了一张不一样的毕业照，这也是穿着校服的他们拍的最后一张集体照。看着他们既兴奋又伤感地走出教室，我明明知道后天还会在考场相见，但那种离别的忧伤还是弥漫在心头。从此以后，这间教室里再也不会回荡起他们的读书声和吵闹声，过不了多久，门旁公告栏里的各种表格就会被新的替换掉。与此同时，课桌上的各种涂鸦在另一批新生的一番猜测之后或保留或被轻轻擦掉。当然,他们不会看到我最后走出这间教室时的背影。

手机又响了,我只当是哪位家长打来的,一看竟然是叶志,这可是他第一次主动打电话给我。自从把小菲送回她的赫州老家后，虽然每年年底我都会给叶志打个问候的电话，但再也没去过赫州，而电话里的叶志也只是简短地谈谈家里的生产和父母的身体情况，对其他都是守口如瓶。每次挂断电话后，我总觉得那种陌生感像杂草一般越发蔓延开来，自己却又无能为力。在小菲的生日和忌日这两天，我像一个严重关节炎患者碰上阴雨天时定会关节酸痛一样，依旧悲不自胜。小云也很理解我，不会反对我在这时抽根烟、喝口酒,哪怕我对她说话的语气偏重一点,她也能容忍,只是事后想想,总觉得对小云不公平。

“是陈昊天吗?”

叶志像是不确定接电话的就是我本人，但我很确定这就是他的声音。那个憨厚的男人的身影顿时又浮现在我眼前，黑皮肤，白牙齿，还有在撒小菲母子俩的骨灰时那平静表情下看得着的忧伤。

“哥，是我！”

我仍按照小菲对他的称呼叫他，仿佛小菲出了趟远门还没有回来。

“我刚才还在白江，现在不在了。”

我被叶志的话弄得一时转不过弯来，想想他不是那种喜欢捉弄别人的人。

见我一时没有反应，叶志补充说。

“我在去宁水的动车上，几分钟前经过的白江。”

叶志似乎很兴奋，像个没出过远门的孩子终于出发，前面尽是新鲜而美好的东西在等着他。

“怎么不来我这里？”

我对叶志不无责怪，既然到了白江，就应该稍做停留；如果不愿停留，似乎也不应该告诉我。

和小菲一样，叶志不仅遗传了其父母的身高，而且性情也跟其父母极为相似，是那种极其朴实和单纯的人。来我家参加小菲的婚礼时，我家这边的亲戚看到叶志无事可做，就叫他一起玩会儿牌以消磨一下时间，叶志忙说自己不会，摇手的幅度如同秋风中摇摆的树叶。后来，小菲悄悄告诉我，叶志其实会玩，只是不敢跟陌生人一起玩而已，每年去给他老丈人拜年时，跟他妻子那边的亲戚玩得可欢啦！

“下次一定来！”

但愿他不是在敷衍我。

一个月后一天的下午五点，我在白江动车站接到了叶志。虽然快十年没见了，但我感觉四十三岁的叶志并不见老，有可能是他那天生的黑皮肤让他逃过了这一劫，但从他走路的姿势来看，他到底显露出了某些老态，步幅已不如从前，步速也缓慢了不少，而他的牙齿也留有被烟草熏黄的痕迹，同时我还留意到，他右手手腕处缠着绷带。

我亲自来接，叶志感觉有点过意不去，脸上憨厚的笑容很好地说明了这点。

“原本不想来的，但想想还是来了，毕竟曾经也是亲戚一场。”

“曾经”这两个字让我很不舒服，就像吃饭时突然咬到了一颗石子。

“应该来！应该来！我们永远都是亲戚！”

我既是在纠正他，也是在宽慰他。

叶志在递给我香烟时有些犹豫，或许是担心自己的香烟不够档次，又或许怕我知道他已学会了抽烟。随后，他憨厚地笑着说：

“其实，学会抽烟都快七年了，从你把小菲带回来后没两年就开始学了。”

我能想象小菲的死对他的打击，但小菲的死是在十年前，这其中应该还有其他原因，因为他的眼神里还有着另外一层于我来说非常陌生的悲伤。

“我能理解。”

但我真的能理解吗？

“在这十年里，除了盖了楼房，我遇到的都是一些糟心的事。昊天，你肯定不会想到，我们的谦谦淹死在那条河里……”

这的确是我想不到的，好像叶志突然给了我一记重拳。那条河无疑就是小菲母子俩最后安息的地方，我仿佛又看到了叶志像撒鱼粮一般撒着小菲母子俩的骨灰时那努力克制着悲伤的模样。

“那时，谦谦念一年级了，就在他姑姑当年念的那所小学。最开始那一个星期，我们还接送他；后来，他都是自己上下学。没办法啊，我和你嫂子每天在外面跑生计，而他爷爷、奶奶地里也有一大堆事。谦谦可能是在放学回家的路上被河里的小鱼吸引了，我们平时就提醒他不要靠近那条河，他可能一时间把我们的话给忘了，脑海里只有鱼。谦谦其实是一个很听话的好孩子，不然我们也不会让他独自上下学，他只是一时间把我和他娘的话给忘了……”

悲伤让这个平时话不多的男人竟然一下子说了这么多话，眼泪从他脸上流下时，他也忘了去擦拭。我把整盒纸巾递给他，他接过去后只是把它抱在怀里，像当年我把小菲母子俩的骨灰盒抱在怀里时一样。

把车停在地下车库后，我们并没有上楼，而是直接去了饭店。路上，我给小云发了条微信。

“哥，你这次来宁水做什么？”

我把酒杯举向叶志时问道。此时，我们已经各喝了三两多白酒。

“能做什么呢？打打工而已！”

我一直以为，叶志夫妻俩仍在做煤炭小生意，凭他们那股吃苦耐劳的韧劲，或许这些年还赚了点小钱。一个月前，叶志在动车上给我打电话时流露出的那种兴奋，甚至让我以为他是来宁水观光旅游的。

“煤炭生意没做了？”

“六年前就没做了,一个人实在是没心思做。”

“一个人?”

“你嫂子实在承受不了失去谦谦的打击,加上当时生意实在是难做,在第二年春天里的某天偷偷喝了农药……”

可能是酒精给予了他足够多的勇气,这个男人没有再哭,只是把杯中剩下的酒一饮而尽。

“把面包车卖了后,也说不上卖,其实也到了报废的地步,我先是在老家养甲鱼,后来在赫州县城打工,一个月前才跟着老乡来宁水。”

我总算明白了他为什么在电话里总是守口如瓶了,原来在这些年里,这个坎坷的男人也一直在跟命运作斗争。

“为什么不在宁水继续做下去?这边的工资肯定比赫州的高。”

我端着手中的空酒杯,好像叶志不告诉我真相我就不会把它放下。这一个多小时里,我脑海中一直想着他那缠着绷带的右手手腕,也一直等着他能主动告诉我。

“跟人打架了……”

此时,叶志的醉意明显上来了,眼睛充血,真担心他会把桌上的空酒瓶砸向我。

“为什么?”

我问得很小声,像是在问自己。

“那个老乡,就是带我来宁水打工的那个五十岁的老光棍,我是在赫州打工的时候认识他的。一个星期前,我们一群工友在一起喝醉酒后,他竟然当着那么多工友的面说我把自己的老婆逼死了。我当即向他扑去,想不到那个老光棍力气那么大,我被他压在身下不能动弹，要不是工友们合力将他拉开，我可能两条手臂都断了。”

在我问叶志要不要再来点酒时，只顾吸着烟的他没有作声，也许他还沉浸在自己的故事里。我又叫了瓶酒，给叶志和自己倒上，接着又给自己点起一根烟。在这短暂的沉默里，我想起了父亲的主治医生，如果李医生在座，我们肯定会找到不错的话题，比如香烟和健康。

“最后想想，还是回赫州吧，老家的爹娘也需要我。”

一阵咳嗽后，叶志如是说道。

我觉得叶志的选择并没错，他父母也是快七十岁的人了，跟我母亲一样整天守着一所空房子，怎能不孤独？那些年里突然失去这么多亲人，真不知道他们是怎么熬过来的。这样想时，我不仅打消了将父亲已于去年离世的事告诉叶志的念头，而且还觉得自己非常自私，毕竟这十年里我没去赫州看望过小菲父母一次，如果小菲泉下有知，无论如何不会原谅我。

“今晚就住在我家吧？”

在地下车库取行李时，我对叶志说。

叶志呆呆地看着我，好像不认识我了似的。

“我还是住宾馆吧！”

我尊重他的想法和选择。在附近的一家快捷酒店帮他办好入住手续后，我们一起上了楼，当我打算陪他去房间再聊会儿时，叶志拒绝了。看着他带着两件行李摇摇晃晃地消失在走廊深处，我才转身离开。刚到宾馆门外，我就吐了一地，当我好不容易直起腰时，刚好与一轮圆月对视。

41

“昨晚你也是够拼的，一身的烟味和酒气！你们俩就是泡在酒缸里抽的烟。”

一大早，穿着睡衣的小云对正在卫生间里刷牙的我如此说道。那责备的语气好像在提醒我，今早我还能起床真该感到万幸。

我仍记得自己昨晚起来吐了几次，因为小云的责备声太让我印象深刻了，至于之前如何回到家的倒是一点印象都没有了。

“为什么不叫他到家里来住？”

“他不愿意来，换作是我也会这样。”

“但他也喝醉了，你让他一个人留在宾馆，万一出点事呢？”

我心里一惊，匆匆洗好脸，抓着车钥匙下了楼。

我走进房间里时，叶志正坐在一旁的椅子上，他已经收拾好行李了，连被子都摊平了，叶志疲惫的眼神告诉我，他也经历了一个糟糕的夜晚。在看到我的刹那，叶志送给我一个憨厚的笑容，仿佛在为昨晚害得我也跟着喝醉表达歉意。

刚在叶志的对面坐下，我就注意到他手腕上的绷带不见了，趁机瞟了一眼他的手腕，依旧有些红肿，虽然过去一个星期了。应该是在早上洗澡时解掉的,因为叶志的头发湿漉漉的。

“把绷带缠上吧,等会儿坐车会不方便。”

“还是敞开舒服,大热天的缠着并不见得是件好事。”

为了证明自己有理,他尝试着转动手腕,只是幅度不大。

这是一间普通得不能再普通的客房，一张一米五宽的床铺占据了房间近三分之二的空间；两把椅子和一个茶几靠窗放着，茶几上面除了一只堆满了烟蒂的烟灰缸，还有两个空矿泉水瓶；一台二十五英寸的老式电视机笨重地坐在电视柜上，显得神圣而不可侵犯。

叶志站起身时，我紧跟着站了起来。在叶志拎起那只半旧的行李箱时，我抢过那只很大的背包，然后我们一前一后地下了楼，一路无话。我想，要是小菲在，她肯定会让叶志回家后再寄点粉丝过来,那可是我和小菲的最爱。

当叶志在一楼的餐厅吃早餐时，我先帮他退了房，然后就坐在大厅里等着。无所事事的我一边抽着烟，一边翻看着手机，当无意中翻到小菲的手机号码时，我仿佛又看到了小菲那满是责备的眼神。此时，大厅里空无一人，而前台的那位工作人员又趴下了，看来她还没有习惯上夜班。阳光透过旋转的玻璃门照进来，在浅色大理石地面上留下一片亮光，这片亮光好像还在微微闪动，这让我想起小菲家旁边的那条河，一个灵魂在跟另一个灵魂告别……

叶志的行李像两只胖狗般蹲在我脚边，好几次，我都想打开他的行李，只为更详细地了解他这一个月所经历的一切，这中间或许还有他不曾告诉我的。但我一再告诉自己，叶志是一个老实人，就像一张透明的塑料，我看到的就是他的全部，只是这张塑料被命运之手揉搓之后留下了一些褶皱。现在，他就要带着这些褶皱回赫州的那个小山村，但愿那里的山和水能给予他一些慰藉。最后，我拉开他的背包，把两千块钱塞了进去。

我把叶志送到检票口，人流渐渐将他淹没。他小心地钻出一个空当，向我微微一笑，那是一种只有小孩才有的真切笑容。那一刻，我觉得叶志还只是一个未长大的孩子，他应该早点回到父母的怀抱，就像当年的李三夫妇俩早点回到家乡一样。

转身离开时，我想起刚才在来的车上叶志说的话：

“昊天，哪天有空的话去赫州看看吧，我爹娘时常念起你。”

十年来，这是叶志第一次说起他父母想念我。只是我还会回赫州吗？我自己也给不了答案……

“早餐热在锅里。”

我刚一进门，小云就丢给我这句话。

“阳阳去学校了吧？”

“嗯，刚才他还在问爸爸去哪里了，看来你以后得多送送他。”

小云眼睛一直盯着手机，阳阳在旁边时她也这样，我经常提醒她，阳阳在旁边时，父母要做个好榜样，远离电子产品。小云前一秒点头称是，下一秒就忘了。

“那双皮鞋给我下单了没有？”

“你确定要那个颜色吗？”

小云仍穿着睡衣，头发也没梳，似乎打算随时回到床上。我突然记起她今天调休，她还说起今天上午要回娘家看看。

“明知我色弱，还这样问。”

“好吧，到时不喜欢你就自己申请退货。”

上两次网购的鞋子都是颜色不合我意，还得帮我退货的小云为此没少抱怨。

上午，我们去了趟小云的娘家。两天前，难得去买菜的小云母亲在菜场滑了一跤，幸亏没有什么大碍，只是皮肤擦伤了一大块。

在小云帮她母亲擦药水时，我坐在沙发上随意翻着老丈人没翻完的报纸，心里一边还在想，丈母娘那头还没来得及吹干的卷发正如一堆潮掉了的麻花。老丈人正在厨房里跟一扇橱柜门较劲，好像是一个拉手松动了，而那根螺钉像是偏要跟他作对一样，既不愿意进，也不愿意退。

“昊天，趁我和你爸还能动，不考虑跟小云再要个孩子吗？”

丈母娘这样问时我头也没抬，真怕见到她心有不满时那犀利的目光。同时，我大体知道小云为何一定要把我拉过来了。

“还没考虑过。”

刚一说完我就后悔了，难怪父母和小云都经常责怪我不会说话，有时候说出来的话就像是硬邦邦的水泥块，可以活生生将人砸晕。

“再不考虑就来不及了。”

老丈人从厨房探出半个身子，刚好把门洞切成两半。

“妈，容我们考虑考虑。”

小云看似是在为我打圆场，实际上是为自己洗清嫌疑，看来她意识到了我对她的猜疑。

我真不想因为这事再把我和小云间的关系弄僵，虽然夹在中间的她很为难，或许她也真心想再要个孩子。

去年六月的那天傍晚，与小云发生了激烈的争吵后，我有很长时间没有和她说话。其实，走进小云房间那天的一大早，我就接到了母亲偷偷打给我的电话，说父亲的病情又恶化了。当天上午我特意向郑主任请了假，这是那两个来月里我第三次请长假，郑主任非常理解和同情我的遭遇，很爽快地批准了。在走进小云房间之前，我还在想该如何向她开口，当时的小云已经够心烦意乱了，虽然她大体知道我父亲的病情，但我实在不忍心再用老家的事来烦她。只是接下来发生的事是我没料到的。

抓起手机下楼后，我在楼下的小店买了包香烟，然后朝江边走去。路过我和小云第一次约会的咖啡馆时，我想起了七年前的那杯柠檬茶，那种酸苦味瞬间袭遍全身。凉爽的江边，人流如织，音响店附近的那条长凳被一对情侣霸占着，看他们那卿卿我我的样子，肯定一时半会儿不会起身。脸上仍旧火辣辣的我觉得自己就是一个局外人，顿时无比怀念起小菲来，随后，我蹲在江边洗了一把脸。

我也不知道自己是什么时候回的家，入睡前，我把自己跟姚芝的聊天记录截屏后发给了小云，接着把小云的微信名“BLUE”改成“姜小云”，然后就匆匆收拾行李。第二天一大早，我驾车回了老家资阳。

“小云，你是不是真想要个二胎？”

从小云娘家出来下楼时，我问小云。

“是有这个想法，我爸妈可能比我更想，难道你妈就不想？”

“这我倒没问过,但她肯定尊重我的选择。”

这些年，母亲以及父亲在世时都没有向我打听过还要不要生二胎的事，这不是因为他们已然满足于有了孙子，而是尊重我的想法。事实上，自我懂事起，父母亲就一直尊重我的选择，包括念初三时不跟邓强一样住宿、高考后填报志愿以及大学毕业后去白江找工作。他们这样做也是基于对自己人生的深刻理解：母亲正因为当时无法主宰自己的命运，所以才有了早年那段不堪回首的婚姻；父亲虽然年轻时放浪形骸，但后来幡然醒悟，成了一个合格的丈夫和父亲。

小云不再说什么，或许她已意识到说服不了我，又或许她也已厌倦了争吵。

42

叶志离开的当晚，我做了一个奇怪的梦：

一个身材高大的陌生女人一大早站在我老家的门前，大声地喊着我父亲的名字，求父亲把孩子还给她，但父亲就是不开门。后来，她就干脆在门口的台阶上坐下来，一边大哭，一边心不在焉地把玩着自己的马尾辫，一副不依不饶的样子。突然，大门打开了，怒气冲冲的父亲出现在她面前，只是干瞪了她一眼，那个女人就连忙逃开了，长长的马尾辫在身后甩动着。

这是我第一次在梦里见到那个寡妇，也就是我的亲娘，她悲伤的样子一直驻留在我脑海中，以至于后半夜我无法再入睡。我轻轻地来到客厅，偷偷点起一根香烟。自从小云反对我吸烟后，我也一直比较听她的话，只有偶尔在跟同事或朋友一起喝点小酒时才抽两根。

也不知是闻到了烟味，还是突然发现我不在身边，小云悄悄来到我身边坐下，她睡眼惺忪的样子跟她去年找工作老是碰壁时简直一模一样。我有没有心事，她一目了然。她抽掉我手中的香烟，将其揿灭后扔进一旁的垃圾桶。她这一举动让我想起了去年匆匆料理完父亲的后事后刚回到家的情景。

去年六月在陪父亲做最后一次化疗的时候，我一直拒接小云的电话，也不回复她的微信，直到父亲咽下最后一口气，我才主动拨通了她的电话。

“陈昊天，你是在跟我玩失踪吗？回老家之前打声招呼难道就那么难？”

如果我当时就在她旁边，相信她还会朝我扑来，之前被她抓扯的情景仍历历在目。想必她是想法子打听到了我回老家的消息，这点小事对她来说并不难。我一个字也没说，只是静静地等她把话说完，让她把这段时间累积起来的压抑情绪得到些许宣泄，毕竟这其中也包括我欠她的。

“你哑了吗？”

阳阳在一边问她那把小剪刀放在哪里，她都没理睬。

“我父亲到底还是没能挺过来……”

那头的她突然沉默了，我甚至还能感觉到她周围的空气一下子凝结了。

“我现在就带着阳阳赶过去！”

她声音低沉了下来，我隐约听到了她从床上爬起来的声音。

“不用了，过两天我就回白江了。”

“真的不用我们娘俩过去吗？毕竟这是……那把妈接过来吧！她一个人……”

“嗯，到时我再问问看。”

“开车当心点，刚上手没几天，你还色弱……”

几天后，我打开门的刹那，只见穿着睡衣的小云就站在门口，脸上的表情复杂。

“先去洗澡吧，水已经烧好了。”

我一句话也没说，只是拖着疲惫的身躯瘫坐在沙发上，眼睛轻闭，眼泪仍不由自主地流了下来。

“抽根烟吧，抽完或许会好一点。”

小云把茶几上的那包香烟拆开，抽出一根递到我手中，这应该是她刚买的。

“阳阳刚才还说要等到爸爸回来再睡，实在坚持不住就睡着了。”

她不完全是想转移我的注意力，更多的是想找点话说。自那次激烈的争吵后到现在，我们真还没有面对面说过话。

“你先去睡吧，我再坐会儿。”

小云有些悻悻地回了房间，其间，我能清楚地听到她在床上小心地翻来覆去。我知道她这样子不完全是因为我刚刚失去了亲人，还有之前我和姚芝的事，只是在疲惫而悲伤的我面前，她不忍心提起……

“昊天，你如果不想生二胎那就不生好了，大半夜坐在这里像什么样子，赶快回房间睡觉去！”

小云以为我是因为上午的事而难以入眠。

“小云，我想找个时间去趟赫州，去趟叶菲的老家。”

刚才的那个梦也让我想起了小菲，想起了另一个也叫陈资的孩子，况且离小菲的十周年忌日也就一个来星期。

“是她哥哥叫你去的吧？”

“不完全是，但他确实跟我说起过。”

叶志到家后给我打来电话，责备我不该偷偷在他的背包里放钱，为这件事，他老父亲还把他骂了一通。末了，再一次邀请我有空了带着家人去赫州玩。

“如果你真想去，那你去好了，你也知道，即便我想拦也拦不住你……”

她知道我的目的，我也听出了她的不悦。

张爱玲说：“一个不吃醋的女人，多少有点病态。”如果是之前，小云多少还能隐忍和迁就我，但现在阳阳都六岁了，而小菲也离开了十年。在小云看来，“过去”虽然的确是一个值得回去看看的地方，但不适合长久逗留。小云这些年确实也不易，我也自觉对不住她，她当年所看中我的地方——我对小菲的深爱和忠诚，现在倒成了她的负担。以前她是既羡慕又嫉妒小菲，现在更多的是嫉恨她吧。而去年有关姚芝的事让我和小云都身心俱疲。

实际上，小云知道姚芝的存在也纯属偶然。那天晚上我去洗澡时，手机就放在床头柜上，中间姚芝给我发来一条安慰微信，刚好被出院后在娘家休养的小云偶然看到。等我洗完澡回到房间时，小云就像法官一样盘问我：

“姚芝是谁？”

我知道在自己洗澡的这几分钟内发生了什么，既不想狡辩，也没有狡辩的必要。

“老早就认识的一个朋友。”

我完全可以这么说，虽然我与姚芝也曾爱过彼此，甚至比我和小菲还早。但那是一段无疾而终的爱情，经过岁月的积累和沉淀，它早已被友情甚至亲情替代，哪怕自认识以来，我与姚芝还从未谋过面。

“你不觉得在我养伤期间这样做有些过分吗？”

“彼此关心而已。”

“你怎么不把关心她的时间用来关心我？”

“你这个样子能接受别人的关心吗？”

我自觉有些理亏，但说的未必不是实话。这段时间，一丁点儿小事她都要跟我争吵，我实在是受够了。现在看来，我不仅惹不起，甚至还躲不起。

“那你去跟她过吧！”

她整个人趴在床上，抱着一只淡蓝色枕头哭泣着，好像溺水的人死死抱着怀里的泳圈。

我拿起手机离开了房间，希望她只是一时在气头上，或许第二天就能平静下来。只是第二天傍晚，她像是发了疯似的扑向我……

后来在顺章散心的那几天，小云不时发微信给我以确认我的行踪。开始时我是爱理不理，后来我是一不做二不休，不仅如实告知小云我现在和谁在一起、在哪里，还发给她一些可以作为证据的照片和视频，甚至还在征得姚芝同意的情况下，把她的手机号码发给了小云。小云可能被我这一举动吓坏了，也可能是愤怒到了极点，并没有像我预想的那样直接打电话给姚芝。倒是担心把事情闹大的姚芝给小云打去了电话，她们足足聊了半个小时，从姚芝由阴变晴的脸色可以看出，她的这通电话胜过我的千言万语。那一刻我在想，如果当初我能早点或主动对小云开诚布公，或许不会出现后面的这些问题。

从顺章回来后，我和小云故意互不理睬，以此来证明自己所受的委屈，也是在给自己一个台阶下。实在要交流，我们也只是互发微信，有时还是背对背地躺在床上，那种如小孩子过家家般的幼稚行为彼此心知肚明。偶尔还让不明就里的阳阳在我们之间传话，阳阳对这一新鲜职责很感兴趣，就像幼儿园老师给他分配了一个“光荣”的任务。

没多久，我将微信通讯录里的“姜小云”改回了“BLUE”。

43

“阿强,你现在人在哪里?”

邓强应该听得出我急切的语气。

“在家里,正准备去镇上进水泥,怎么了?”

邓强可能是还没怎么睡醒,声音显得有气无力。我甚至能想象得出他在打哈欠时眼角的鱼尾纹愈发明显了,像极了他那辆破旧皮卡车的轮辐。

“你抽得出时间的话去我家看看吧,我娘一大早就给我打来电话,我还真有些不放心。”

母亲那平静但又哀伤的声音像是耳鸣一样仍萦绕在我耳际。

今天早上六点来钟我接到了母亲的电话,母亲本来就难得打电话给我,这一次反常地这么早,我心里不免紧张。母亲告诉我,她这段时间总做一个相同的梦:

“一个老妇人一大早就来到我家门前,用嘶哑的声音喊着我的名字,求我把儿子还给她,她那披散着长白发的样子像极了花鼓戏中的白毛女。我伤心地走出来跟她交流，最后还是扭扯在了一起，她人高马大，力气也足，我根本不是她的对手。后来，你从屋里跑出来，一边劝解，一边把我们分开，我和她各抱住你的一只胳膊，怎么也不肯放手。然后我就醒了。”

想起一个星期前自己做过相似的梦，再联想起之前六月底在老家时母亲曾对我说起村里张老头、赵老太的死，我心里像是悬着一块石头。

“昊天，我知道那是你亲娘想把你要回去，也是时候我当面跟她解释去了。”

末了，母亲这样说。当时，母亲眯缝着的双眼应该是透过半开着的窗户望着父亲低矮的坟茔。

我把这事告诉小云时，小云说我们娘俩都神经过敏，把原本简单的事弄复杂了。不管小云说的是大实话，还是在安慰我，吃早餐时我是一点胃口也没有。小云看到我魂不守舍的样子，就提醒我给邓强打个电话，让他去我家里看看。

“昊天，我刚去过你家，你娘还是老样子啊！”

“你确定？”

我依旧不放心，心里的那块石头仍旧悬着。

“当然喽，她还问起我这段时间是不是很忙，因为经常看见我开着皮卡车在村道上跑得飞快，像我爹当年开手扶拖拉机时一样。”

“我说得没错吧！到了你妈这个年纪，偶尔做个奇怪的梦也很正常，说不定她是想你这个宝贝儿子了，不过是找个借口让你回老家看看。”

小云放下刀叉，以一副得意的模样看着我，好像在等着我夸赞她，就像领证那天夸赞她"不当侦探真是屈才"一样。就在小云这样看着我时，我坚定了明年回老家给母亲做寿的想法。

"昊天，我真想不通你娘为什么还那么固执，现在你爹也不在了，而她马上就是七十岁的人了，干吗死活要守着那座空房子呢？"

父亲去世后的这一年多时间里，无论我怎么劝说母亲，她都是宁愿守在老家。小云也常说有其母必有其子，我也很固执。

"有可能真是我神经过敏了，就像去年的你一样。"

"怎么又扯到我身上了呢？"

小云皱着眉头，感觉自己躺着也能中枪，无辜写在她的眉宇间。跟六年前待产时一样，去年因车祸住院时小云又剪掉了长发，自那以后，她没有了再留长发的打算，每隔两个月就去一趟理发店。如今，齐耳短发如标签一般使得她更像一个中年妇女，

"还不愿意承认吗？在娘家休养时的你就是个典型的泼妇，说不定现在还能从我脸上找到当初的抓痕呢！"

小云不好意思地笑着，差点把嘴里的豆浆喷出来。

"现在总可以安心吃早餐了吧？"

"对了，小云，'BLUE'这个微信名到底是什么意思？"

看着小云刷着微信朋友圈，我问道。

小云应该很喜欢这个名字，否则，当初就不会在我的手机里把自己的微信备注名改为"BLUE"，只是她不知道，后来我两次修改了她的微信名。

"你猜！"

"就是蓝色的意思吧，记得我们第一次见面时，你穿的是蓝色长裙。后来，我第一次去你的房间时，看到的也是蓝色的床单和

蓝色的枕头。”

“这么久了你还记得我当时穿什么颜色的衣服啊！”

小云轻轻地摇摇头，但对于我还能记得八年前的她穿的是什么颜色的衣服，她很惊讶，也很感动。

“莫非是忧郁的意思？”

她睁大眼睛看着我，好像没听清我刚才说的是什么。

“出院后的你一直郁郁不乐，还经常因一些小事跟我争吵，我想你性格中其实也有脆弱的一面，不完全是那个自信、乐观的你。”

“陈昊天，在你心目中，我就那么不堪一击吗？即便是，那也是因为你不够理解和关心我。不过，这个意思倒挺适合你。”

小云说得不无道理，我那晚把小云的微信名“BLUE”改为“姜小云”，虽然是基于对小云的怨恨，但也恰恰印证了当时的我是多么消沉。有关姚芝的事告一段落后，我又将小云的微信名改了回去，只因小云喜欢这个名字，虽然仍不知道她为什么喜欢。

“那究竟是什么意思呢？”

我越发好奇。

“你就是一个老顽固，从我当初得拖着你去买智能手机就可以看出来。当然，你更是一个不懂浪漫的笨蛋！”

“我说，姜小云，怎么就进行人身攻击了呢？”

她又习惯性地白了我一眼。

“一句英文的缩写而已。”

我还是一副木然的表情，想必她已失望透顶了。

“Because love you everyday！”

“姜小云，你不觉得当时那样做有点自以为是或强人所难吗？”

那时，小云虽然已经知道我是一个不会给生活增加新鲜感的人，也不会给她带来什么惊喜，但认定了我是她这一生的依靠。所以，在明知有些话我是不会说或说不出口时，她就以自己的方式让我说出口，只是我一直被她蒙在鼓里。

小云一把抓起刀叉对准我，好像我再多嘴一句，她就打算跟我拼命。

“我们找个时间出去走走吧？近点的地方就行。”

和小菲在一起的那短暂时光里，我们至少还去了趟凤凰古城和张家界，但和小云在一起的这些年里，我们真还没有好好出去过。

她简直不敢相信自己的耳朵。

“你确定你没说梦话？”

“自驾游，我来开车。”

“我的性命就这么不值钱？”

我的车技在她心目中就是这样，因为色弱的我在红绿灯前经常犹豫不决。记得当年因考驾照而去体检时，对我不放心的教练就站在我身后，用手指在我背上比画，我才顺利地通过了辨色力这关。当我回家告诉小云我不大能辨别出黄、绿这两种颜色时，她还以为我是在跟她开玩笑。

就在接下来的这个周末，我们一家三口去了舟山。上高速前，小云才把车移交给我，当时，她眼神里包含的东西非常复杂。

虽然对我个人来说是故地重游，但对于家庭来说也算是度过了一个新鲜又愉快的周末。看着小云母子俩在海滩上尽情奔跑、嬉戏的场景，我想起了小云房间墙上的那幅照片，戴着墨镜的小云赤脚站在海边，笑得很开心；也想起了姚芝老家后面的那片海湾以及在我上了城际列车后姚芝发给我的那条微信。或许婚姻生活中不存在什么对与错，只有经历了，我们才知道其中的五味杂陈。只有遇对了那个知冷暖、懂悲欢的人，我们才能活出最真实的自己。

“昊天，许了什么愿呢？”

看到我刚才虔诚的样子，小云好奇地向我打听。

“现在说出来就不灵了，以后再告诉你。”

话刚一说出口，我心里就一颤……

44

“昊天，你真确定亲家公、亲家母他们身体都还算好？”

母亲捧着我从赫州带回来的粉丝，眯缝着眼望着前方。到了她这个年纪，对于别人的话总觉得善意的谎言居多。现在，她就觉得我是在欺骗她。

“妈，我干吗要骗你呢？他们老早住上楼房了，倒是小菲她老兄前些年吃了太多的苦，现在总算时来运转了。”

到老家前，我先去了一趟赫州。事先我给叶志打去电话，说自己要来赫州看看。叶志显得很开心，在此之前，或许他还以为我去年的允诺只是出于客套和应付。

“老婆和儿子都来了吧？”

“没有，就我一个人。”

“怎么不带来呢？上次不是跟你说过把他们一起带上吗？”

其实即便我愿意，小云也未必愿意。

“下次还有机会。”

叶志是驾着一辆崭新的面包车在赫州动车站接的我，与七个月前的他相比，气色明显好了很多。车上有个比阳阳大一两岁的男孩，他正好奇地打量着我，让我一时产生回到了过去的错觉。后来，当车在曲折的山路上行驶时，小男孩在后座上睡着了，手上抓着还未来得及吃完的半块饼干。

“这是我的新儿子，比叶谦小六岁。”

叶志侧过头来看了我一眼，我从他眼神中看到了一丝得意，完全不像那晚在白江喝醉酒的他。

见我一片云里雾里，他接着说：

“去年年底我再婚了，谦谦外婆家那边的亲戚介绍的。你也想不到吧，像我这种人也会有时来运转的这么一天。”

“哥，恭喜你！怎么早先也不告诉我一声？”

“等你来赫州了再告诉你也不迟啊！”

我瞟了一眼他的手腕，又想起了他在宁水的那一个月经历，好像命运跟他开了一个不小的玩笑。

小菲的父母也衰老得厉害，满脸皱纹像蜘蛛网一般，看到我的刹那，他们老泪纵横，他们又想起了小菲，想起了离开他们已有十年半的女儿。相信在这些年里，只要稍微给他们一点有关小菲的暗示，他们肯定是心如刀绞，那种白发人送黑发人的悲痛仍不时吞噬着他们悲怆的内心。末了，他们一心向我打听我父母亲的近况，这不免让我想起了他们曾与我父母畅聊和惜别的温馨画面，同时，我也庆幸上次没有把父亲患病离世的事告诉叶志。

叶志的妻子嫁给叶志前寡居了两年，她比叶志约莫高出半个头，骨瘦如柴，仿佛一丝风就能把她带倒，她话不多，光这一点跟叶志还挺般配的。可能不知道我会来，她一时不知所措，偷偷地跟叶志在一旁商量着什么。叶志夫妻除了照看着家里的几亩地，也在镇上做点小菜生意，日子虽然过得平平淡淡，但也安安稳稳。

聂鲁达说："爱情太短，而遗忘太长。"当叶志他们都在忙碌时，我叫上叶志的继子去了不远处的河边玩儿。

"浩浩，你读几年级了？"

"二年级。"

浩浩跟他娘不一样，结实得很，走起路来也是有模有样的。

"是不是每天走这条路上下学？"

"嗯。我爸妈不准我靠近河边，更不准我下河抓鱼虾，如果被他们发现了，他们一定会打断我的腿。"

他说话时两根浓眉微微立起，好像就在这时，叶志真给了他两下子。

"你爸妈说得没错，这条河很危险。"

"叔叔，我们还是先回去吧！再不回去我爸妈会骂我的。"

"不用怕，叔叔会替你求情的。"

河面平静得如熨斗熨烫过一般，偶尔被几只追逐的蜻蜓打搅一下。边上的青山将自己的身影倒映在河中，那是它们不老的容颜。鸟儿像是凭空冒出来似的零星地从我眼前飞过，然后聒噪着消失在远处。如淤青般的积云越积越厚，使烙饼一样的夕阳越发显得通红。

浩浩如果能再懂事些，肯定能从我脸上读到无尽的悲伤……

"鬼崽子，你偷偷跑到赫州去了，小云知道了恐怕会和你吵。"

如果不是因为年迈无力，我毫不怀疑母亲会像去年一样给我一拳。

“妈，您操心的事还真多！我跟小云说过我会顺便去趟赫州，她是有心理准备的。”

“夫妻间难免会吵吵闹闹，彼此让着点，你性子急，嘴也笨，有时认准了一点，十头牛都拉不回。光这一点，你就不如你爹。”

“这一点还不是像您！”

我想起小云曾说我的性格遗传于我娘。

“昊天，你是想说我不肯去白江这件事吧？这个事你就不要霸蛮了。”

“妈，我跟小云这些年下来，对她的性情已摸得一清二楚了，她性格中的某些方面可能确实不如小菲，但也没有您所想的那样难相处。”

缘分是乍见之欢，恩爱是久处不厌。我这样说可能对小云不公平，毕竟我和小菲的相识是偶然，而且也只相处了三年，更没有经历有了孩子之后的烦琐生活，因而她性格中的另一面可能尚未表现出来，我们更多时候还是保有着恋爱时的那份新鲜感。而感情的新鲜感有时候就像一部新买的手机，刚开始时哪怕只是钢化膜起泡或开裂了，你都会第一时间去换一张；等时间一长，即便是屏幕被摔出了两道裂缝，你也会不以为意或视而不见。说到底，感情的保鲜不是与不了解的人去做重复的事，而是和熟悉的那个人一起去体验未知的人生。

“我不是说小云不好，真要不好，她也是我儿媳妇。做娘的不在乎去不去白江，只希望你们两口子把日子过安稳，把阳阳带好。娘毕竟是过来人，有时还真替你担心，你的性格毕竟不像你爹。”

母亲的声音低沉了下来，正如此时渐渐暗下来的天色。

“我的前夫是一个老实巴交的人，婆婆信佛信得一塌糊涂，原以为这样一个男人和这样一个家庭可以让我托付终身，虽然穷是穷了点，日子总能过下去。但最后又有什么用呢？后来发现我不能生育时，他们母子俩还不是照样联合起来欺负我。回到你舅舅家时，我又气愤又羞愧，后来我总算弄明白了，虽然自己不能生育是事实，但作为一个男人，他就是这种性格，你能让他怎么办？还能指望他什么呢？”

母亲虽然是头一次在我面前详细地说起自己的第一段婚姻，但出奇平静。几十年的生活打磨已经让她看清了生活的真相，也懂得了如何心甘情愿地与不完美的生活握手言和。

“你爹年轻时口碑极差，但他的性格完全不同于我那个没半点主见的前夫。那天，你爹出现在我面前时，我正在烧菜，那一刻我能预料到会有什么事情发生，越是来得快的预感越是准，所以，当你爹举起菜刀的刹那，我清楚地知道自己将会与过去一刀两断。其实，即便你舅舅第二天一大早不去求情，我也会主动去你奶奶家，根本不会在乎别人怎么看我，而你舅舅目送我的那个样子只能让我感到厌烦。当我从你奶奶手中接过四个月大的你时，真正的生活才正式开始。”

早年的母亲是一个逆来顺受的人，而年轻时的父亲可以说是劣迹斑斑，但当他们遵照命运的安排走到一起时，他们的性格和生活都产生了巨变。现在，我最先想到的是在父亲第一次化疗后回家的汽车上，母亲紧握着父亲双手的那个感人画面，那是父母这一辈子最朴实无华的生动写照，也是当年我和小菲最想活出来的模样。

“我永远记得你奶奶当时的眼神，那种无奈和鄙视的眼神，但她能拿你爹怎么办呢？哪怕你爷爷当时还在世，你爹肯定还是会那样做，而我肯定也会大胆地走向你爹。直至离世，你那经常喊头痛的奶奶几乎与我没有交流，倒是常向邻居的老头、老太诉苦，但又有什么关系呢？我以自己的方式持家，最终深得你爹甚至左邻右舍的认可，这可能是没人愿意提起我的过去的一个重要原因。我甚至还理解了你的生母，你生母是一个高大而健壮的女人，乌黑的马尾辫长及腰部，干起农活来丝毫不亚于任何一个男人。年后的一天，深爱着她的丈夫在洞庭湖边乘坐白色客船去了江沅县打零工，只是再也没有回来，据说是病死的，遗体当场火化，只因怕传染。自那以后，你生母好像完全变了一个人，整天把自己关在家里以泪洗面，脆弱得像一只灶口边的气球。哪个女人不希望身边有个男人作为依靠呢？所以，两年后，当你爹踹开你生母的大门时，我想你生母多半也是愿意的。至于她后来以那种极端的方式了结自己，在我看来，可能是愧对自己的丈夫吧，可谁又能真正说得清呢？”

母亲伸出右手挠了挠她花白的短发，然后把头巾扶正。也许若干年后，小云也会有这么一头白白的短发。

“昊天，你还记得吗？去年十月份的某天，一大早我就打电话给你，只因反复做着同一个梦。那些日子我还真有些害怕，不是怕死，到我这个年纪也就不怕死了，比我年纪小的好些人都走了，我是怕你爹在那边左右为难，说不定你生母和她的丈夫每天纠缠你爹。实际上，我一直同情你的生母，近段时间更是这样，一个女人在自己原本平静的生活突然倒塌后，那种无依无靠的感觉我是亲身经历过的。哪天等我到了那边，一定好好地跟她道歉，因为我抢走了她的儿子，也许她多少会原谅我，毕竟我和你爹把你照顾得好好的。昊天，你说呢？”

母亲看着我，想从我这里得到一个满意的答案。我像是配合她一般，脑袋像弹簧一样不停地点着。我不会告诉她，我这次去赫州是因为一个相似的梦。

“妈，今天您说的话够多了。”

“再不说，怕以后没机会了。”

母亲不会知道，她一语成谶。一个月后，母亲在毫无征兆的情况下永远地离开了我，也没等到国庆假期时我们回来给她做寿。

“妈，不要说这种丧气的话！”

“昊天，不是娘说你，你都跑到赫州去看小菲了，为何不去看看你的生母呢？她的坟就在你舅舅的坟没多远的地方，多亏了你爹偶尔去添抔土，虽然仍旧不到膝盖高，但还是能够找到的。前几天我去给你舅舅拔坟头草时，顺便给她的也拔了些。”

我不知道母亲那样做时有没有被其他人看见，但我相信母亲在余生里会把一些能还的债尽量还清。

“妈，我答应您，但您也得答应我一件事。”

“只要不是跟你去白江，什么事我都可以答应。”

“还是早点把遗照准备好吧，我不想您也跟爹一样，到时留给我遗憾。”

“好吧！”

母亲若有所思地望着眼前的菜园，父亲的坟茔快要完全融入暮色里了。

45

此刻，我正躺在白江市人民医院的病床上，戊二醛、来苏水、青霉素和烟草的味道刺激着我的鼻腔，斜上方的输液袋不紧不慢地滴着，像沙漏一样数着时间。这种相似的感觉让我想起了两年前的那个下午。当时，心灰意冷的我正站在资阳县人民医院病房外的走廊上，那个蹲在一旁的年轻人束手无策的眼神迷离且悲伤。

小云心有余悸地告诉我，昨晚我到家后没多久就晕倒了。当时，洗完澡的小云正要叫我去洗澡，发现我竟然侧身躺在了沙发上，她只当疲惫的我是睡着了，就没忍心叫醒我，直至后来再去叫我时才发现怎么都叫不醒我。

七天前，我与小云连续驾车十三个多小时赶回老家，等待我的是亲朋好友、左邻右舍悲伤的表情和母亲冰冷的遗体。母亲安详地躺在床上，像是睡着了，她卷曲的白发散落在枕头上，像一层刚下的霜，那块头巾安静地躺在她的一侧，只是母亲再也不能戴着它忙进忙出了。家里被收拾得干干净净、整整齐齐，仍是一个月前我回来时的样子，靠窗的桌上是用黑色相框裱好了的母亲的遗照，就是我印象中母亲的样子，只是没戴头巾而已。

“昊天，你母亲恐怕没了……”

邓强给我打来电话时，我正在给阳阳辅导作业，小云在厨房洗碗。

刚吃过晚饭的邓强去给我母亲送照片，透过窗户发现我母亲躺在床上，他只当我母亲是睡着了。邓强敲了好几下窗玻璃，但母亲没有任何反应，他于是推开虚掩着的房门走了进去……

就在几天前的傍晚，母亲开心地打来电话告诉我，她今天搭乘邓强的车去镇上拍了遗照，拍照的中年男人还问她高寿了，好像她来得还不是时候。母亲那时的开心跟那天我祭拜完生母回来时看到的一模一样，看来一个月前我和母亲达成的那项“交易”还是蛮公平的。

生母的坟茔也在当年的那片橘树林，离舅舅蔡方良的坟茔也就十来米远，那低矮的样子实在是让人心疼。实际上，我对生母的了解也就停留在母亲的有限念叨上，就像她坟头那几根刚冒出来的稀稀落落的新草。虽然我不敢说生母这短暂的一生算得上凄凉，但在她死后的这四十年里无娘家一人来看望，于她而言总是一件凄苦的事。我跪在生母的坟墓边，脑海里不时交替闪现母亲的梦和我的梦。现在，她的儿子就跪在她的身边，而她是否得到了一份迟来的慰藉呢？

将母亲入殓时，我给她穿上她为自己早先准备好的灯芯绒布鞋，白底黑面，干净得如母亲的一生。母亲被安葬在父亲的右边，这是她生前所愿意的，从此，她不用再坐在堂前长时间凝视着父亲的坟茔，也能好好地跟我生母解释去了，那些话她已准备了很久。棺盖盖上的刹那，我知道母亲将和我彻底阴阳两隔，往后我只有在梦里才能见到她，而我回老家的路一下子断了，那个家突然间就这样没有了，正如郑主任曾说的。

离家前的那天傍晚，我把母亲连带父亲生前的许多东西都烧掉了，包括母亲的那块头巾。后来，我坐在母亲空荡荡的房间，抚摸着母亲的遗照，那是往后岁月褪不掉的母亲的容颜。第二天一大早，轻轻锁上大门后，我在母亲的窗前伫立良久，感觉母亲就坐在我的右手边，还责骂了我一句“鬼崽子!”，好像我又惹她生气了或吓了她一跳。母亲不在了，我的人生已无归途。从此，我不再是谁的儿子，只是一个单纯的父亲，那根一头有母亲、一头有儿子的扁担永远失衡了。

小云坐在副驾驶座上，满身疲惫，双眼无神，但她还是打起精神摁了一下喇叭，是提醒，亦是催促。我将车缓慢开出院子，从反光镜里却怎么也找不到母亲目送时的身影，那种痛如同万箭穿心。路过邓强家时，我看到了他那辆停在院子里的形同废铁的皮卡车。此时的邓强还没起床，为了我母亲的丧事，这几天他跑进跑出，甚至比我还辛苦。到镇上后，小云坚持让她来开，让我把座位放低躺着休息会儿。

最后这几天里，我虽然没合几下眼，但此刻并无半点睡意，整个人像一条无人驾驶的船，任凭风浪把我推到任何地方。汽车一旦过了资江三桥，右转弯便是资阳县人民医院和回龙山，再前面就是资阳县汽车站，我像复习功课一般，缓慢行驶的运沙船、小菲晕车时的样子、父亲憔悴的面容、主治医生的满口黑牙、曹若冰黑亮的圆脸、小云母子俩爬山时的情景、祁霞一家四口、鲁老师雪白的头发甚至当年的石板路，等等，都一一在我眼前闪现。到最后，我还是迷迷糊糊地睡着了。

梦里，一头黑卷发的娇小的母亲与身材高大的张寡妇，不，我的年轻时的生母正在亲切地交谈着什么，她们有说有笑，像是一对亲姐妹。后来，我的母亲突然不见了，而生母开心地登上了那艘白色客船。年纪尚幼的我站在洞庭湖边，手握柳笛，不无向往。生母回过头来对我莞尔一笑，接着向我招了招手，见我没有过去的意思，她握着马尾辫慢慢地走进了船舱。当刺耳的汽笛声响起时，我怆然地看着白色客船渐渐驶远。一边的芦苇像是突然间白了头，芦花静静地飘洒着，越飞越远……

到家后，我瘫坐在沙发上，脑子胀得很，至于后来的事就记不起来了。

"这是自我参加工作以来第一次住院。"

我对一旁打着瞌睡的小云如此说道。

小云昨天开了七八个小时的车，加上昨晚又陪了我大半夜，现在的她显得比我还疲惫。时光对小云也并不仁慈，短发中间夹杂着的那几根白发在我看来格外显眼，或许我还将会看到一头如我母亲那样的白发。

"这也值得骄傲吗？"

小云强睁着眼睛对我说道。仿佛是在咸汤里慢慢加了半碗水，她语气中流露出的嗔怪被随即出现在脸上的微笑冲淡了。

"医院有时让人更清楚地看到生活和人生的真实一面。"

这些年在医院的经历，不仅让我看到了生命的脆弱和无常，更让我懂得理解和信任是维系家庭和生活的坚韧纽带。

“你不是又在发烧吧?”

小云盯着我，让我觉得她睡意顿消。

“小云，我想起了两年前一个年轻人迷离而悲伤的眼神，当时他那出车祸的妻子就躺在我爹隔壁的病房。”

我把眼睛移到窗外。天很蓝，像在舟山时看到的大海的颜色，几朵零散的白云显得那样悠闲而从容，仿佛只需我一声呼唤，它们就能飘到窗前。

“后来怎么样了?”

“像我爹一样，她最终也没能挺过来。”

“陈昊天，你当时怎么想的我不想知道，但是此时此地，你还当着我的面再提起这种事是不是有些残忍?”

我理解小云此时的想法，她有时候很忌讳别人在自己面前说起一些类似的遭遇，就像现在，她一定是想到了两年前自己遭遇的那场车祸。

“小云，那时是我们争吵最激烈的时候，我不辞而别，独自驾车回家带父亲去做化疗，你的微信我懒得回，你的电话我也有意拒接，直至父亲离世我才在病房外面的走廊上给你回了电话。回白江后不久，我还趁暑假带着阳阳去顺章玩了几天。”

“还有脸说呢！你知道那时的我有多伤心、有多担心你吗?”

即便小云如此说，但在我看向她时，她还是对我报以一笑，那种笑如窗外的白云一般真实和美好。

“小云，那两天里一下子目睹两个人离世，虽然很残忍，但也让我深刻理解了法国诗人普吕多姆的一句话：你活着就谈不上不幸。的确，只要活着，你就还能等到阳光照进生活、梦想照进现实的那天，生活中那些长短不一的缝隙就是特意为阳光和梦想留下的。现在，我总算开始明白一个人不可能带着所有的东西前行，虽然总会在路上失去一些，但同时也在得到，生活就是如何平衡这一路上的得与失，如何寻找‘生的乐趣’。叶菲和你注定是我这一生要遇到的两个人：失去了小菲，却得到了你；小菲惊艳了我的过去，而你温柔了我的现在，并还将晴朗着我的未来。”

此刻，我又想起了小菲曾说起过的“生的乐趣”这四个字，也终于理解了这四个字。同时，我还想起了高中毕业离校那天独自一人走在石板路上时的情景，三年的学习生活让那个少年对人生有了自己的理解。真的，我不应该失落或悲伤，无论在什么时候，无论遇到了什么样的困难，因为前面总有美好的东西在等着自己，让我心生向往，只是路永远在自己脚下，而在遇到高高低低的坎和深深浅浅的坑时，不应举步不前甚或知难而退，而当迎难而上。

“你今天发什么神经啊，废话这么多！”

当你真正懂得幸福的时候，那是因为你更加学会了珍惜。小云应该从我的眼睛里看到了温润的眼泪，因为我在她的眼睛里看到了相同的东西。

“你不是嫌我不够浪漫吗？”

“还是算了吧！我倒觉得你现在病得不轻。如果在我们刚认识的时候你也是这样子，我会认为你这个人自私自利、油腔滑调，我后来之所以认定了你，只是……”

小云没有把话说完，如果再说下去，她那如杯盏般的双眼会溢出泪水。

“爸妈他们把阳阳送去学校后就会过来，妈说还烧了你最喜欢吃的酸菜鱼。”

“嗯。”

这些天辛苦丈人和丈母娘了，他们不仅要照顾阳阳的饮食起居，还要辅导他的学习。其间，他们还给小云打来电话，要她多多劝慰我。考虑到阳阳尚小和经受不起一路的劳苦，我和小云对他隐瞒了奶奶离世一事，也没带上他去给奶奶奔丧，只说爸妈要临时出差。与爷爷、奶奶相处的时日极其有限，但阳阳都没能见到他们最后一面，一想到此，悲痛之余，我还愧疚万分。

小云提着热水瓶去打开水时，我点开 QQ 空间，看到了姚芝昨晚更新的说说：

“每个人心里都有一座伤城。”

这是她喜爱的作家张爱玲的原话。在微信如此普及的今天，姚芝仍喜欢把内心的感受放在 QQ 空间，这也更加说明她是一个怀旧的人，也难怪她难以走出那段阴影。

小云走进来时，我把手机页面举在她面前。

“姚芝还没有走出那段情感吗？”

“总会反反复复，多给她点时间吧！”

既然下了雨，就要面对和承受泥泞。不时抬头看天的人终会遇见彩虹，而只顾埋头看地的人满眼都是泥泞。在这近七年里，姚芝更多的时候都是在埋头看地，至于如何让她一直抬头看天，最终还得靠她自己。不论怎样，真心希望姚芝也能像叶志一样早点迎来命运的转机。

“要不等姚芝什么时候有空了，让她带着女儿来白江玩几天吧？你也知道，阳阳不时提起乐乐姐姐。”

前年暑假，在登上返程的城际列车前，我就问过乐乐要不要去白江跟阳阳弟弟一起玩，乐乐倒是非常愿意，但姚芝还是委婉地拒绝了。

“我哪天问问她看。”

小云在给我倒水时，我像欣赏一幅画一样静静地看着。扭着细腰缓缓升起的热气像极了老家燃起的炊烟，我仿佛又看到了戴着头巾的母亲在厨房里忙碌的身影，正如小菲的一颦一笑永远定格在了我的记忆深处一样，时光永远都稀释不了。小云的侧脸因为隔着热气，显得有点模糊，齐耳短发微微垂着，我还闻到了熟悉的海飞丝的香味。

我接过小云小心递过来的杯子，慢慢地抿了两小口。其实，生活又何尝不是一杯热茶呢？因为急不得，所以等待也就在所难免。我和小云若想要透彻地明白这一点，光这过去的八年还远远不够。

“对了，昊天，你不是马上四十周岁了吗？何不趁这个机会让她们母女俩过来呢？”

以姚芝的性格，我想她应该是不会来的，但小云今天能这么说，至少说明她对我和姚芝之间的事已经彻底释怀了。

时间真是一双看不见的巧手，虽然许多事如书页一般就这样不经意间被悄悄翻过去了，但那些悲和喜却像书签一样夹在我们的记忆之中，如今再回头翻阅时，已是别样的心情。就像两年前因为姚芝而和小云闹别扭的情景，现在回想起来淡得像是被擦过的笔痕。倒是从顺章散心回来后，我和小云不当面交流、只是互发微信的小把戏仍不时让我窃笑。

我偷偷给小云发了条微信：

“亲爱的，你是我的全部，这一生我要努力让你好好的！”

“？”

“去年我们一家三口在舟山普陀玩时我许的愿啊！”

其实，这也是我二十八周岁生日那天许的愿 ……

“BLUE！”

后　记

《逆流而上》是我的第三本小说，亦是我的第二个长篇，而我当时动笔的机缘是什么呢？

那时，我花了不少时间和精力阅读了加西亚·马尔克斯的一些作品，像《霍乱时期的爱情》《没有人给他写信的上校》《世上最美的溺水者》《迷宫中的将军》《苦妓回忆录》《格兰德大妈的葬礼》《礼拜二午睡时刻》《一桩事先张扬的凶杀案》等。后来，我痛下决心，无论如何要啃下《百年孤独》这根硬骨头。说来惭愧，我曾几次尝试阅读《百年孤独》，但均不了了之，究其原因，光布恩迪亚家族几代人的名字就让我的脑瓜子短路。为此，我特意将人名及其第一次出现所在的页码一一记下，以便理清人物间的关系，这一招还真有效。掩卷的那一刻，我如释重负，仿佛一个原本只能跑五公里的初跑者竟然顺利地完成了半马，怎能不激动？

《百年孤独》之所以让读者津津乐道，除了运用到极致的魔幻现实主义手法（魔幻只是手法，反映现实才是目的），还有它的叙述方式。小说以时空交错叙述的方式对过去、现在、未来三个维度进行跳跃式叙述，彼此间相互对照、补充，从而增强了故事的神秘性、迷惑性，带给读者独特的审美体验。相较于魔幻现实主义手法，其叙述方式更让我叹服。比如“多年以后，面对行刑队，奥雷里亚诺·布恩迪亚上校将会回想起父亲带他去见识冰块的那个遥远的下午”这一开头，真是让人眼前一亮，令人拍案叫绝。

于是在那年国庆假期的一天傍晚，《逆流而上》就以东施效颦的方式开了个头。对当时的我来说，它像是一个意外怀上的孩子，既然怀上了，总不能残忍地将其拿掉，而是供其营养，促其发育，候其成长。至于接下来写什么（哪些人物将登场，他们之间如何交集等）和怎么写（运用怎样的视角，如何铺垫和照应等）的问题，其时我脑海里一片空白，只能边想边写了，这也确实是我写小说的常态。按照我以往浅薄的写作经验，事先设定好的人物和情节，往往会随着写作进程的推进而被推翻和颠覆，要么人物性格发生转变，要么情节出现反转，这就如同在打篮球时，我虽然给队友传了一个好球，但是无从知道他能不能投进。那段漫长的日子应该是我最煎熬也是最幸福的时光：写不下去时，虽将其丢在一边，但时刻惦记着；写得下去时，就没日没夜地写，不放弃任何一个突然想到的细节。

说来，《逆流而上》比我已出版的短篇小说集《轻若浮尘》成稿要早。《轻若浮尘》被评为宁波市年度文艺精品工程重点项目时，宣传部打电话给我，让我去拜访谢志强老师，并提供了他的手机号。后来的周六，与谢老师约定好时间后，我战战兢兢地带着这两份稿件去拜访这位中国小小说界的大咖。当时，谢老师在他工作室门口迎接我，一番寒暄后将我领进屋。其间，我们先是喝茶，抽烟，聊一些琐事，接着他问我近来读过哪些作品，然后一边翻阅一边点评起我的书稿来。其间，他向我提了不少宝贵的建议：多读当代中外名家的作品，比如美国作家雷蒙德·卡佛的《大教堂》等；借鉴和消化当今小说流行的技巧，比如重视细节，运用象征、隐喻等。在我离开时，他还送给我若干本他的新作。那几本书就在他手边，这是他早早为我准备的。

写作仅是我的爱好，绝非我的职业，囿于学识和阅历，说不定在将来的某一天，我会与之形同陌路。故自从涉足于此，我一直清楚自己永远只是一个初学者，只因一时心血来潮而写一点东西，如同一个农民，偶尔种种花，权当孤芳自赏。在我的电脑里沉寂了一段时间后，《逆流而上》幸即付梓，对此，我有着如母亲总算等到了自己的孩子长大成人般的欣喜。熙熙攘攘的尘世，平平淡淡的人生，唯有爱，方抵岁月漫长，不是吗？

是为记。

陈勇林

2025年1月22日